윤정인

별자리: 황소자리
혈액형: O형

신서현

별자리: 사자자리
혈액형: B형

인소의 법칙

인소의 법칙 5

1판 1쇄 발행 2016년 8월 12일
1판 10쇄 발행 2022년 1월 26일

지은이 | 유한려
발행인 | 신현호
편집장 | 예숙영
편집 | 최은지
편집디자인 | 한방울
영업 | 김민원
물류 | 이순우 박찬수

펴낸곳 ㈜디앤씨미디어
출판등록 2002년 5월 1일 제117-90-51792호
주소 서울시 구로구 디지털로 26길 111 JnK디지털타워 503호
대표전화 (02)333-2513 팩스 (02)333-2514
전자우편 dncbooks@dncmedia.co.kr
디앤씨북스 블로그 http://blog.naver.com/dncbooks

값 9,500원

ⓒ 유한려, 2016

ISBN 979-11-7033-447-7 04810
ISBN 978-89-267-1819-3 (SET)

인소의 법칙

유한려 지음 녹시 그림

iQ
BOOK

제19조. 신데렐라 놀이는 여주인공이랑 했으면 좋겠네요

신데렐라 놀이는 여주인공이랑 했으면 좋겠네요

은지호가 나를 데리러 온 것은 그날 오후의 일이었다.

아파트 정문 앞, 손에 잡히는 대로 걸치고 온 옷매무새를 매만지며 나는 힐끗힐끗 주변을 돌아보았다.

예상한 바였지만 지나가는 중고등학생 중 한 명은 나와 같은 차림이었다. 흰 티에 청반바지 말이다.

구겨진 티 소매를 매만지면서, 나는 한숨을 내쉬었다.

아니, 정말로 이 상태로 가도 괜찮은 거야?

파티에 많이 가 보진 않았지만, 적어도 이런 차림으로 갔다가는 호텔에 묵으러 온 여행객이 아닌 이상 사람들의 시선을 한눈에 받는다는 것 정도는 안다.

문득 주머니에서 핸드폰을 꺼내어 내려다본 나는 입을 삐죽였다. 그래서 내가 몇 번이나 물어봤는데도 은지호는 고작 내놓는 대답이라는 게.

[발신인 : 은지랄호
정 입을 거 없으면 우주복 입고 와도 됨]

이딴 소리나 해 대고.

나는 한숨을 내쉬었다. 내가 뱉는 숨이 곧바로 뺨에 부딪혀 주변 온도가 한결 올라간 듯한 느낌이 들었다.

내가 소매를 매만지던 것을 그만두고는 손부채질을 하며, 지나가던 같은 층 아주머니께 문득 인사를 드리던 그때였다.

멀리 모퉁이를 돌아온 검은 차가 내 앞에서 소리도 없이 미끄러지듯 멈춰 섰다. 아주머니가 인사를 하다 말고는 눈을 동그랗게 뜨고 검고 긴 차체를 쳐다보았다.

나는 속으로만 한숨을 내쉬었다. 내가 인터넷 소설의 세계에 떨어진 것치고는 퍽 이성을 유지하고 사는 편이라고 여겨 왔는데, 지금 보면 그런 것도 아닌 것 같다고 생각하며.

긴 리무진을 얻어 타는 게 익숙해져 버린 대한민국 고1이라니, 아무래도 말도 안 되지.

그렇게 생각하며 나는 짙게 선팅 된 창 쪽을 향해 허리를 숙였다. 아무리 익숙해졌다고는 해도 올라타기 전에 차에 탄 사람 얼굴 정도는 확인해 두려는 시도였지만, 그러기가 무섭게 창 쪽에서 성마르게 콩콩 두드리는 소리가 들렸고, 나는 코끝을 찡그렸다.

하여간, 성격 급해.

문을 열고 차 안으로 밀고 들어가며 내가 말했다.

"적어도 얼굴 확인할 시간은 줘야 하는 거 아냐? 내가 뭐, 긴 차면 아무거나 얻어 타다가 납치당하면 어쩌려고?"

금세 비웃는 듯한 목소리로 대답이 돌아왔다.

"얼씨구, 납치?"

"왜, 나 지금 진지하게 말하는 거거든?"

허리를 숙여 차 문 쪽에 달린 냉장고에서 자연스레 물통을 빼며 대답했다. 그러면서 나는 입술을 삐죽 내밀었다.

나도 물론 안다, 납치라는 게 생각보다는 자주 일어나는 일이 아니고, 특히 납치를 해도 냉동 트럭이나 봉고차 같은 수납공간이 넓고 눈에 띄지 않는 차를 이용하지, 이런 눈에 띄는 차 따위 아무도 이용하지 않을 거라는 거. 그래도 만에 하나라는 게 있잖아.

그렇게 생각하며 잔을 꺼내 생수를 꼴꼴 따르는 사이, 맞은편에서 대답이 돌아왔다.

"드라마 너무 많이 본 거 아냐?"

나는 그만 울컥하고 말았다.

"뭐야? 왜 그렇게 노려봐? 내가 뭐, 틀린 말했어?"

아니.

차마 그렇게 내뱉지는 못한 채 나는 은은한 차 내 조명 속에서도 훤히 빛나는 은지호의 은색 머리칼과 조각 같은 얼굴을 빤히 노려보기만 했다.

그래, 은지호의 말은 논리적으로 틀린 데가 하나도 없다. 다만 문제가 있다면, 그 비상식의 선두 주자가 내 앞에서 드라마를 너무 많이 봤네, 어쩌네 하는 소리를 하고 있다는 점이지!

그렇게 생각하며 나는 은지호를 향해 착잡한 시선을 보냈다. 내내 눈을 마주치고 있던 은지호가 눈썹을 찌푸리더니 물었다

"뭐? 왜 그래?"

나는 대답하는 대신에 물 잔을 들어 벌컥벌컥 마셨다.

그사이 차는 아무런 소음도, 흔들림도 없이 물살 가르듯 출발하여 도로 한가운데를 순조롭게 나아갔다.

내가 마시던 컵을 내려놓고 나서야 은지호는 나를 돌아보았다. 그를 향해 티셔츠를 힐긋 들어 보인 내가 물었다.

"은지호, 그런데 이 차림이어도 정말 괜찮아?"

"괜찮을 리가."

"……."

한 박자 쉰 내가 되물었다.

"아무거나 입고 오라며?"

"응."

"그래서, 아무거나 입고 와도 괜찮다고?"

"아니, 괜찮을 리가 없잖아? 파티인데."

나는 그렇게 대꾸하는 은지호의 유들유들한 낯짝을 황망한 얼굴로 바라보았다. 잠시 후에 낮게 한숨을 내쉰 내가, 기사님더러 차 돌려 달라고 외치려던 바로 그 순간이었다.

어떻게 내 생각을 읽었는지, 어느새 은지호의 손이 내 손을 꽉 내리눌렀다. 놀라서 고개를 돌리자마자 조금 가까이 다가온 은지호의 눈과 마주쳤다.

늘 그렇듯 새카만 검은 눈에는 장난기가 잔뜩 어려 있었다. 그리고 그가 생글거리며 대꾸하는 말에 나는 가만히 입을 벌렸다.

"내가 알아서 할 테니까, 너는 아무거나 입고 와도 괜찮다는 말이었어."

"……."

나는 코앞까지 바싹 다가온 은지호의, 말갛고 반짝거리는 검은 눈에 비친 내 모습을 망연히 바라보았다. 그러다가 나는 곧, 팔을 들어 은지호의 팔을 붙들고 흔들기 시작했다.

아, 야, 왜! 은지호의 입에서 또 비명이 터져 나오자 기사가 운전하다 말고 이쪽을 힐긋거리는 것이 느껴졌다. 나는 아랑곳 않고 소리 높여 외쳤다.

"야, 누가, 어? 누가 사람 잔뜩 긴장시켜 놓고는 드라마 남자 주인공 같은 대사 한 번 친다고 내 기분이 풀어질 줄 알았냐? 어!?"

"아, 야, 잠깐!"

"어디서 못된 것만 배워 가지고⋯⋯!"

말하며 그의 팔을 잡아 흔들다 말고 나는 퍼뜩 떠오른 생각에 대사를 수정했다.

배운다 함은 은지호가 남자 주인공처럼 행동하는 법을 다른 누군가에게 배웠다는 얘기인데, 그럴 리는 없다. 왜냐하면, 얘들 하는 짓을 보면 은지호의 남자 주인공 기질은 그의 DNA 속에 녹아 있는 게 틀림없거든.

그리고 나는 생각하느라고 잠시 멈춰 있던 팔을 짤짤 흔들기 시작했다.

은지호가 비명을 지르다 말고 끝내 내 팔을 떼어 내었다. 그가 외쳤다.

"아, 말로 해, 말로! 갈수록 반여령 닮아 가!"

"뭐? 어떻게 그런 칭찬을!"

"⋯⋯."

은지호는 잠시 어처구니가 없다는 표정을 하고는 창밖으로 시선을 던지다가, 다시 내게로 눈을 맞춰 오며 조심스럽게 물었다.

"그게 칭찬으로 들리냐?"

내가 망설임 없이 고개를 끄덕이자, 은지호가 손을 들어

제 얼굴을 가렸다.

"하아……."

그의 입에서 깊은 한숨이 터져 나오는 것을 힐끗거리던 나는 그의 팔을 놓고는 다시 제자리로 돌아갔다.

뭐, 아무튼 나는 내내 걱정했던, 내 복장에 대한 답을 간신히 받아 낸 것이다. 자기가 알아서 할 테니 그 부분은 걱정하지 말라고.

이미 내 의상 문제에 대해서는 나름의 준비를 해 둔 모양인데, 그럼 좀 진작 알려 줬으면 좋았으련만. 하여간 진짜 사람 긴장하게 하는 데 뭐 있단 말이야.

내가 한숨을 내쉬며 초조한 듯 손을 매만지자, 그는 금세 나의 그런 기색을 눈치챈 모양이었다. 은지호가 눈을 깜빡이다가 눈매 끝을 어그러트리며 느릿하게, 함단이? 하고 불러 오는 그때였다.

손을 매만지던 나는 조용히 입을 떼었다.

"있잖아, 나, 그냥 가지 말까?"

"아, 뭐야."

은지호가 금세 볼멘소리를 냈다.

"장난친 것 때문에 그래? 아니, 내가 애초에 네 선에서 준비가 필요한 자리면 널 부르지도……."

"아니, 그게 아니라."

은지호의 말을 불쑥 끊자 검은 눈동자가 나를 향했다. 그를 힐끗 바라본 나는 다시 시선을 내리깔았다. 손가락을 매만지는 내 동작이 점차 초조해졌다.

"그, 이제야 생각한 건데 내가 가도 도움이 될까 싶다, 너한테……."

은지호가 눈을 깜빡이고는 계속 말해 보라는 듯한 시선을 던졌다. 나는 우물쭈물하며 말을 이었다.

"아니, 솔직히 방금 안 건데 나는 진짜 그런 자리에 어울리는 옷도 없고, 그렇다고 거기 사람들이랑 아는 것도 아니고, 뭐, 말주변이 좋은 것도 아냐. 반여령처럼 눈에 띄게 예쁘지도 않…… 아아아."

불쑥 다가온 손이 내 볼을 죽 늘리는 바람에 나는 말을 다 마치지 못했다. 고개를 들자, 은지호의 검은 눈이 나를 빤히 노려보고 있었다. 방금까지 내게 장난을 치던 것은 어쩌고, 그 짧은 새 기분이 나빠진 것 같아서 나는 조금 의아해졌다. 내가 머뭇거리며 무슨 일 있느냐고 물어보려던 찰나, 은지호가 먼저 말을 꺼냈다.

"네가 도움이 안 되기는 왜 안 돼, 나한테?"

"아니, 그런데. 진짜 그렇잖아아……."

대답하려 했으나, 볼이 붙들린 탓에 발음이 제대로 되지 않았다. 내가 원망스러운 눈으로 은지호를 올려다볼 때였다. 내 볼을 잡고 있던 손을 짐짓 흔든 은지호가 말을 이었다.

"누가 너한테 뭐, 그딴 이유 들이밀면서 여기 왜 왔냐고 하거든, 은지호가 제발 좀 와 달라고 무릎 꿇고 간청해서요, 하고 대답해 버려."

"……?"

"야, 까고들 있네. 내가 너랑 같이 있고 싶다는데 무슨 다른 이유가 필요해? 그딴 기준들이 왜 나오고?"

그가 말하는 동안 나는 눈을 깜빡이거나 내 볼을 붙든 손을 떼어 내리려고 노력하다가, 서서히 모든 움직임을 멈추었다. 그런 내 위로 은지호가 완전히 못을 박았다.

"네가 내 옆에서 숨만 쉬어도 내 심신 안정에는 도움이 되니까 그렇게 알아."

"어, 응."

그가 그렇게 말하니 내가 무슨 음이온 식물이라도 된 것 같았다. 나는 애매하게 고개를 끄덕였다. 그러는 내 볼을 죽 잡아당기며 은지호가 말을 이었다.

"그리고 누가 너한테 그런 말 하면 데려와라. 알겠지, 꼭이다. 또 최…… 답답하게 웃어넘기지 말고."

은지호가 무슨 말인가를 하다 말고 입술을 짓씹더니, 재빨리 다른 말을 갖다 붙였다. 나는 그가 말하지 않은 나머지 말들을 알 것 같았다.

최유리. 나는 그 이름을 입속으로 되뇌어 보았다. 벌써 다 끝난 일이라고만 생각했는데, 은지호의 입에서 아직도 그 이름이 튀어나오는 것을 보아하니 새삼 의외였다.

문득 나는 그날, 옥상에서부터 빗발치듯 쏟아지던 최유리의 말을 떠올렸다. 눈을 한 번 굴린 다음 나는 생각했다.

그 애, 은지호 좋아하는 거였겠지?

그렇다면 최유리는, 어떤 방식으로든 은지호의 기억 속에 제 존재를 단단히 각인시키는 데는 확실히 성공한 셈이다.

그리고 나는 그 사건 이후로 답답한 애 도장이 콱 찍혀 버린 상태고. 나는 희미하게 웃다가 은지호가 잡아당겨서 조금 얼얼해진 볼을 매만지며 생각했다.

은지호나 우주인이 그날 이후로 수도 없이 내게 말했던 '답답하다'는 말을, 나는 어느 정도 이해할 수 있다.

솔직히 말해서 1학년 1반에서 돈 그 소문은 사대천왕에게 부탁했더라면 한결 정리가 빨랐을 것이다. 그들의 말은 아이들에게 절대적인 영향력을 발휘한다는 것을, 나도 물론 잘 알고 있었다.

하지만 '반여령 안티 카페' 사건이 반여령에 관련된 일이 아니라 내 일이 되었을 때, 나는 결국 아무에게도 도움을 청할 수 없었다.

여주인공에게는 여주인공 나름의 해결 방식이, 여주인공 친구에게는 여주인공 친구 나름의 해결 방식이 있는 법이었다. 나는 내가 내 분수를 꽤 잘 안다고 생각했다. 그런데 왜……, 나는 슬그머니 입술을 깨물었다.

왜, 계속 다른 생각이 들게 만드는지. 내가 무엇이든 원하는 것을 해도 된다고, 그래도 괜찮다고 믿게 만드는지.

은지호나 반여령에게, 더러는 다른 아이들에게, 이런 행동을 하면 주제넘을까 숨도 못 쉬고 겁내던 그 시절을 모조리 보상받는 듯한 기분이 된다. 그것은 실로 마약 같은 안온함이었다.

눈을 느릿하게 깜빡이다가, 나는 그때까지도 내 볼 언저리를 배회하고 있던 은지호의 손 위에 가만히 내 뺨을 얹었다. 눈을 지그시 감은 채로 그러고 있다가, 나는 문득 잠에서 깨어난 사람처럼 눈을 번쩍 떴다.

경악에 휩싸인 내 시선과 몹시 낯선 것을 대하는 듯하던 은지호의 시선이 허공에서 부딪치고, 다음 순간 그가 크게 몸을 틀었다. 그러면서 그의 손도 내 볼에서 떨어져 나갔다. 나는 입술을 달싹이는 한편 얼굴을 확 붉혔다.

잠깐 미쳤나 봐. 꼭, 무슨 애완동물이라도 된 것처럼.

바로 그때였다. 제 빈 손바닥을 한참이나 들여다보고 있던 은지호의 입이 열렸다.

"야, 너……."

나는 화들짝 놀라 고개를 들었다.

"미안! 야, 진짜 미안."

형용할 수 없는 표정이 되어 나를 천천히 돌아보던 은지호의 표정이 곧, 다시 한 번 일그러졌다. 자리에서 허둥지둥 물러나며 나는 말을 이었다.

"아니, 그, 네가 방금 말하는데, 너무 위로가 되고, 안심이 되고, 뭐 그래서……."

어느새 평소의 심드렁한 표정으로 돌아온 은지호가 내볼 한 번, 제 손을 한 번 번갈아 보더니 대답했다.

"아, 너는 사람 말이 위로가 되면 곧장 애교부터 부리냐?"

"아, 아니, 지호 선생님. 애교라니요. 거 말이 심하십니다."

곧장 정색한 내가 대꾸하자 은지호의 눈썹이 한층 일그러졌다. 그는 입을 달싹이며 내내 할 말이 있는 사람처럼 굴다가, 결국에는 하아, 하는 한숨과 함께 몸을 뒤로 뺐다. 그러면서 그가 말했다.

"야, 너 다른 사람한테는 그러지 마라."

"응? 아, 응."

당연하지, 하고 덧붙이려 했는데 은지호가 내 말을 석둑 자르고 들어왔다.

"너, 계속 사람 다른 생각 들게 만드니까."

나는 고개를 기울였다. 얼마간 눈썹을 찡그리고 있던 내가 되물었다.

"뭐?"

"착각하게 한다고. 주제넘는 생각하게 해."

"……."

"왜 그러고 봐?"

내 표정이 이상했던지, 은지호가 나를 불렀다. 그제야 나는 잠에서 깨어난 것처럼 고개를 두어 번 도리질하고는 대꾸했다.

아니, 그게.

"네 입에서 주제넘는다는 말이 나오니까, 신기해서."

은지호 네가 방금 했던 말이, 정확히 내가 하고 있던 생각이랑 똑같다는 이유도 있었지만, 나는 그 말은 입속에 숨겼다.

솔직히 나는, 주제넘는다는 말은 나한테는 별로 어울리지 않는다고 생각했다. 이 세계에서는 누구 한 명 좋아하는 것조차, 내게는 주제넘는 일이었기 때문이다. 그렇기 때문에 나는 그런 표현을 애초에 쓸 수 없었다.

나는 새삼 다른 생각이 들어 은지호를 물끄러미 바라보았다. 은지호의 입에서 '주제넘는'이라는 표현이 나오다니, 한 번도 상상해 본 적이 없다. 왜냐하면 그는 늘, 무엇이든 원한다면 과하게 갖는 것이 어울리는 사람이었으니까.

그런 그의 입에서 나오는 '주제넘는'이라니, 대체 그 대상은 무엇일까.

나는 그게 몹시도 궁금해졌다.

그렇게 생각하기가 무섭게 은지호의 입술이 느릿느릿 열렸다. 다음 순간 그의 입술에 걸린 것은 짙은 미소였다. 고개를 삐뚜름하게 기울인 그가 대꾸했다.

"나라고 왜 없겠냐, 욕심내면 안 되는 게."

"아."

"엄청 궁금해하는 표정인데, 그래도 말 안 해 줘."

그가 내 이마를 밀며 툭 내뱉은 말에 나는 괜히 입을 내밀며 그의 손이 떠난 자리를 매만졌다.

하기는, 은지호 저 녀석이 이런 것을 쉽게 알려 줄 리는 없지.

그렇게 생각하는 그때였다.

"……그런데 하루 정도는 괜찮을 것 같기도 하고."

"……?"

방금, 은지호의 말은 내게 말한다기보다는 혼잣말에 가까웠다.

눈썹을 찡그리며 고개를 돌린 나는, 은지호의 시선이 다름 아닌 나를 뚫어 버릴 듯 응시하고 있는 것에 흠칫 놀랐다. 내가 잠시 말을 잃은 사이, 은지호의 입술이 천천히 열렸다. 그리고 흘러나온 목소리에 나는 흠칫 어깨를 떨었다.

"야."

"어, 응?"

은지호의 눈은 여전히 초점이 약간 흐려져 있었다. 제 생각에 깊이 잠겨 외부의 소음은 잘 들리지 않는 사람의 눈 같았다. 그런 눈을 하고 나를 골똘히 응시하던 은지호가 천천히 말을 이었다.

"너 말이야. 오늘만 내 생일인 것처럼 날 대해 줄 수 있어?"

"응?"

네 생일은 1월인데.

나는 생각했으나 입 밖으로 내뱉지 않았다. 그런 내게 은지호가 선선히 말을 이었다.

"내 생일인 걸로 치고, 오늘만 나한테 선물하는 셈 쳐 줄 수 있냐?"

"선물하는 셈이 어떤 건데?"

"그냥 좀."

"좀?"

나는 되물었다. 미미하게 미간을 좁힌 은지호가 대답했다.

"좀…… 친절하게."

"그거라면 늘…… 아, 아니구나, 알겠어."

나름대로 늘 친절하다고 생각했는데, 은지호가 생각하기에는 아니었던 모양인지 은지호의 미간에 골이 깊이 패었다. 내가 황급히 말을 정정하자마자 은지호는 아까의 흐릿한, 그러면서도 평소보다 조금 부드러운 분위기로 되돌아왔다. 그런 그에게 나는 한숨 쉬듯 선언했다.

"좋아, 알았어. 할게, 그, 네 생일인지 뭔지."

"좋아."

그때까지도 나를 바라보고 있던 은지호가 만족스러운 듯 웃었다. 나는 그의 놀라는 얼굴을 빤히 올려다보며 생각했다.

은지호가 이렇게도 웃을 수 있었나?

솔직히 말해서 은지호와 다른 사대천왕들, 그리고 반여령의 외모에는 이제 3년이나 되었으니, 그럭저럭 적응이 끝났다고 생각했는데.

그런데 방금 은지호의 미소를 보는 순간, 나는 내 생각을 정정해야 할지도 모른다고 생각하게 되었다. 나는 눈을 굴렸다.

은지호가 저런 분위기로 웃던가? 괜히 아련해서, 지켜보는 사람까지 불안해질 것 같은 표정으로 웃느냐고, 이 애가.

생각하던 나는 가만히 고개를 기울였다. 은지호의 그런 절박한 표정은 지난 삼 년간의 기억을 헤집어도 도저히 본 기억이 없었다. 그 말은 지난 삼 년간, 은지호의 심경에 뭔가 변화가 있었다는 건데…….

골똘히 생각에 잠겨 있느라고 나는 은지호가 내 손을 조심스레 들어 올려 제 손 위에 올려놓는 것을 느끼지 못했다. 그러다 내가 흠칫 놀라며 고개를 들었을 때, 은지호는 이미 천연덕스럽게 내 손 위에 제 손을 겹쳐 올려놓고는 느긋하게 등을 기대어 있었다.

나와 눈이 마주치자 기대앉은 자세 그대로 고개만 틀어 나를 바라본 은지호가 딱 한마디 던졌다.

"생일."

"야, 누가 너 이러라고…….'

"아, 딱 하루인데 이거 못 해 주나."

곧바로 투덜거리는 어조로 돌아온 말에 나는 금세 입을 다물고 말았다. 나는 복잡한 눈으로 은지호의 뒤통수를 내려다보았다.

우리 앞에서나 이렇게 장난을 치지, 아버지나 제 윗사람, 아랫사람, 소위 상하 관계가 존재하는 사람들 앞에서는 지나치게 보일 정도로 완벽하게 군다는 것을 알고 있다. 그런 은지호가 이런 모습이라니…….

나는 눈을 가늘게 떴다. 솔직히 말해서, 마트에서 뭐 사 달라고 땡깡 부리는 아이를 둔 엄마의 마음이 이러지 않을까, 싶고…….

하지만, 나는 겹쳐져 있는 손을 뗄까 말까 고민하다가 그대로 두기로 했다. 내 손에 힘이 풀리는 것을 느꼈는지, 은지호의 입가에 미미한 미소가 걸렸다. 나는 그런 은지호의 옆얼굴을 바라보며 다시금 복잡한 눈을 했다.

아무튼, 이런 행동을 한다는 건 그만큼 나를 편하게 여기고 있다는 거겠지.

은지호의 알 수 없는 말이 들려온 것은 그때였다.

"오늘만 지나면, 알아서 잘 정리할게."

"뭘?"

"주제넘는 거."

은지호는 그렇게만 대답하고는 고개를 돌려 좌석에 몸을

더욱 깊게 묻었다. 나는 그런 그를 더욱 복잡한 표정으로 응시했다.

* * *

마치 악몽을 꾸는 어린애처럼, 내 손을 붙들고 잠들었던 은지호가 눈을 뜬 것은 그로부터 삼십 분가량이 지나서였다.

그사이 나는 휴대전화나 가지고 놀까 하다가 은지호가 행여나 깰까 싶어, 어쩌지도 못하고 창밖이나 구경하면서 시간을 때웠다.

벌써부터 그 생일 대접하는 게 어려워지기 시작했지만, 아무튼 단 하루라고 생각하면 못할 것도 없다. 게다가 요즘 파티 준비로 많이 시달리기는 시달린 모양이고. 잠이 잘 없는 은지호의 잠든 얼굴을 보는 것은 나로서도 꽤 오랜만의 일이었다.

턱을 괴고 은지호의 잠든 얼굴을 찬찬히 뜯어보는데, 별안간 차가 멈추고 목소리가 들렸다.

"도착했습니다."

나는 고개를 돌렸다. 차를 멈추고 차에서 내린 기사님이 문을 열어 주셨다. 은지호가 아직도 잠들어 있으면 어쩌지 싶었는데, 잠귀가 밝은지 그는 벌써부터 일어나 있었다. 눈을 한 번 비빈 다음, 옷매무새를 매만진 그가 나더러 차

바깥을 턱짓으로 가리켰다.

"가자."

"아, 응."

고개를 끄덕인 나는 행여 차 문턱에 발자국이라도 남길까, 조심조심 차에서 내렸다. 그리고 바깥의 모습을 살핀 나는 입을 벌렸다.

나는 생각했다. 아니, 물론, 아까 옷은 어떡하냐는 내 말에 은지호가, '내가 알아서 하겠다'고 했으니, 모종의 준비를 하고 있음은 알 수 있었다. 그러나 나는 기껏해야 쇼핑을 하려나 보다 했지, 설마 이런…….

나는 입을 벌린 채로 눈앞의 풍경을 망연히 응시했다.

서울의 고가 빌딩들 중에서도 유난히 찬란한 금빛을 뿜어 대는 건물이었다. 조형적인 아름다움을 강조하기 위해서인지 간판조차 없어서, 간신히 모퉁이를 바라보다가 마침내 글씨를 찾아낸 나는 그것을 읽었다.

뷰티숍.

드라마에서나 보아 왔던 게 내 눈앞에 있었다. 아직 고등학생밖에 안 된 내가 발을 들여 볼 것이라고는 한 번도 상상하지 못했던.

나를 뒤따르던 은지호가 내 팔을 잡아당기며 물어 왔다.

"왜 그러고 있어? 가자."

"응? 어, 어……."

그래…….

차가 서던 그 순간부터 고장 난 인형처럼 내내 말을 더듬는 나를 앞에 두고도, 은지호는 어쩐지 조금 들뜬 듯한 얼굴이었다. 차에서 했던 양 그가 내 손을 다정하게 잡기에 흠칫 놀란 나는 손을 떼었다가, 그가 서슬 퍼렇게 '생일'이라고 해서 도로 잡았다.

아, 그놈의 생일이 대체 뭐라고.

얌전히 손을 내준 채로 속으로만 눈물을 삼키는 내게 은지호가 말했다.

"나만 좋은 일은 안 해. 너한테도 생일 같은 날로 만들어 줄게."

그래서 데려온 게 뷰티숍이란 말이니……?

인터넷 소설의 남주인공 입장에서 생일의 기준이 대체 무엇인지, 나는 몹시도 불안해졌다.

* * *

숍 안은 과연 외관만큼이나 웅장하면서도 깔끔한 분위기였다. 건축 자재들이 하나같이 고가인 것이야 나도 한때 여단 오빠와 반여령을 따라다녀 봐서, 또 중학교와 고등학교를 거치면서 한눈에 알아볼 수 있게 되었는데 그 고급 자재들이 하나같이 뽐내는 기색 없이 조화롭게 놓여 있다는 점만 해도 이 숍은 예사롭지 않았다.

그리고 그 몹시도 고급스러운 숍에서 나는.

"아, 생각해 보니까 이거 드라마면 완전 망하는 거 아니야? 약간 이거 그거잖아, 그, 주연 배우 제치고 조연 배우가 분량 다 차지하는 거……."

헛소리를 해 대고 있었다.

그런 내 옆에서, 은지호가 몹시 떨떠름한 기색으로 되물었다.

"뭐……?"

"이게 드라마라면 어떻게 해야 이런 상황이 발생할 수 있을지를 생각하고 있었어."

"아니, 그러니까 대체 그걸 왜 생각하냐고……."

그렇게 대답하며 내게 복잡한 시선을 보내던 은지호는, 얼마 안 가 고개를 흔들더니 저만치 멀어져 갔다. 이윽고 낯선 사람을 대할 때 특유의 차갑고 정돈된 목소리가 내 귀를 울렸다.

"권혜영 원장님, 부탁합니다. 두 시에 예약했는데요."

그제야 고개를 든 나는 멀리 시선을 던졌다. 은지호가 카운터의 여직원분과 얘기 중이었는데, 뷰티숍답게 여직원의 얼굴에도 광채가 흘렀다.

나는 입을 벌렸다. 와, 미인들이 여기 다 몰려 있었네, 싶을 정도였다. 물론 그런 가운데서도 은지호의 미친 존재

감은 전혀 사라지지 않았다.

거기까지 생각한 나는 은지호의, 사진 스튜디오처럼 휘황한 실내 조명 아래서 더욱 환히 빛나는 은색 머리칼에 시선을 던지고는 미묘한 얼굴을 했다.

하기는, 저 은색 머리카락이 존재감이 사라지려면 아무래도 홍대에나 가야 하겠지…….

잠시 후에 예약자 이름을 확인한 직원분이 우리를 앉는 자리로 안내한 뒤에 무슨 음료를 준비할지 물었다. 이런 곳이 처음이었던 나는 속이 울렁거려 뭐라도 마셨다가는 큰일 날 것 같아서 거절했고, 그런 나를 빤히 보던 은지호도 곧 고개를 돌리더니 괜찮다고 말했다. 그제야 여직원은 공손히 인사를 남기고는 방을 나섰다.

은지호와 단둘이 생판 모르는 곳에 남겨지자, 나는 괜히 불안해져서 소파 팔걸이에 팔꿈치를 올려놓고는 턱을 괸 채 이곳저곳을 훑어보았다.

내 귓가에 문뜩 새로 흘러든 목소리가 와 닿은 것은 그때였다.

"세상에, 저분이 그 한울 그룹 2세예요? 세상에, 게다가 고등학생?"

"2년만 더 있어 봐, 어떻게 되겠어!"

음, 나는 괜히 내가 질문 받은 사람이 나라도 된 양 침착하게 생각해 보았다. 고3이나 세계 서열 0위, 둘 중 하나가

될 거라고 생각합니다…….

그때, 내 귀에 은지호의 목소리가 덜컥 걸렸다.

"함단이, 무슨 생각하냐?"

"응? 아, 아니."

은지호 귀도 꽤 좋은데, 저런 소리는 전혀 들리지 않는 걸까?

내가 복잡한 눈으로 그를 올려다보는 그때였다. 문이 달 칵 열리고, 한 사람이 미끄러지는 듯한 동작으로 방 안으로 걸어 들어왔다.

가장 먼저 보인 것은 차분하게 흘러내리는 결 좋은 검은 머리칼이었다. 그 사이로 링 귀고리가 흔들리는 것을 보며 나는 입을 벌렸다.

우와. 반여령에게 상당히 익숙해진 내게도 퍽 대단한 미 인이었다. 화려한 미모에 비해 다소 심플해 보이기까지 하 는 검은 투피스를 입은 것을 감안하고도 굉장한 미모를 뽐 내고 있었다. 그러다 나와 눈이 마주치자마자 그녀는 눈이 다 휘어지도록 웃었다. 나는 괜히 안절부절못하다가 따라 서 고개를 푹 숙였다.

내 맞은편의 은지호는 늘 그렇듯 태연한 기색이었다. 그 러다 은지호가 던진 말에 나는 눈을 크게 떴다.

"여전히 멋지시네요, 혜영 누나."

아무래도 그녀가 이 숍의 원장인 권혜영인가 보았다.

아니, 그보다, 누나라고?

그렇게 말하는 은지호는 생각 외로 편안한 얼굴이었다. 공적인 장소에서의 긴장감은 얼굴에 덧씌우고 있었지만, 기본적으로는 오래 알아 온 사람을 대하는 것 같은 얼굴.

그에 대답하는 권혜영도 친한 동생을 대하듯, 편안한 얼굴이기는 마찬가지였다. 눈을 접으며 생긋 웃은 그녀가 느긋하게 대답했다.

"그러는 고객님도 갈수록 멋져지시네요. 몇 년 뒤면 지나가는 사람 눈을 다 멀게 하겠어요."

그리고 고개를 돌려 내 쪽을 바라본 그녀가 물음을 던졌다.

"새로 오신 고객님은 성함이 어떻게 되세요?"

그때까지도 멍해 있던 나는 그제야 허둥지둥 입을 열었다. 아니, 솔직히 말해서 그 은지호가 어른에게 저런 태도를 보이는 것을 볼 일이 얼마나 되겠냐고.

"아, 저는 함단이라고 해요. 지호랑은……."

"사귀는 사이예요."

내 말을 불쑥 가르고, 말도 안 되는 말이 찌르고 들어온 것은 그때였다. 나는 눈을 크게 뜨고는 휙 고개를 돌렸다.

"뭐?"

"어머!"

내가 입을 벌리고 은지호 쪽을 쳐다보거나 말거나, 박수를 짝 소리 나게 친 권혜영은 연신 감탄하며 말했다. 그랬구나, 우리 고객님이 벌써 그럴 나이가 되셨구나! 그러면서 내게로 고개를 숙인 그녀가 살짝 웃더니 말했다.

"너무 잘 어울리세요!"

"아, 아니, 저는……."

뒤로 한 걸음 물러나다가, 나는 문득 내가 권혜영 앞에서는 이상할 정도로 말을 잃는 이유를 깨달았다. 이 언니, 반여령을 닮았다. 외모라기보다는 분위기나 말투, 표정 같은 게 아주 쏙 빼닮아 있다.

3년 전, 영문도 모르고 반여령의 손에 이끌려 다른 세계에서의 첫 삶을 시작하게 되었던 그때부터 지금까지, 내가 반여령에게 유독 약하다는 사실은 아주 잘 증명되어 왔다.

내가 할 말을 잃고 입술만 달싹이는 그때 어처구니없는 말 한마디가 쐐기를 박았다.

"함단이 너, 내가 부끄러워?"

나는 한동안 로봇처럼 뻣뻣하게 굳어 있다가 목 관절이 삐걱이는 것을 느끼며 천천히 고개를 돌렸다. 은지호가 나를 향해 서운한 기색이 가득 담긴 눈빛을 보내고 있는 것을 알아본 나는 그만 기절하고 싶어졌다.

그러다가 그제야 은지호와 이곳에 들어오기 전 나누었던 한 가지 약속에 대해 생각이 미쳤다. 생일.

나는 힘겹게 입꼬리를 말아 올렸다. 애써 웃는 얼굴로 내가 대답했다.

"아…… 니. 부끄럽기는 무슨, 그냥 잠깐, 좀, 그랬어."

"그래?"

금세 표정을 바꾸어 한껏 부드러워진 얼굴로 그렇게 말한 은지호가 내게로 손을 내밀었다. 중세 신사 같은 그 태도에 차마 나는 그 손을 뿌리치지 못한 채 얌전히 그 위에 내 손을 얹는 수밖에 없었다.

크흑, 대체 내가 왜…….

고개를 돌리고 눈썹을 모으며 눈물을 삼키는 내 옆에서 권혜영과 은지호가 아옹다옹하는 것이 들려왔다.

"이상하네요, 고객님. 왜 사귀는 것 같지 않지?"

"사귀는 것 같지 않다뇨? 우리 지금 이렇게 다정하게 손 잡고 있는데요."

그에 나와 은지호를 한 번 번갈아 본 그녀가 장난스러운 얼굴로 말했다.

"아니, 꼭 납치당한 공주님 같은…….""

"됐고, 우리 이렇게 사이좋으니까 의상은 커플 룩으로 맞춰 주실래요?"

반쯤 유체 이탈한 정신을 간신히 붙든 채로 그들의 말을 듣고 있던 나는 그 대목에서 퍼뜩 놀라 고개를 들었다.

은지호는 제 은색 머리칼과 어울리는 환한 흰색 정장을 상하의로 맞춰 입고 있었는데, 솔직히 내가 그걸 입었다가는 인간 분필 같아 보일 거란 말을 차마 할 수가 없었다.

그것도 처음 보는 언니 앞에서.

울상을 지은 채로 내가 이도 저도 못하고 있자 은지호는 말없이 눈을 굴리고, 그 옆의 권혜영 원장님은 나를 보다가 조심스레 입술을 떼었다.

바로 그때 옆에서 은지호의 물음이 돌아왔다.

"함단이."

"왜…….

"내가 부끄러―"

"아아악! 알았어! 알았으니까 너, 그거 제발 다시는 하지 마!"

순간 처음 본 권혜영 원장님 앞이라는 것도 잊고 빽 소리를 지르는 내게, 은지호가 여전히 서운한 기색이 묻어 있는 얼굴로 되물었다.

"하다니, 뭘?"

"그 표정!"

그러자 눈을 깜빡인 은지호가 곧 선선히 웃더니 알았노라 고개를 끄덕여 왔다. 이것으로 된 거겠지 하고 후우 한숨을 내쉬던 나는, 다음에 이어진 그의 동작에 뺨을 창백하게 물들이고 말았다.

내 손을 힘주어 잡은 그가 이번에는 수줍은 듯한 얼굴로 물어보았다.

"그럼 우리, 하는 거지? 커플 룩."

"아아악! 은지호, 너 나한테 진짜 왜 이래!?"

결국 그의 손을 뿌리치며 경기를 일으키는 나를 보고, 어색하게 웃고 있던 권혜영 원장님은 카탈로그를 가져오시겠다며 방을 나가 버리셨다.

* * *

단둘이 남은 우리는 또 한참을 조용해져 있었다. 그러다가 은지호가 먼저 물었다.

"내가 그렇게 부끄럽냐?"

나는 조금의 망설임도 없이 대답했다.

"아니, 누가 네 생일인 척해 주겠다고 했지, 네 애인인 척해 주겠대?"

내가 그렇게 말하자, 은지호는 마치 상품을 샀는데 불량 상품을 배달받은 고객인 것처럼 억울한 표정을 짓는 것이었다.

아니, 저기, 엄밀히 말하자면, 지금 그 표정을 지어야 할 건 나지. 사전에 예고도 없던 커플 룩이라니.

내가 생각하는 그때, 나를 빤히 보고 있던 그가 툭 던졌다.

"그냥, 아, 그래, 소꿉놀이인 셈 쳐."

"뭐?"

눈썹을 찡그린 나는 목소리를 높여 물었다. 그러자 짜증스럽게 제 머리칼을 헤집은 은지호가, 그러나 묘하게 가라앉은 목소리로 말을 이었다.

"소꿉놀이 있잖아, 그런 거 안 해 봤어? 그냥 그런 거라고 치면 되잖아."

"아니, 누가 소꿉놀이를 몰라? 그런 걸 왜 하필 오늘, 이렇게 중요한 자리에 가서 하냐는 거지."

그러자 나를 빤히 바라보던 은지호가 툭 던졌다.

"그래도, 오늘이 아니면 안 될 것 같단 말이야."

"응?"

은지호의 말이, 도저히 은지호의 입에서 나온 말처럼 믿어지지 않아서 나는 또 한 번 인상을 찌푸렸다. 그 순간, 내 바로 옆에 앉은 은지호를 보면서, 나는 '너, 정말 은지호 맞아?'라고 물을 뻔했다. 무슨 흔한 괴담의 여주인공이라도 된 것처럼.

하지만 나는 그저 그렇게 생각만 하며 나를 향해 있는 은지호의 새카만 눈을 빤히 보았다.

사실대로 말하자면 지난 3년간, 어느 정도 시간을 보내면서 은지호에 대해서는 남들보다 잘 안다고 생각했다.

사람들은 그가 태어나면서부터 모든 것을 다 가졌고, 자라면서도 그 출생 때문에 뭐든 쉽게 얻었을 거라고 생각한다.

하지만 보이는 것과는 달리, 그는 철저한 노력주의자이다. 사실상 그가 지금 가진 것 중에 가정환경이나 외모를 제외하면, 노력 없이 얻은 것은 없다.

그는 늘 자기 자신에게 가혹했고, 오늘은 공부할 날이 아니라거나 하는 말 따위는 그에게 아무런 의미도 없었다. 거기까지 생각한 나는 눈썹을 찡그렸다.

그런 은지호가 오늘이 아니면 안 될 것 같다니, 그게 대체 무슨 말이람?

바로 그때, 문이 달칵 열리더니 권혜영 원장님이 카탈로그를 들고 들어오셨다. 나는 괜스레 재빨리 고개를 돌려버렸고, 은지호는 그런 내게 한동안 시선을 던지다가 옆으로 다가온 권혜영 원장님을 바라보았다.

그녀는 우리 둘 사이의 얼어붙은 공기를 기민하게 눈치챈 모양이었다. 말없이 생긋 웃은 그녀가 우리 맞은편으로 다가와 앉더니 테이블 위로 카탈로그를 올려놓고 펼쳤다.

"액세서리까지 다 붙어 있는 걸로 보시겠어요?"

내가 머뭇거리며 고민하는 사이, 은지호가 불쑥 대답해 왔다.

"네. 수수한 걸로만."

"아, 네, 그럼 이 페이지 정도로……."

매니큐어가 잘 칠해진 손이 불쑥 다가와 페이지 몇 장을 팔랑팔랑 넘겼다. 은지호의 옆에서 슬쩍 그쪽을 쳐다본 나는 얼굴을 딱딱하게 굳혔다.

아무래도 은지호와 내가 일단은 사귀는 사이인 것으로 알려졌기 때문에, 그녀는 은지호의 정장 색에 맞추어 내게도 흰색 옷을 추천하고 있는 것 같았다.

그건 그렇다 치고, 대체 저게 뭐람.

수수한 걸로만 보여 달라던 은지호의 말에 권혜영 원장님이 내놓은 것은 백금에 다이아몬드가 장식된 머리핀이었다.

내 불안한 표정도 아랑곳 않고, 옆에서는 봄날처럼 평온한 어조로 대화가 이어지고 있었다.

"이 정도면 수수하죠? 학생 같고."

"확실히……."

그리고 고개를 들어 나를 힐긋 바라본 원장님이 말을 이었다.

"지금 입으신 거 봐서는 흰색도 되게 잘 받으시는 것 같고."

"그럼, 일단 가볍게 이거랑 이걸로."

"네, 머리도 하려면 시간이 촉박하니까요. 그럼 고객님, 이리로……."

잠깐! 아직 대화는 물론이고 무슨 상황인지도 조금도 이해하지 못한 나는 황급히 은지호를 붙들었다. 그러나 방금까지 나와 다투었던 은지호가 그런 내 손길에 '뭐가 걱정돼서 그래?' 하며 상냥하게 대답해 줄 리는 없었다.

잘 가라는 듯 손짓하던 은지호가 나를 보더니 심술궂게 웃었다. 내가 추궁하기도 전에 불쑥 고개를 숙이며 은지호가 속삭였다.

"우리, 아무 사이도 아닌 걸로 하자며?"

"내, 내가 언제!"

아차, 소리가 너무 컸다. 나는 흡 소리를 내고는 손을 들어 입을 가렸다.

앞에서 권혜영 원장님이 걷다 말고 나를 향해 의아한 시선을 보내는 것이 느껴졌다. 그러다가 옆얼굴에 묘한 시선이 느껴진다 싶어 고개를 돌리자, 은지호도 나를 의아한 얼굴로 바라보고 있기는 마찬가지였다

괜히 뺨이 붉어지는 것 같았다. 돌아서서 앞으로 성큼성큼 걷다 말고, 원장님을 향해 "죄송합니다. 잠시만요!" 하고 외친 나는 다시 은지호를 향해 돌아갔다. 다행히도 그녀는 그런 나를 향해 이해한다는 듯 방긋 미소를 보내 주었다. 다시 은지호에게로 달려간 나는 그때까지도 의아한 얼굴을 하고 있던 그에게 외쳤다.

"아무 사이도 아닌 걸로 하자는 게 아니라, 왜 하필 오늘이냐는 거였지. 아, 그런데, 아무튼 됐어."

머리칼을 한 번 헝클어트리며 내가 내놓은 말에, 눈을 천천히 깜빡이던 은지호가 여전히 의아한 얼굴로 되물었다.

되다니?

한숨을 푹 내쉰 나는 대답했다.

"아무튼, 나, 오늘 너 도와주러 가는 거니까…… 그런 것도 너한테 도움이 되면, 뭐, 할게. 하자고."

다시 한 번 눈을 느릿하게 떴다 감은 은지호가 되물었다.

"뭘?"

이 자식은 설마 방금 제가 말한 것을 잊어버린 것은 아닐 테고.

나는 어처구니가 없다는 듯한 표정을 지었지만, 은지호 는 도무지 장난치는 기색이 아니었다. 잠깐 천장을 보았다 가, 바닥을 보았다가, 도무지 침묵을 견딜 수가 없어진 내 가 툭 던졌다.

"우리 사…… 귀는 사이로 치는 거 말이야."

"……."

예기치 못한 무언가를 목격한 사람처럼, 은지호의 눈이 느리게 커졌다. 그의 얼굴을 한참이나 바라보고 있던 나는 잠시 후 돌아서며 덧붙였다.

"오늘만."

그리고 사명을 완수한 사람처럼, 하아, 하고 비장하게 한숨을 내쉰 나는 복도를 가로질러 빠른 걸음으로 걷기 시 작했다. 그러면서 나는 생각했다. 그래, 결국 내가 내린 결 론은 저것이었다.

아침에 깨달은 바, 은지호와 나의 관계란 내가 의식하지 못했을 뿐, 결국에는 내가 끊임없이 밀어내고 은지호가 그 런 내 반응을 무시하고는 장난스레 한 발자국 다가오는, 그런 관계였다. 왜 그런 식이 되었을까? 불쑥 의문이 떠올 랐지만, 이미 이렇게 되어 버린 이상 그런 고찰은 별 쓸모가 없다.

하나 짐작 가는 게 있다면, 관계란 익숙한 방향으로만 고정되기 마련이라는 것이다. 누군가에게는 늘 짜증만 내게 되고, 누군가에게는 늘 어리광만 부리게 되고, 반대로는 누군가에게서는 언제나 쓴소리를 듣게 되고. 그런 식의 관계는 한 번 고정되면 잘 변하지 않는다.

그리고 나의 경우에는, 은지호와 내가 전혀 다른 세계 사람이라는 것이 내가 은지호를 밀어내는 것이 습관처럼 되어 버린 이유이겠지.

그렇게 생각하면서 나는 방금 은지호가 붙들었던 내 손을 슬며시 내려다보았다.

아무튼, 지금이라도 깨달았으니, 이런 식으로라도 보상해 주면 되지 않을까. 지금이라도 천천히, 은지호를 습관적으로 내 영역 바깥으로 뿌리치는 대신에 그에게 받은 만큼만 돌려주도록 노력해도 되지 않을까.

그리고 그러기 위해서는 나는 한울 창립 15주년 파티에서의 내 역할, 은지호의 파트너로서의 역할을 성공적으로 완수할 의무가 있었다.

그렇게 생각하던 나는 문득 내가 내내 내려다보고 있던 손을 불쑥 붙드는 새하얀 손에 놀랐다.

고개를 들어 바라보니 아니나 다를까 은지호였다. 나와 어찌나 가까이 섰던지 그의 몸이 내 얼굴 위로 그림자를 드리웠다.

눈이 마주치자 씩 웃은 그가 말했다.

"고마워."

고맙다니, 그런 선선한 감사의 말을 은지호에게서 마지막으로 들어 본 게 얼마나 되었더라. 그러니까 '고맙다~' 식의, 반여령과 함께 있을 때나 툭툭 튀어나오는 비꼬는 투 말고 말이다.

그나저나, 그의 얼굴을 한참이나 올려다보던 나는 눈썹을 찡그렸다.

은지호가 이렇게 잘생겼었나?

방금 잠깐, 아주 잠깐이었지만 그가 중학교 때의 낯설고 잘생긴 남자애처럼 보였다.

그런데 고맙다니, 뭐가?

내가 물으려는 그때, 은지호의 느닷없는 말이 또다시 이어졌다.

"협조 고맙다. 이번만 지나면, 정말로 다 정리할 테니까."

"뭘?"

"나, 그런 거 잘하거든."

내 질문에는 대답하지 않은 채, 묘하게 웃은 은지호가 내 손목을 붙잡고 앞서 걷기 시작했다.

그제야 앞을 돌아보니 원장님이 이쪽을 바라보며 서 있었다. 입가에는 얇은 웃음이 걸린 것이 풋풋한 연인들이 얼굴을 바싹 붙이고 사랑의 속삭임이라도 나눈 거라고 생각하시는 것 같았다.

터무니없는 오해라고 정정해 주고 싶은 마음은 굴뚝같았으나, 음, 아니, 그보다, 나는 다시 걸음을 옮기려다 말고 옆을 보고 물었다.

"왜 따라오니?"

그러자 씩 웃은 은지호가 대답하는 소리에 나는 어처구니없다는 얼굴을 했다.

"네가 간만에 예쁜 옷을 입어 준다는데, 남자 친구로서 구경 좀 해야 하지 않겠냐?"

얘가 뭐래.

그는 그런 말을 일부러 원장님이 있는 곳까지 들리도록 소리 높여 말하는 한편, 고개를 돌려 원장님의 반응을 살폈다. 그제야 그의 의도를 알아차린 나는 으이구, 하고 말하고는 고개를 돌렸다. 하지만 이미 붉어진 얼굴은 어쩔 수가 없었다.

내가 빠르게 걸음을 옮기기 시작하자, 은지호는 그런 나를 뒤따르며 연신 빠른 소리로 뭐라 지껄이기 시작했다.

"뭐야, 단아, 왜 그래? 설마 부끄러워? 우리 사이에?"

"아, 우리 사이가 무슨 사이인데!"

"아, 또 이런다. 단아, 너 그렇게 부끄러울 때마다 소리부터 지르는 거 안 좋은 행동이야."

"아니, 너 나 그 '단아' 하고 부르는 거 그만할래?"

"왜, 그럼 다른 호칭이 좋아? 좀 더 특별한 거?"

"오냐, 특별하게 맞아 보고 싶냐?"

이제 나는 이곳이 어디인지도 잊고 숫제 험악한 소리를 해 대기 시작했지만, 은지호도, 앞서 가던 원장님도 그것에 대해 별로 개의치 않아 하는 것 같았다.

아니, 오히려 앞서가던 원장님은 걷다 말고 종종 우리를 향해 따뜻한 시선을 보내는 것이 너무, 너무…… 아아악!

나는 가능하다면 머리라도 쥐어뜯고 싶은 심정이었다.

한편, 평소와 같이 유쾌한 얼굴로 돌아와 내게 장난을 치는 은지호를 바라보는 내 가슴 한구석, 이상하게도 점점 무거워져만 갔다.

왜지? 나는 고개를 기울였다. 하지만 넓은 방에 들어가서 옷을 받고, 탈의실에 들어가는 그때까지도 나는 그 이유를 알 수가 없었다.

*　*　*

권혜영은 함단이에게 옷과 신발을 들려 보낸 다음에 은지호가 앉아 있던 소파 가까이로 돌아왔다. 은지호는 소파에 심드렁하니 기대어 앉아 있다가, 턱을 괴었다가, 허리를 꼿꼿이 폈다가, 또다시 굽혔다가, 탁자의 무늬를 세어

보는 듯하다가 휴대전화를 꺼냈다. 거기까지 바라본 권혜영은 쿡쿡 웃었다.

그녀는 은지호와는 8살 때부터 면식이 있었던지라, 은지호와는 사실상 고모와 조카 정도로 친밀했다. 과연, 비웃음 당했다는 기미는 조금도 없이 다만 고개만 기울인 은지호가 권혜영을 보며 물었다.

"왜요?"

그녀가 웃는 이유는 전혀 짐작도 못한 듯한 그의 물음에, 권혜영의 미소가 짙어졌다.

매니큐어를 칠한 손가락으로 입술을 툭툭 두드리며 권혜영은 생각했다.

그럼 저 애, 지금 자각도 없는 거지?

정말, 오늘은 의외의 모습만 보여 주는 그였다. 한참이나 싱글거리던 그녀는, 은지호가 내내 대답을 기다리는 양 뚱한 얼굴이자 그제야 입을 열어 대답했다.

"지호 고객님, 지금 보아 온 것 중에 가장 정신없는 모습이네요. 지난 10년을 통틀어서."

"아."

자그마한 탄성과 함께 은지호의 입술이 벌어졌다. 그런 무방비한 모습도 권혜영으로서는 처음 보는 것이었다. 권혜영은 다시 한 번 손을 들어 입가에 가져가며 쿡쿡 웃었다.

한울 그룹의 하나뿐인 후계자 은지호는 일주일에 한 번

이상은 어떻게든 파티에 참석하고는 했기에, 일주일에 한 번 이상은 어떻게든 얼굴을 봐 왔었다. 그런 그녀에게조차 지금 눈앞의 은지호의 모든 모습은, 면면이 놀랍고 새롭기만 했다.

은지호가 저 여자아이를 따라서 문을 열고 들어오는 그 순간, 권혜영은 전혀 다른 사람을 보는 줄로만 알았다. 웃고 떠들며 들어오는 그 순간만큼은 은지호가 동년배의 평범한 학생처럼 보였기 때문이다.

평범한 학생. 권혜영은 새삼 그 단어를 되뇌어 보았다. 그러자 은지호의 어린 시절이 떠올랐다. 눈앞의 정장을 말쑥하게 차려입은 소년에게서 그의 어린 시절 모습을 연상하기란 쉽지 않았다.

어렸을 때만 해도 눈 한 번 굴러 가면 표정도 데굴데굴 바뀌는, 퍽 귀여운 남자애였다. 그런데 언제부터인지 얼굴이 잔뜩 굳어서는, 자신과도 형식적인 대화 외에는 잘 하지 않게 되었던 것이 중학교 무렵의 일이었다.

무엇이 은지호를 그렇게 바꿔 놓았는지 권혜영은 알지 못했다. 애초에 머리를 만져 줄 때, 의상을 골라 줄 때나 잠깐 만났던 데다가, 그때는 원장도 아니었던 그녀로서는 당연히 알 수 있을 리가 없었다. 그녀도 은지호도 자신의 일로 바빴기에, 그저 무심히 생각하고 말았다. 원래부터 저런 성정을 타고난 아이구나. 무슨 일에든 담담하고, 어른스럽고, 잘 참고.

그것이 대단한 착각이었다는 것을 깨달은 것은, 그로부터 얼마 안 되어서의 일이었다. 탈의실에서 너무 안 나온다 싶어서, 실례를 무릅쓰고 '다 되셨나요?' 하고 물은 말에, 급히 뛰쳐나온 은지호는 눈가가 발갛게 달아올라 있었다. 순간 말을 잃은 권혜영에게, 은지호는 담담한 얼굴로 '늦어서 죄송합니다' 하고 단 한 마디만을 남겨 놓은 채 방을 나가 사라졌다. 잠시 후에 세수를 하고 왔는지 찬물이 뚝뚝 떨어지는 얼굴로 나타난 은지호에게서 더 이상 운 듯한 기색은 찾아볼 수 없었다.

그 사건은 권혜영의 머릿속에 상당한 충격으로 남아 있었다. 권혜영이 한참을 머뭇거리다가 그 일에 대해 물었을 때, 은지호는 조금 부끄러운 듯 뺨을 붉히더니 느릿하게 대답했다.

"힘들어…… 서, 요."
"뭐가요?"
"그냥, 다."

그는 단지 교육을 통해 모든 것을 타고난 것처럼 보이도록 갈고닦았을 뿐, 그렇다고 해서 그 모든 것이 괜찮을 리는 없었다.

주변의 기대, 엄격한 교육, 숨 막히는 생활. 그라고 해서, 다른 아이들과 같은 것을 바라지 않을 리가 없는데. 어리광 부릴 수 있는 사람, 친구 같은 것.

　권혜영은 저도 모르게 눈앞의 소년의 머리칼을 쓰다듬고 말았다. 마치 누이가 남동생에게 하듯, 그렇게. 그제야 은지호는 눈을 들어 권혜영을 보았고, 그다음에는 기어이 눈물을 흘릴 듯 눈시울을 붉히다가, 재빨리 몸을 돌려 자리를 떠났다. 은지호가 권혜영 앞에서만 유난히 감정을 내비치기 시작한 것이 그 즈음이었다.

　그리고 은지호가 완전히 달라지기 시작한 것은, 중학교 2학년이 가까워 갈 무렵이었다. 그때는 도대체 무엇이 그를 그토록 바꿔 놓았는지 알 수 없었는데.

　거기까지 생각한 권혜영은 입가에 미소를 떠올리며 눈앞의 은지호를 보았다. 그녀가 웃으며 물었다.

　"지호 고객님, 솔직히 말해 봐요."

　"네?"

　"저 아가씨랑 지호 고객님, 사귀는 사이 아니죠?"

　프흡, 은지호가 마시고 있던 홍차를 조금 뱉었다. 권혜영은 이 와중에도 직업이 뭐라고, 옷을 걱정하다가는 옷에 튄 게 없자 금세 깔깔 웃어 버렸다. 은지호가 머쓱한 표정으로 그런 그녀의 시선을 피했다. 그러나 그것도 오래가지 않았다.

모처럼 나이에 어울리게 순진해 보인다고 생각했지만, 금세 매혹적인 미소로 자신을 포장한 은지호가 그녀를 향해서 여유로운 시선을 던졌다. 과연, 아직 연기할 여유가 남아 있단 말이지.

다소 신경질적으로 웃어 보인 은지호가 대답했다.

"아닌데요? 사귀는 사이 맞는데?"

"어머, 못 믿겠는데?"

"함단이 쪽이 너무 뻣뻣하게 굴어서 그런 거라면, 사귄 지 얼마 안 돼서 그런 건데요."

"흐으음, 그거 아닌 것 같은데."

그러자 은지호의 웃는 얼굴에 조금 금이 갔다. 권혜영을 빤히 보던 은지호가 물었다.

"그럼, 뭐처럼 보였는데요?"

이제야 원하는 질문이 나왔다. 생긋 웃은 권혜영은 소파에 팔을 기대며 느긋이 말을 이었다.

"첫째, 그 아가씨는 고객님한테 별 사심이 없어 보여요. 왜 그럴까, 이렇게 잘생긴 고객님한테."

그렇게 말하며 권혜영이 깔깔 웃자, 은지호가 사납게 웃는 낯으로 대꾸했다.

"아니, 사심 완전 많거든요? 제 얼굴 보면서 꽤 자주 멍해지거든요?"

"그거야, 고객님 얼굴이 자연재해 같은 거라서……."

"제 얼굴더러 신의 선물도 아니고, 자연재해라고 표현하는 사람은 누나밖에 없을 거예요."

은지호가 이제는 독기조차 사라져 버린, 어처구니없다는 듯한 얼굴로 대답했다. 그에 쿡쿡 웃은 권혜영은 말을 이었다.

"그리고 방금 제가 알아낸 둘째, 지호 고객님은 단이 고객님에게 사심이 꽤 많다, 아닌가요?"

"……."

"그것도 꽤 오래전부터."

"아……."

권혜영은 슬쩍 은지호의 얼굴을 살폈다. 예상치 못한 순간에 훅 치고 들어왔기 때문인지 은지호의 얼굴이 창백하게 굳어 있었다. 그러다가 그는 아, 하고 문득 입을 벌려 앓는 소리를 내더니 얼굴을 가렸다.

이제는 표정 수습조차 안 되는 모양이었다. 은지호가 드물게, 정말 드물게 당황한 얼굴로 입을 벌렸다가, 다물었다가, 얼굴을 가린 손을 내리고는 머리칼을 쓸어 올리다가 이내 헝클어트리는 것을, 권혜영은 만족스러운 얼굴로 쳐다보았다.

이 도련님을 언제 놀려 보겠어? 그녀는 생각했다. 몇 년만 지나도 이 도련님에게서는 이만한 빈틈도 찾아보기 힘들어질 텐데, 이런 때가 아니면 정말 꿈도 못 꿔 보지.

그렇게 생각하던 그녀에게 마침내 포기한 듯한 얼굴로 은지호가 물었다.

"그렇게 티가 나요?"

그녀는 활짝 웃으며 대답했다.

"네."

"아니, 대체, 어디서? 아……."

그리고 그는 나지막이 신음하며 얼굴을 가리더니, 또 저 혼자 중얼거리기 시작했다.

"이 파티, 유건도 올 텐데……. 다른 사람이라면 몰라도, 그 인간한테 걸리면 정말 끝장인데……."

유건? 익숙한 이름이라고 생각하던 그녀는 곧, 얼마 전부터 들려오던 발해 그룹의 장남에 대한 소문을 떠올리고는 탄성을 내뱉었다.

그러고 보니, 오랫동안 해외에 나가 있던 그곳 장남과 차남이 이번에 귀국했다는 얘기가 있었지.

한울 그룹 창립 15주년 파티는 그런 그들의 귀국 첫 파티가 되는 셈이었다.

그나저나, 은지호와 유건이 아는 사이였다니?

그녀는 새삼 놀란 눈으로 은지호를 훑었다. 그러다 문득, 한울 그룹과 발해 그룹의 규모를 생각하면 둘이 모르고 있는 것이 더 어려울 것이란 결론을 내렸다. 그렇다고는 해도 은지호의 입에서 상당히 나이 차이가 나는 유건의 이름이 반말로 내뱉어진 것은 꽤 충격이었다. 친하거나, 사이가 나쁘다거나, 둘 중 하나라는 뜻일 텐데.

그녀의 상념을 가르고, 은지호의 물음이 불쑥 들려온 것은 그때였다.

"어디서 그렇게 티가 나요?"

"네?"

"얼른 좀 고쳐 보게. 어디서 티가 나는 거예요? 몸짓? 눈빛?"

그렇게 말하면서 은지호는 새삼 자신의 모습을 멀리 걸린 거울에 훑어보았다. 그러더니 그는 중얼거렸다.

"평소랑 그렇게 다른 것 같지는 않은데. 이 정도 산만한 거야, 다른 녀석들 있을 때는 평범한 편이고."

"……."

"아, 뭐지? 대체, 뭐길래……."

"저기요, 지호 고객님."

그녀는 불러 놓고 침묵했다. 은지호가 그녀를 향해 고개를 돌리고는, 저기, 대답 좀 해 주세요. 대체 뭣 때문에 그렇게 보이는 건데요? 하고 추궁하는 것이 들렸으나, 그녀는 대답할 수가 없었다. 방금까지 유건과 은지호의 인연 혹은 악연에 대해 추리하는 것도 잊은 채, 지금 그녀는 한 가지 생각에 잠겨 있었다.

그녀는 속으로 중얼거렸다.

지금 그걸, 고칠 수 있다고 생각하는 거야?

"누나? 혜영 씨?"

"아, 네."

"대답 좀 해 주세요. 저, 이거, 저한테는 좀 중요한 문제라서."

그러면서 그는 괜히 간담이 서늘해진 듯한 얼굴로 제 목을 매만졌다. 그가 한 번 입모양으로 유건, 하고 중얼거리는 것을 권혜영은 똑똑히 보았다. 그것으로 그녀는 은지호와 유건이 인연이라기보다는 악연일 것이라고 확신하고 말았다. 그리고 눈을 천천히 깜빡인 그녀는 아직도 소식이 없는 탈의실 쪽을 바라보았다.

이것은 은지호를 위한 조언이라기보다는 이런 세계와는 별 연관이 없어 보이는 저쪽 아가씨, 함단이를 위한 조언이었다. 그녀는 신중하게 입술을 떼었다.

"지호 고객님."

"네."

"그건, 고객님이 고친다고 고칠 수 있는 게 아니에요."

"……?"

"하지만, 한 가지 충고는 해 드릴 수 있어요."

의아한 듯한 은지호의 시선을 받으며, 조심스레 집게손가락을 편 권혜영이 말을 이었다.

"일단, 오랜만에 본 사람은 무조건 피하세요. 그러면 돼요."

고민하지 않고 흘러나온 대답에 잠깐 인상을 쓰고 있던

은지호가 되물었다.

"설마, 그게 충고의 끝이에요?"

권혜영은 그렇다고 대답할 수밖에 없었다. 은지호가 황당하다는 얼굴로 되물었다.

"아니, 애초에, 어디서 그렇게 티가 났길래 그래요?"

"후후, 뭘까요."

"저 지금 심각하거든요."

그렇게 묻는 은지호의 얼굴을 권혜영은 빤히 보았다. 과연, 심상치 않게 굳어져 있어서 권혜영이 보기에도 꽤 진지하게 묻는 것임을 알 수 있었지만, 그렇다고 해도 권혜영이 말해 줄 수 있는 것은 별로 없었다.

다만 고개를 돌리며 권혜영은 덧붙였다.

"제가 말해도 소용없을 걸요. 애초에 이런 짧은 시간 안에 설명될 만한 것도 아니고."

"그게 대체 뭔데요?"

"모르죠. 저보다 더 설명에 소질 있는 사람이 지호 고객님의 감정을 알아본다면, 그 사람이 지호 고객님께 설명해 주지 않을까요?"

그러자 은지호는 더는 추궁하지 않았다. 대신에 눈썹을 찡그리더니 저 혼자 중얼거렸다.

"그게 유건만 아니기를 바라야지."

권혜영은 저도 모르게 풋, 하고 웃음을 터트리고 말았

다. 다시 고개를 이쪽으로 돌린 은지호에게, 권혜영은 내내 생각하고 있던 것을 마침내 입 밖으로 꺼내놓았다.

"보기 좋아요."

"네?"

권혜영은 웃으며 대답했다.

"보기 좋아요, 지금의 지호 고객님."

은지호는 눈을 깜빡이다가 곧 입술을 일자로 다물었다.

"지호 고객님, 지금 처음으로 제 나이처럼 보여요. 몇 년만의 일인지 몰라요."

"……."

"되도록이면, 함단이 고객님이 지호 고객님의 곁에 앞으로도 계속 있어서, 그래서 고객님을 그렇게—"

그렇게 말한 그녀는 문득 시선을 들었다가, 어느새 은지호의 표정이 바뀌어 있는 것을 보았다.

잠자코 바닥을 응시하는 은지호의 얼굴에 아까의 어수룩한 기색은 씻긴 듯 걷혀 있었다. 부산하던 손동작도 어느새 멈추었다. 등은 소파에 기대고, 두 손은 깍지 껴서 배 위에 올려놓은 채로 은지호는 바닥을 바라보고 있을 뿐이었다.

조금 당황한 권혜영이 물었다.

"고객님?"

"함단이라는 그 이름, 잊어버려요."

"네?"

"다시 같이 올 일 없거든요."

권혜영은 당황했다. 대체 무슨 말을 하느냐고 물으려는 그때, 돌연 커튼이 걷히는 소리가 났다.

선택한 의상이 고객에게 잘 어울리는지를 보는 것은 그녀의 본분이었다. 뒤돌아본 그녀는 과연, 제 안목이 틀리지 않았음을 알고는 만족감에 옅게 미소 지었다.

함단이는 허리를 옆으로 튼 채로 자신의 모습을 거울에 비추어 보고 있었다.

간단한 여름용 원피스였다. 소재는 두 겹으로, 겉은 하늘거리는 얇은 시폰 소재라 뒤가 비치고, 뒤는 빳빳한 재질의 흰 천이었다. 허벅지를 살짝 덮는, 약간 짧다 싶은 길이었지만, 원피스의 밑단과 같은 색상인 흰색의 반바지를 안에 걸치도록 되어 있어서 활동하기에도 편했고 학생이 입기에도 부담이 없었다.

이어 앞에 준비된 은색 스트랩 구두를 신은 그녀가 저를 돌아보기에, 권혜영은 환하게 웃으며 솔직한 대답을 내놓았다.

"너무 예쁘시네요! 하얀색이 정말 잘 어울리세요."

진심에서 우러나는 말이었는데도 그녀는 기뻐하는 눈치가 아니었다. 아니, 오히려 그녀는 불안한 듯 눈을 굴리며 한참을 거울에 제 이모저모를 비추어 보기만 했다.

은지호의 반응은 어떨까?

권혜영은 힐긋 뒤돌아보았다.

은지호는 아까의 쓸쓸하던 표정은 집어치운 채로 녹아내릴 듯 달콤한 미소를 짓고 있었다. 이어 권혜영을 돌아본 은지호가 덧붙이듯 말했다.

"그러네요. 예쁘네, 함단이."

"윽."

그렇게 말하면서 턱을 괴고 함단이를 향해 느긋한 시선을 던지는, 흰 양복 차림의 은지호는 영화 스크린에서 방금 튀어나온 것처럼 근사했다. 그런데도 함단이는 기뻐하거나 얼굴을 붉히는 대신에, 이마를 조금 구기기만 했다.

그 모습을 보면서 권혜영은 은지호의 고생길이 훤히 내다보이는 것만 같았다. 칭찬을 저런 표정으로 받아들여서야, 고백도 제대로 받아들이지 않을 것이 분명했다. 분명히 놀리는 거라고 생각하는 거겠지.

그러면서 권혜영은 속으로만 미소 지었다. 은지호가 좋아하는 사람이 생겼을 때, 그 상대가 은지호를 좋아하지 않으리라고는 여태 한 번도 상상해 본 적이 없는 권혜영이었다.

저 애, 자신이 알기로는 은지호의 첫사랑이지 않나? 은지호가 다른 누구 앞에서는 이런 행동을 하거나 상대에 대한 이야기를 꺼내는 걸 한 번도 본 적이 없으니.

거기까지 생각한 권혜영은 은지호를 향해 따뜻한 눈길을 보내었다.

누군가를 머리로 골라서 좋아할 수 있다면 정말 좋겠지. 그게 안 된다는 것을 깨닫는 것이, 비로소 첫사랑을 시작할 때일 테고.

은지호가 자라면서 잃어버린 것, 혹은 세월에 뺏겨 버린 것, 이를테면 충동성이나 감정 같은 것을 저 함단이라는 여자애를 통해 돌려받은 것 같아서, 권혜영으로서는 그 모습이 보기 싫지 않았다. 은지호의 이성적인 모습을 동경하는 또 다른 사람들이라면 어떨지 모르겠지만.

그러다 갑자기 권혜영은 고개를 갸웃거렸다. 한 가지 마음에 걸리는 것이 있어서였다.

은지호의 방금 그 말.

"다시 같이 올 일 없거든요."

그건 또 무슨 뜻일까. 권혜영은 이마를 찡그리다가, 함단이가 제 쪽을 돌아보자 그녀를 헤어 코너로 안내하기 위해 분주히 걸음을 옮겼다.

* * *

함단이가 커튼을 걷고 나왔을 때, 분홍색 두꺼운 천을 한 손으로 걷고서 저를 올려다보는 다갈색 눈과 마주쳤을 때,

그때부터 그는 예쁘다고 말하고 싶었다. 그러나 그조차도 간신히, 옆의 권혜영에게 한마디를 보탤 수 있었을 뿐이다.

"그러네요. 예쁘네, 함단이."

은지호는 거푸 머리칼을 헤집었다. 그래, 예쁘다는 말도 진심. 그 뒤에 쑥스러움을 감추려고 아무렇게나 주절거렸던 말조차, 진심만을 말했음을 나중에서야 깨달았다.

아무래도 퍽 깔끔한 사람은 못 되는 모양이야.

은지호는 비식 웃었다. 하기는, 제가 미련 많은 성정인 것은 스스로가 가장 잘 알고 있었다. 아버지에게 교육받을 때도 그 부분 때문에 가장 많이 혼나지 않았나.

함단이가 자진해서 오겠다고 했을 때, 사심이 조금도 생기지 않았냐고 한다면 물론 아니었다. 그러나 미련은 버리기로 했으니까, 마지막이라고 생각하고는 장난처럼 제안한 말에 또 냉큼 따라줄 줄은 몰랐다. 아니면, 그렇게나 절박한 티가 났던가?

은지호는 제 얼굴을 매만져 봤지만, 그때 제가 어떤 표정을 짓고 있었는지 따위는 아무래도 알 수 없었다. 한숨을 내쉰 은지호는 고개를 내저었다.

됐어, 어차피 마지막이니까.

이 일이 끝나면 자신은 함단이를 온전히 친구로만 대할

것이다. 솔직한 마음을 드러내는 것도, 이번이 마지막일 터였다. 이곳에 오기 전에 이미 그렇게 결심했다.

은지호는 어디 가 있으라는 함단이와 권혜영의 말에도 아랑곳 않고, 내내 옆 의자에 앉아 턱을 괴고 모든 과정을 지켜보았다. 이제 함단이의 단장은 거의 막바지에 이르러서, 이제 액세서리를 착용하는 일만이 남아 있었다.

그리고 마침내 함단이가 저를 돌아보자, 은지호는 툭 던졌다.

"진짜 예쁘다니까."

부담스럽지 않도록 가볍게, 하지만 진심을 담아서. 은지호는 제가 나름대로 칭찬에 소질이 있다고 생각했다. 그런데도 함단이의 반응은 한결같았다.

"거짓말."

제 말에 그렇게 대답해 놓고는 함단이는 곧바로 입술을 딱 붙였다. 그것을 보고 은지호는 그만 소리 내어 웃을 뻔했다.

아무래도 함단이는 오늘을 제 생일로 쳐 달라는 제안에 대해 나름의 타협을 보았던 모양이다. 받아들이는 방향으로. 그래서 습관적으로 받아쳐 놓고도 저렇듯 실수했다는 표정을 짓는 것이다.

'아무튼, 모처럼 저런 웃긴 표정도 새로 봤네.'

아무래도 3년 이상을 아는 사이, 아니, 그 이상으로 학교에서, 또 집에서 붙어 지내다 보면 새로운 표정을 보기란 쉽지 않은데. 소득이라면 소득이었다.

제안하기를 잘했지, 눈을 가늘게 뜨며 웃은 은지호는 함단이가 일어나자, 그녀를 따라 자리에서 일어났다.

대리석 바닥을 밟아 다가가는 내내 함단이는 은지호의 걸음 한 번에 어깨 한 번씩을 움찔거렸다. 그런 함단이와 은지호를, 여직원들은 조금 멍한 듯 응시하다가 눈이 마주치면 조용히 뺨을 붉히고는 했다.

은지호는 아까, 이 가게에 들어오면서부터 함단이가 드라마 어쩌고 타령을 하던 것을 생각했다. 솔직히 말하자면 함단이의 입장에서는 드라마 비슷한 상황이기는 할 것이다. 특히, 눈길 한 번만으로 온갖 찬탄을 불러일으키는 남자애가 자신의 등을 다정스레 끌어안고 걷고 있다는 점이.

그런데도 함단이는 감탄하는 기색도, 설레어 하는 기색도 없이 그저 뚱한 얼굴이었다. 하기는, 은지호는 새삼 이것이 얼마나 웃기는 상황인지를 깨닫고는 웃었다. 삼 년이 넘게 친구로 지내 온 이가 갑자기 이런 행동을 한다고 해서 설레다니, 그럴 리는 없나.

그래도 조금이라도 흔들려 주기를 바랐는데. 은지호는 괜히 심술궂게 중얼거리며 함단이의 등에 손을 얹었다. 함단이의 등이 움찔하더니, 갈색 눈이 조금 커진 채로 자신을 돌아보았다. 씩 웃은 은지호가 말했다.

"그냥 우리 파티 가지 말고, 같이 저녁이나 먹으러 갈까?"

"……."

"너무 예뻐서 걱정되는데. 이상한 놈 꼬이면 어쩌지 하고."

"미……."

미?

은지호는 잠시 말하던 것을 멈추고 고개를 숙였다. 그러나 다 듣기 전에도 이미 답을 알고 있는 듯한 기분이었다. 그리고 이어지는 말에 그는 가만히 웃음을 삼켰다.

아, 역시.

"미쳤나 봐……."

이럴 줄 알았다, 내가.

은지호는 웃는 것을 들키지 않으려고 가만히 고개를 숙였다. 입술이 실룩거리려는 것을 참는 것은 다년간 다져 온 연기 실력을 총동원해도 꽤 힘들었다. 잠시 후 고개를 들어 바라본 함단이의 얼굴은 또 울상이 되어 있었다.

그래, 방금은 도저히 연인 간의 대화는 아니었다는 걸 알기는 아는 모양인데.

은지호는 그녀가 무슨 반응을 하려나 싶어 잠자코 기다렸다. 그리고 무슨 일인가 눈치채기도 전에 무언가가 뺨을 가볍게 찔러 왔다.

"음. 화 풀어."

무심하게 그의 볼을 한 번 찌른 그녀는, 제 시선을 받자 또 안절부절못하다가는, 앞서 나간 권혜정이 부르는 소리에 네! 하고 외치며 달려 나가 버렸다.

두 사람이 나가자 곧바로 조용해진 자리에서, 은지호는 가만히 손을 들어 방금 함단이가 쿡 찔렀던 뺨을 매만져 보았다. 무슨 일이 일어났는지 채 깨닫기도 전에 웃음부터 나왔다. 의자를 짚으며 몸을 구부린 그가 웃으며 중얼거렸다.

"방금 그거, 설마, 애교야?"

애교가 아니라면 역시 함단이답다고 해야 할까. 애교라고 하면 그것도 그것대로 처참했다. 거기까지 생각한 은지호는 팔을 들어 얼굴을 묻으며 깊이 숨을 들이마셨다. 아니, 그래도 못 참겠다. 함단이의 미래에는 길이길이 실례될 생각이라는 것을 알지만, 그래도 내뱉지 않고는 견딜수 없었다.

마침내 웃음을 터트리며 은지호는 외치듯 중얼거렸다.

"저 녀석 대체, 나중에 연애는 어떻게 하려고 저러는 거야?"

한 번 터진 웃음은 좀처럼 가라앉지 않았다. 한참을 의자에 기대어 어깨만 들썩거리다가, 자리에 남아 있던 직원들이 저를 보며 굳어져 있는 것을 발견한 은지호는 그 즉시 허리를 꼿꼿이 폈다. 손을 들어 헝클어진 머리칼을 한 번 정리한 다음, 태연하게 눈인사를 던지고 나오는 내내 등 뒤에서 따끔거리는 시선이 느껴졌다.

뭐, 내 알 바냐. 작게 중얼거리며 은지호는 두 손을 주머니에 찔러 넣었다.

아무도 없는 자리에서 저 혼자 소리 내어 웃고 있었다는 것을 말해 봐야, 믿을 사람 따위 아무도 없으리라는 것을 은지호는 잘 알고 있었다. 그러니까, 저를 정말 잘 아는 극소수의 사람들을 제외하고는 말이다. 그리고 그 극소수의 사람들은 은지호가 의자 위에 올라가 춤을 추고 있었다고 해도 별로 놀라지는 않을 것이기에 걱정할 이유는 조금도 없었다.

흐트러진 머리칼을 한 번 더 매만지며 은지호는 중얼거렸다.

"……진짜, 연애는 어떻게 하려고."

말은 내뱉은 즉시 허공에 흩어졌다. 빠른 걸음으로 복도를 가로지르던 그의 걸음이 점차 느려졌다.

복도의 정중앙, 이도 저도 아닌 곳에서 마침내 우뚝 멈춰 선 그는 문득 머리칼을 헤집었다. 오기 전에 공들여 손질한 머리칼이 엉망으로 흩어져 버렸다. 됐어. 다시 손보면 되는 일인데, 뭐.

머리카락 따위, 그의 속을 엉망으로 헤집는 끔찍한 기분을 없앨 수 있다면 몇 번이라도 헤집을 수 있었다. 그러나 그런 식으로 해결되는 것도 아니기에, 그는 그저 손을 들어 눈가를 가리고는 침묵할 수밖에 없었다.

한참 만에 그의 입에서 무거운 한숨이 새어 나갔다.

"하……."

한 걸음 다시 발을 떼어 놓으며 은지호는 중얼거렸다.

언젠가 이 일을 후회할 때가 오겠지. 왜 스스로 달콤한 고통에 손을 댔는지, 한 번 손대면 잘 잊을 수도 없을 텐데.

그러나 그런 식으로 따지자면 되돌리고 싶은 것은 수도 없이 많았다.

고개를 털어 낸 은지호는 다시 걸음을 옮겼다. 한 걸음 내디딜 때마다 그날의 풍경들이 눈 위로 선명하게 떠올라 되감겼다. 은지호는 생각했다.

그래, 이를테면 언젠가 우는 네 손을 잡고 여름 거리를 가로질러 걸었던 일. 아니면, 언젠가 소파에 나란히 앉았을 때 네 어깨에 머리를 기대었던 일이라든가. 또 옆자리에 앉아 잠든 네 모습을 쉬는 시간 내내 지켜보았던 일.

은지호는 걸음을 옮기는 한편 눈을 슬며시 내리감았다.

거슬러 올라가다 보면, 종국에 도달하는 곳은 함단이가 제 옆자리에 앉던 날. 그때만 해도 제가 함단이를 싫어했던 것을 생각하면 그저 웃음만 나온다.

그러나 그날로 돌아가서 다시 선택하라고 한다면, 자신은 함단이를 좋아하지 않을 수 있을까.

회상을 비집고 새롭게 떠오른 그 의문에, 그만 은지호는 걸음을 멈추고 말았다. 그러다 문득 미소를 떠올린 은지호는 도로 걸음을 옮겼다. 천천히 시야가 환하게 밝아 오는 것을 느끼며 그는 중얼거렸다.

"그럴 리 있나."

아버지는 말했다, 마음도 이성으로 통제할 수 있다고.

그러나 자신은 지금, 언젠가 후회하게 되리라는 것을 알면서도 함단이를 향해서 걷고 있다. 이대로 가면 후회할 기억 하나를 머릿속에 새겨 넣고야 만다는 것을 알면서.

복도를 빠져나오자마자, 예상했던 것보다도 빨리 그는 함단이를 볼 수 있었다. 끝이 잘 정돈된 갈색 머리칼 위에 환한 큐빅이 달린 머리띠가 얹혀 있었다. 머리띠에 달린 큐빅이 사방의 조명 빛을 반사해 내며 별처럼 빛났다.

잠깐 눈이 부셔서, 눈을 가늘게 떴다가는, 그 아래 얼굴을 들여다본 은지호가 웃었다. 아무튼 지금 그는 오늘의 기회를 허투루 흘려보낼 마음은 없었다. 재미있는 표정이나 실컷 보겠노라 마음먹은 그가, 다가서며 다정한 말을 내놓은 그때였다.

"함단이, 예쁘네."

"응, 알아."

"……?"

은지호는 잠깐 미간을 구겼다가는 함단이를 돌아보았다. 그녀는 당황하는 표정을 짓거나 얼굴을 붉히는 것, 둘 중에 어떤 것도 하지 않고 그저 태연한 얼굴로 휴대전화만

들여다보고 있었다.

설마…….

은지호는 미간을 구겼다. 벌써 적응했나?

아니, 그럴 리 없었다. 무엇에든 적응이 느린 함단이는 기계든 계절이든 한 박자씩 늦게 적응해서 많은 이들의 빈축을 사고는 했다. 은지호가 반복했다.

"야, 함단이. 예쁘다니까?"

당황한 나머지 평소 말투로 돌아온 것조차 자각하지 못했다. 은지호가 당황이 깃든 눈으로 함단이를 빤히 쳐다보는 사이, 휴대전화를 도로 클러치에 집어넣은 함단이가 고개를 들더니 툭 내뱉었다.

"응. 안다고."

"알긴 뭘?"

별로 좋은 뜻으로 들리지 않으리라는 것은 알고 있으면서도 그렇게 묻고야 말았다. 맞은편에서는 권혜영이 은지호를 향해 잔뜩 당황한 눈빛을 보내었다.

고객님, 그거 아니에요! 적신호예요! 고객님 짝사랑에 적신호!

그러나 그 말조차 함단이는 별다른 반응을 보이지 않았다. 이제 은지호는 슬슬 제가 함단이에게 너무 압박을 주었나 걱정되기 시작했다. 그 차에 다시 고개를 든 함단이가 말했다.

"음. 너, 반어법 쓰는 거잖아."

"뭐? 반어법?"

생각지도 못한 해석이었다. 도대체 그게 어떻게 들으면 그렇게, 하고 말문을 떼기가 무섭게 걸음을 옮기며 함단이가 말했다.

"너 반여령한테 맨날 못난이라고 하잖아."

"……그래서?"

"나한테는 예쁘다고 하고."

그제야 은지호는 이 자그마한 머리통 안에서 그 짧은 새 일어난 사고의 전환을 알 수 있었다.

은지호는 그만 뒷목을 잡고 싶은 기분이 들었다. 모처럼 부끄러워하는 반응도 보고, 연인다운 대화를 만끽할까 했더니, 다 글러먹었다.

조용히 미간을 구기는 것도 잠시, 휙 몸을 돌려 어디론가 걸음을 옮기는 함단이를 본 은지호는 성큼 걸음을 떼었다. 그러면서 그는 다급하게 외쳤다.

"야, 함단이! 너 예쁘다니까?"

"응, 알아. 안다고."

"아니, 그러니까, 반어법이 아니라, 아! 젠장!"

"응, 알아, 알아."

"알긴 뭘 알아!"

은지호가 외친 말에 숍 직원들이 수군거리기 시작했다.

그런데도 함단이는 요지부동으로 아무런 반응이 없었다.

아무튼 한 번 믿기 시작한 것은 끝까지 믿어 버리는, 좋은 말로 하면 뚝심 좋고 나쁜 말로 하자면 요령 없는 그녀이니 저 인식이 다시 바뀔 일은 한동안 없을 것이다.

아, 젠장.

가만히 이마를 짚은 은지호는 중얼거렸다.

"하여간 반여령, 평소에도 방해하더니, 이제는 원격으로까지 방해냐……."

* * *

"에취!"

반여령은 주문을 받으려다 말고 어깨를 들썩이며 재채기를 했다. 흐읍, 코 아래를 매만져 본 다음, 타액이 흐르지 않았음을 확인한 반여령은 그제야 눈을 찡그리며 생각했다.

감기는 아닌데, 게다가 여름이고 말이야, 재채기는 웬 재채기?

한편 반여령이 재채기를 터트리는 그 순간, 카운터 가까이 앉아 있던 남자들은 모두 일어난 채였다. 개중에 가장 가까이 있던 사람이 반여령에게로 티슈를 내밀었다.

"쓰, 쓰십쇼!"

그렇게 외치는 그의 얼굴이 사과도 친구하자고 할 만큼

새빨갛게 닳아 올라 있었다.

"아, 아뇨."

반여령은 웃으며 거절했다. 하지만 그러기가 무섭게 그 뒤에 줄지어 있던 세 사람 정도가 티슈를 권했다. 반여령은 그것도 웃는 얼굴로 전부 물리쳤다.

한편, 그 광경을 카운터 너머에서 잠자코 바라보던 카페 주인이자 반여령의 삼촌, 반시원은 일련의 일들에 대해 조금 질리기 시작했다. 그러면서 그는 모처럼 정리하려고 꺼내 놓은 매출 장부를 힐긋거렸다.

반시원에게 있어서 이 카페 건물은 그가 새로 올린 빌딩일 뿐이었고, 그의 본업은 피부과 의사였다. 평소에는 도통 시간이 나지 않아 한창 영업할 시간의 카페에 와 본 것은 오늘이 거의 처음이었다.

반여령이 일하고 난 이래로 매출이 두 배 가까이 뛰었기에, 도대체 제 카페에 무슨 일이 일어났나 싶어서 마침내 확인하러 온 것이 오늘이었는데, 과연. 그는 어처구니없다는 듯한 표정을 지었다. 생각해 보니 확실히 이 반씨 일가 중에서도 제일 외모가 뛰어난 것은 저쪽, 그러니까 반여단과 반여령 남매이기는 했다.

그래도 그렇지, 재채기 한 번에 서른 명은 되는 남자들이 자리에서 우르르 일어나는 광경은 대체. 돈 주고도 못할 구경을 했다.

그가 말없이 입꼬리를 느슨히 당기는 사이, 반여령은 냅킨을 여덟 번째로 거절하다 말고는 제 앞치마를 내려다보았다. 진동이 울리고 있었다.

"아."

눈을 굴려 액정을 확인한 즉시 그녀는 짤막한 탄성을 터트렸다. 그리고 그녀는 전원 버튼을 꾹 눌렀다. 상대방 휴대전화에는 신호가 가기 시작한 지 2초도 안 되어 '지금은 통화를 하실 수 없어……' 하는 메시지가 흐르기 시작했을 것이다.

그리고 그녀는 다시 앞을 보았다.

"주문하시겠어요?"

반여령이 상냥하게 웃으며 던진 말에 얼굴을 붉히는 것도 잠시, 남자가 물었다.

"누구예요?"

반여령은 가만히 눈을 내리깔며 웃었다.

당연한 말이지만, 그녀는 모르는 사람으로부터의 사적인 질문을 싫어했다. 그러나 이번만큼은 그 기분이 조금 괜찮게 여겨졌다.

반여령이 진심을 담아 웃자 그녀의 미모가 한층 빛나 보였다. 검은 속눈썹이 조금 내리깔리고, 별을 품은 밤하늘처럼 영롱하게 반짝이는 검은 눈이 잠깐 사라졌다가는 향하는 그 모습에 남자는 꼴깍 침만 삼켰다.

진짜, 진짜, 진짜진짜 예쁘다. 시각적 폭력으로 잡혀가도 할 말 없겠다 싶을 외모였다. 게다가 꾀꼬리 지저귀는 것처럼 맑기 그지없는 목소리까지!

흰 손을 들어 뒷목으로 흘러내린 검은 머리칼을 쓸어내리는 그 단순한 동작까지도 남자는 놓치지 않고 바라보았다.

그 가운데 마침내 반여령의 붉은 입술이 열렸다. 그리고 돌아오는 대답에, 남자는 멍하니 입을 벌렸다.

"미물이요."

"네?"

"게다가 납치범이요."

"네?"

멍하니 입을 벌리는 남자를 향해, 반여령은 더욱더 환하게 웃으며 대화의 종지부를 찍었다.

"있어요, 은지랄호라고, 제가 사랑하는—"

"—여령아!"

사랑하는, 다음의 말은 갑자기 난입한 목소리로 인해 잘 들리지 않았다. 남자는 뒤를 돌아보았다.

급하게 뛰어온 듯 보이는, 헝클어진 머리칼의 남학생 하나가 문간에 손을 짚고는 숨을 급하게 들이마시며 이쪽을 보고 있었다.

그의 어깨가 들썩임에 따라 붉은 머리칼 끄트머리가 천천히 흔들리다가는 가라앉았다. 그리고 반여령의 뒷말이 이어졌다.

"……를 납치한 놈이에요……. 은형아?"

"여령아."

한숨 쉬듯 그렇게 말한, 은형이라고 불린 남학생이 척척 걸음을 옮겨 이리로 다가왔다.

아차, 남자는 그만 마음이 급해졌다. 아까는 반여령이 재채기를 터트리는 바람에, 재채기하는 것조차 귀여운 그 모습에 놀라 말을 잇지 못했고, 그다음에는 냅킨을 권하는 녀석이 우르르 달려와 준비한 비장의 멘트를 하지 못했다. 그런데 지금은 심상치 않은 붉은 머리 남학생의 등장이라니! 지금 말하지 않으면 안 된다!

남자는 급하게 입을 열었다.

"저, 저기! 주문할게요!"

"네, 말씀하세요."

반여령이 눈을 깜빡이고는 조금 잘 들으려는 듯, 이쪽을 향해 고개를 숙였다. 그에 대고 남자는 터질 듯 붉어진 얼굴로 입을 달싹였다.

그, 저, 저는,

"아, 아아 아가씨 마음만큼 따, 따뜻한 커피 한 잔……."

남자의 마지막 말이 떨어짐과 동시에 카운터 주변의 공기가 한층 차가워졌다.

고개를 든 남자는, 서비스업에 종사하는 아르바이트생으

로서 아슬아슬하게 제한선 위에 있는 것 같은 싸늘한 표정을 짓고 있는 반여령과, 그리고 가까이 다가온 붉은 머리 남학생의 난감해하는 표정을 볼 수 있었다.

아까는 고개를 숙이고 있던 탓에 머리카락에 가려져 얼굴이 잘 보이지 않았는데, 가까이서 보니 대단한 미남이었다.

붉은 머리색에 잘 어울리는 흰 피부는 가까이서 보아도 도자기처럼 잡티 하나 보이지 않았고, 콧날과 턱선은 깎아 놓은 듯 단정했다. 그러다가 회녹색 눈이 이쪽을 향하는 바람에 남자는 흠칫했다.

제가 아는 여자아이, 아니면 그보다 훨씬 친밀한 관계일 터인 여자아이에게 앞에서 대놓고 그런 말을 던졌으니, 화가 났을 거라 생각했지만 뜻밖에도 그의 눈빛에 분노하는 기미는 조금도 없었다.

그가 의아해하며 고개를 돌린 그때였다. 반여령의 종달새 같은 미성이 남자의 의식을 두드려 깨웠다.

"손님?"

"아, 네!"

남자는 허겁지겁 고개를 돌렸다. 눈이 마주친 반여령은 뜻밖에도 천사도 저리 가라 할 정도로 환히 웃고 있었다.

세상에, 설마, 감동해서?

남자의 가슴에 한 줄기 희망의 싹이 움트는 찰나였다.

반여령의 서늘한 목소리가 이어졌다.

"아이스 아메리카노로 갖다 드리겠습니다."

"……아, 네."

그제야 남자는 저, 붉은 머리 남학생이 보여 준 눈빛의 의미를 알 수 있었다. 그 의미인즉, 동정심이었다.

과연, 누구의 도움도 받지 않고 쉽게 남자 한 명을 넉 다운 시킨 반여령은 남자가 비틀거리며 카운터를 떠난 뒤에, 제게로 다가온 권은형을 올려다보며 빙긋 웃었다. 그녀가 웃으며 물었다.

"너도 아이스 아메리카노 갖다 줄까?"

그에 권은형은 입꼬리를 당기며 느른한 미소를 지어 보였다. 그는 웃으며 대답했다.

"네 마음만큼 차가운?"

"에이, 너희한테는 따뜻하지."

반여령은 권은형과 마주 보고 키들키들 웃었다. 그 뒤에야 반여령은 메뉴판을 가리키며 마실 것을 권하는 한편, 눈을 동그랗게 뜨며 물었다.

"그런데 왜 벌써 여기 왔어? 지금쯤 너도 준비하고 있어야 하는 거 아냐?"

"아, 뭐, 나는 어디까지나 얹혀사는 입장이니까."

아무렇지도 않게 말한 권은형이 그렇게 말하고는, 문득 더워진 듯 소매를 접어 올리는 바람에 반여령은 잠깐 말을 잃었다. 잠시 침묵했다가, 다른 곳을 향해 시선을 던졌다가,

권은형이 자신을 의아하게 바라보기에, 으응, 하고 대답한 반여령은 또 어색한 얼굴로 가만히 바닥만 보고 있었다.

그에 권은형은 제 설명이 부족한 탓이라고 짐작한 듯, 고개를 기울이며 천천히 말을 이었다. 소매를 걷은 팔을 들어 올린 그가 머리칼을 쓸어 넘겼다.

"어디까지나 파티의 주역은 유천영이나 건이 형, 신이 형 그 셋이니까 말이야. 내가 그 파티에 올 거라고 기대하는 사람은 아무도 없어."

"응?"

"내가 그 자리에 가는 건, 그냥 내가 집에 혼자 있는 걸 알면 천영이네 부모님이 슬퍼하시는 데다가, 나도 천영이를 혼자 둘 수 없기 때문인걸."

물가에 놓은 애도 아닌데 말이야.

거기까지 말하고 생긋 웃은 권은형은, 그때까지도 침묵하던 반여령을 바라보다가 천천히 고개를 숙이며 눈높이를 맞추었다.

"여령아?"

다정하게 부르는 말에 고개를 든 반여령이 물었다.

"뭐 먹을 거야?"

조금 부루퉁해진 목소리였다.

왜지? 여령이가 함부로 이런 표정을 하는 애가 아닌데.

놀란 눈을 깜박인 권은형은 선선히 대답했다.

"응…… 더우니까, 네 말대로 간단하게 아이스 아메리카노로 할까?"

그에 그래, 하고 돌아서는 폼이 심상치 않았다. 잠깐 무슨 말인가를 할까 하고 손을 내밀었다가, 권은형이 다시 천천히 돌아서는 그때였다.

문득 등 뒤로 매서운 손길이 철썩 날아들었다. 윽, 어깨를 움츠렸다가 눈을 동그랗게 뜬 권은형이 뒤를 돌아보았다. 방금까지만 해도 카운터 너머로 돌아가던 반여령이 어느새 그의 앞에 있었다.

왜 그래? 하고 물으려던 그는 반여령의 눈가가 어느새 짓눌린 듯 발갛게 달아올라 있는 것에 숨을 삼켰다.

잠깐 입술을 어물거리던 반여령이 마침내 입술을 떼었다.

"너."

곧 울 것 같은 표정이나 망설이던 태도와는 별개로, 그 목소리는 칼처럼 엄정하고 단호했다. 잠깐 눈을 크게 떴다가, 눈빛을 가라앉히며 권은형은 천천히 고개를 끄덕였다.

손을 들어 권은형의 팔을 툭 때린 반여령이 말을 이었다.

"나빴어."

"뭐가?"

이번에는 묻지 않을 수 없었다.

그리고 이어지는 말에 권은형은 말을 삼켰다.

"그런 식으로 말하지 마."

거기까지 말한 반여령이 퍼뜩 고개를 들었다. 어느새 눈에는 물기가 고여 있는데도, 그런데도 그 검은 눈은 조금도 열기를 잃지 않은 채 밝게 빛나는 채로 이쪽을 향했다.

그 시선을 마주하노라니 권은형은 머리부터 발끝까지 꿰뚫리는 기분이었다.

그런 가운데 말소리가 이어졌다.

"네가 그 파티에 온다고 아무도 기대를 안 하기는, 누가, 아무도 기대를 안 해?"

"여령아, 그건⋯⋯."

"우리가 아무도야? 응? 우리가 아무도냐고."

권은형은 문득 숨을 멈추었다. 그리고 숨을 천천히 내쉬기가 무섭게 목울대 밑에서 따뜻한 덩어리가 가슴으로부터 올라오다가 턱 하고 걸렸다.

목부터 얼굴까지 뜨끈해졌다. 갑자기 주변 공기가 희박해진 것처럼, 호흡하기가 어려워 진 듯한 기분이 들었다.

느리게 숨을 마시고 뱉으며, 권은형이 잠자코 반여령의 물기 어린 눈을 내려다보는 가운데, 살짝 젖은 속눈썹을 천천히 깜빡인 그녀가 다시 한 번 손을 들어 그의 팔을 툭 쳤다.

그리고 말소리가 이어졌다.

"나빴어."

"응."

그렇게 말하고는, 가만히 숨을 삼킨 그가 다시 말했다.

"내가 나빴어."

"맞아."

"미안해."

그제야 반여령의 눈이 다시금 이쪽을 응시했다. 환한 검은빛 눈에서 물기가 씻겨 나가고, 밝은 빛이 들이차는 것을 권은형은 어쩐지 경이롭기까지 한 기분으로 응시했다.

이윽고 환하게 웃은 그녀가 말했다.

"우리, 재밌게 놀자."

권은형은 다시 한 번 웃을 수밖에 없었다. 그가 고개를 끄덕이자, 반여령은 방금까지 우울했던 것도 잊어버린 듯 경쾌한 어조로 조잘조잘 말을 이었다. 그러다 그녀가 문득 눈을 크게 뜨며 아! 하고 외치는 바람에 권은형은 조금 당황했다.

"뭐 잊어버린 일 있어? 도와줄까?"

그러자 휘휘 고개를 내저은 그녀는 다급한 어조로 말을 이었다.

"아니, 그런 게 아니라!"

"응."

"단이가 카페에 와서, 방금 그 남자 같은 소리를 하면 어쩌지!? 아가씨 마음처럼 따뜻한 커피 한 잔이요, 막 이러면서!"

"……."

으음. 은형은 조금 난감한 듯한 미소를 지었다.

농담인가? 생각하며 반여령의 얼굴을 살폈지만 그녀의 얼굴에는 한 치도 농담의 기미가 비치지 않았다. 그렇다면 진심이라는 얘기인데.

권은형은 웃음이 조금 비집고 나오려는 것을 참았다.

반여령, 세간의 잘난 사람의 기준에서 무엇 하나 빠지는 것이 없는 이 완벽한 여자애는 딱 두 가지 흠이 있는데 하나는 연애에 대한 눈치는 완전 꽝이라는 것이고, 다른 하나는 그녀의 소꿉친구에 관련된 일이라면 일반적인 사고 체계를 도무지 거치지 못한다는 점이었다.

그가 천천히 고개를 내저으며, 여령아, 진정해, 하고 말하려는 찰나였다. 갑자기 주먹을 불끈 쥔 반여령이 카운터를 향해 씩씩하게 돌아섰다. 권은형은 당황해서 눈을 깜빡이며 그 모습을 지켜보았다.

물론 반여령은 아르바이트생이니 카운터로 돌아가는 것은 당연한 일이지만, 그 걷는 모양이 심상치 않았다. 그리고 이어지는 목소리에 권은형은 조용히 웃는 한편 손을 들어 이마를 짚었다.

"세상에서 가장 뜨거운 커피를 타는 연습을 하자."

"푸훗."

권은형은 결국 소리 내어 웃고 말았다. 저걸 누가 말려.

웃으며 고개를 절레절레 내젓다 말고, 권은형은 다시 고개를 들어 그녀를 보았다.

커피 내리는 기계를 향해 발레하듯 걷는 그녀의 목덜미에서 묶은 머리칼이 흔들거렸다. 그 모습을 가만히 지켜보다가, 권은형은 문득 다시 입을 열었다. 그것은 지극히 충동적인 일이었다.

"여령아."

"왜?"

반여령이 다시 이쪽을 돌아보았다. 평소와 같이 옅은 미소를 보낸 그가 말을 이었다.

"커피 말이야."

"응?"

"차가운 거 말고, 따뜻한 걸로 줄 수 있어?"

반여령의 눈이 잠깐 커졌다가는 곧 가라앉았다. 고개를 갸웃하며, 더운데 괜찮겠어? 하고 묻는 말에 권은형은 가만히 고개를 끄덕였다. 고개를 갸웃하면서도 반여령은 알았다고 하고는 도로 뒤돌아 사라졌다. 그제야 뒤를 돌아본 권은형은 가까운 테이블들을 샅샅이 훑어보았다.

간혹 자리로 놀러 올 반여령이 편하도록, 또 반여령이 거절하기 곤란한 사람이 나타나면 보고 있다가 내쫓아 줄 요량으로 가까운 자리에 앉으려 했지만, 카운터와 가까운 자리는 남자들로 물 샐 틈도 없었다.

가볍게 한숨을 내쉰 그는 천천히 걸음을 옮겨 입구 근처에 놓인 빈 테이블로 향했다. 그러면서 그는 손을 들어 천천히 목울대를 매만졌다.

아직도 목울대에 뜨거운 것이 얹혀 내려가지 않는 듯한 기분이 들었다. 눈을 내리깔며 그는 중얼거렸다.

"뭐라도 마시면, 씻겨 내려가겠지."

그러나 왜인지, 그러지 않을 것 같은 기분이 들었다. 그 것은 예감이 아닌 확신이었다.

등나무로 된 의자에 깊숙이 몸을 파묻은 권은형은 한동안 테이블만 빤히 보았다. 테이블의 나뭇결무늬 위에서 요동치는 햇빛 위로, 문득 파티장의 화려한 샹들리에 불빛이 겹쳐졌다. 사실상 둘 사이에는 밝다는 것 외의 공통점은 전혀 없는데도 그랬다.

천천히 팔꿈치를 들어 테이블 위에 걸쳐 놓고, 아무것도 없는 그 위를 빤히 내려다보며 권은형은 중얼거렸다.

"아무도 없었을 텐데."

분명히, 하고 중얼거리는 작은 목소리가 그 끝에 달라붙었다. 권은형은 괜히 손을 뻗어 나뭇결을 찬찬히 쓸어 보았다.

그는 생각했다. 파티장에 들어설 때마다 저를 보며 환히 웃던 사람들.

"너도 그 집 가족과 다름없구나!"

"천영이가 확실히 표정이 좋아 보여요. 또래 친구가 있어서 그런가?"

"앞으로도 잘해 줘야 한다."

어른들은 늘 상냥했다. 제 앞에서는 상냥하지 않은 적이 없었다. 그럼에도 유건이나, 유신이나, 유천영, 세 사람이 전부 제 곁을 떠나고 없으면, 언제나 들려오는 말들이 있었다.

"부끄럽지도 않을까, 정말."

"거지나 다름없잖아."

그런 말들을 듣고도 권은형은 아무렇지도 않았다. 이미 그런 것은 유천영의 저택에서만 해도 너무 겪어서 신물이 날 지경이었다. 오히려 그는 가능하기만 했다면 소리 내어 웃고 싶었다.

겨우 그런 말로 자신에게 상처 줄 수 있다고, 압박 줄 수 있다고 여긴 걸까? 자신은 갈 데 없는 무력한 아이에 불과한데, 자신이 말을 들었다고 상처를 받거나 자존심이 상하기라도 해서 그 집을 당장 뛰쳐나갈 거라고 기대하는 걸까?

그러기에는 권은형은 이미 자존심도, 아무것도 남아 있지 않았고, 그런 말들보다는 유천영에게 아무런 존재도 아니게 되거나 쫓겨나서 굶는 쪽이 더 두려웠다.

그 파티의 누구도 권은형에게 호의적이지 않았다. 잔인한 것은 어른들보다 또래 애들이 더했다.

유씨 일가의 삼형제, 특히 유건이 그렇게나 주의력이 깊지 않았더라면 자신은 아이들에게 끌려가 험한 꼴을 몇 번이고 당했을 것이다. 그때마다 유천영은 화난 기색이었지만, 권은형은 이상할 정도로 아무렇지도 않았다.

어쩌면 나는, 그때부터 이미 대부분의 것을 포기했을지도 몰라.

권은형은 중얼거렸다.

누군가가 자신을 좋아한다는 것이나, 자신에게 호감을 갖는 것. 이미 그런 것은 포기한 지 오래였는데도 권은형은 사람들에게 친절해야만 했다. 그러지 않으면 돌아가신 어머니와 남은 단 한 명의 가족인 아버지가 자신 때문에 욕먹을 거란 생각. 그 때문에 베풀었던 호의가 자신을 반장 자리에 올려놓았고, 믿을 만한 사람이라는 평판을 만들었다. 참 우습지. 권은형은 웃었다.

어른스럽다는 말 따위, 하나도 고맙지 않았다. 울음을 잘 참는다는 말로밖에 들리지 않았다. 아주 가끔은, '이래도 안 울어?'라고 말하는 것처럼 들리기까지 했다.

그런 그가 지금 한마디 말 때문에 동요하고 있었다. 그는 그것이 너무 낯설어서 견딜 수 없었다.

그런데도 이 낯선 기분이 불쾌하냐고 하면, 그것은 결코 아니라서, 권은형은 저도 모르게 희미한 미소를 덧그리며 중얼거렸다.

"그렇지……. 이제는 있지."

권은형은 몹시도 낯선 기분에 크게 한 번 심호흡을 한 다음, 천천히 중얼거렸다.

"날 기다리는 사람도, 이제는."

오늘만큼은 있을 것이다. 은지호도, 유천영도, 우주인도, 함단이도…… 반여령도.

그 이름들을 되뇌어 보던 권은형은 천천히 미소 지었다. 그런 권은형의 어깨를 누군가 건드렸다.

"아."

"제 마음만큼 따뜻한 커피 나왔습니다."

괜스레 놀라는 것도 잠시, 권은형은 반여령의 능청스러운 멘트에 웃음을 터트렸다. 웃는 권은형을 빤히 내려다보던 반여령도 이윽고 따라서 배시시 웃었다. 그녀가 조금 쑥스러운 듯 물었다.

"양심 없다고 안 해?"

그에 빙긋 웃은 권은형이 대답했다.

"왜? 따뜻한 거 맞는데."

"윽……."

잠시 눈썹을 찡그리고 있던 반여령이 대답했다.

"은지호 보다가 너 보면, 너무 적응이 안 돼."

그리고 다시 한 번 시선을 마주친 그들은 쿡쿡 웃기 시작했다.

그러다 반여령의 검은색 눈동자와 시선이 마주치자, 권은형은 느리게 미소 지으며 눈을 내리깔았다. 방금까지만 해도 아무렇지도 않게 여겨졌던 저 눈과 시선을 마주치기가 조금 힘들었다. 이윽고 반여령은 쟁반을 안고 자리를 떠났다.

그녀의 떠나는 뒷모습을 바라보던 권은형은, 잠시 후 커피 잔을 손에 쥐었다. 받아 든 커피는 생각보다 뜨겁지는 않았다. 적당히 따뜻해서 마시기에 딱 좋은 정도. 커피를 그리 즐기지는 않는 편이라서, 한 모금 마시고는 커피 잔을 매만지며 권은형은 중얼거렸다.

"따뜻하다."

반여령과 권은형이 카페를 나서게 된 것은, 저녁 여섯 시 무렵이었다. 한여름 하늘의 해는 도통 떨어질 생각을 안 해서, 그들은 아스팔트로부터 반사된 햇빛이 온몸을 찌를 듯이 비추어 오는 가운데, 카페 바깥으로 급하게 발을 내디뎠다.

다행히도 카페 바로 앞에 유천영이 불러다 준 검은 차가 한 대 서 있었다. 카페 앞에 멈추어 선 긴 검은 차를 보고 사람들이 지나가다 말고 수군거렸다. 놀란 것은 반여령의 삼촌도 마찬가지였다. 그는 눈을 찡그리며 중얼거렸다.

"여령아, 그냥 친구네 집 파티라며?"

대체 집으로 오라며 세단을 불러 주는 친구는 뭐 하는 친구니. 그는 묻고 싶었다.

반여령과 권은형은 허겁지겁 차에 올라타 문을 닫았다. 카페 문에서 나와 곧바로 차로 들어오기까지, 그 짧은 거리가 이토록 힘겹게 느껴지는 것은 오랜만이었다. 좌석에 기대앉은 그들은 후, 숨을 내쉬었다.

그렇게 한바탕 숨을 고른 뒤, 권은형은 가장 먼저 유건, 유신 형제에 대한 얘기 먼저 꺼내었다. 반여령이 의아한 표정을 지었지만, 길게 설명할 틈은 없었다. 유건과 유신이 벌인 온갖 기행을 설명하며, 그들은 준비 없이 만나도 될 만큼 만만한 사람들이 아니라고 당부했다.

설명할 시간에 차라리 조금이라도 대비를 시키는 편이 낫지.

권은형은 저도 모르게 한숨을 내쉬었다.

아무튼 유천영 친구들이니, 그들 쪽에서도 다른 이들 대하듯 가차 없지는 않겠지만…….

유건과 유신을 어설프게 아는 사람들이 권은형의 걱정에 대해 들었다면, '무슨 소리야! 둘 다 얼마나 좋은 사람들인데! 겁이 너무 많은 거 아냐?' 하며 그의 등을 치고 껄껄 웃었겠지만, 오히려 그들의 성장 과정을 곁에서 지켜봐 온 권은형으로서는 도저히 그렇게 생각할 수 없었다.

솔직히 말하자면, 지금의 권은형에게 있어 현재의 유씨 저택은 마왕의 성이나 다를 바가 없이 여겨졌다. 아니, 유건과 유신이 없다는 점에서 마왕의 성 쪽이 좀 더 후한 점수를 얻기는 했다.

하아, 소파에 조금 기대며 권은형은 차분히 한숨을 내쉬었다. 게다가 유건과 유신을 마지막으로 본 것이 몇 년 전이니, 그 사이에 얼마나 변했을지, 권은형은 그것도 걱정이었다.

반여령의 시선이 자신을 향한 가운데, 권은형은 가만히 입술을 뗐다.

"여령아, 일단, 천영이랑 형제라고 해서 천영이 같은 분위기를 기대하면 안 돼. 주구장창 커피에 설탕 대신 소금을 집어넣는, 그런 허술한 사람들이 아니란 말이야."

"으, 응."

반여령은 고개를 끄덕였다. 평소와 같은 침착한 목소리가 이어졌다.

"아침마다 졸다가 벽에 머리를 박지도 않고."

"응……."

그리고 잠깐 눈을 내리깔았던 반여령이 말을 이었다. 말실수는? 눈을 한 번 굴린 권은형이 조곤조곤 말을 이었다.

"신이 형이라면 아주 가끔은, 그런데 신이 형도 워낙 순발력이 좋아서 말실수할 때는 너무 황당할 때나, 건이 형의 교묘한 말솜씨에 휘말렸을 때, 두 가지 경우밖에는 없어. 천영이 같은 상습범은 절대 아니야."

"음……."

이제 반여령의 얼굴은 눈에 띄게 일그러져 있었다. 입술을 삐죽 내밀며 그녀는 생각했다. 유천영 같은 타입이라면 만나서 절대로 긴장할 일은 없는데, 역시 세상일은 쉽지 않은 모양이다. 그런 반여령을 바라본 권은형은 저도 모르게 조금 소리 내어 웃었다. 그리고 그는 말을 이었다.

"둘이 상극인데, 공통점이 하나 있다면 천영이를 아주 아낀다는 거, 그거 하나야."

"앗. 유천영 혹시 사랑받는 막내, 뭐 그런 위치야?"

"응, 맞아. 놀랍게도."

그렇게 대답한 권은형은 싱긋 웃었다.

확실히 유천영은 얼른 보아서는 사랑받는 막내 같은 모습은 전혀 아니었다. 오히려 그 무뚝뚝한 분위기를 보아서는 맏이일 거라고 생각하기가 무척 쉬웠다. 그도 아니면 감정을 크게 드러내서는 안 될 만한 엄격한 환경에서 자라난 모양이라고. 실상은 전혀 아니지만.

거기까지 생각하고는 웃은 권은형이 말을 이었다.

"그 두 사람, 눈치가 무지 빨라. 사실 천영이가 지금처

럼 말도 안 하게 되고 표정도 없어진 건, 그 형들 탓도 반
은 있어. 아무 말도 안 해도 원하는 걸 척척 대령하니, 그
게 부담스러웠던 모양이야."

"아하, 그게 그렇게 됐던 거구나."

듣던 반여령이 고개를 끄덕였다. 권은형도 따라서 고개
를 끄덕였다.

"그래, 그래서 말인데……."

반여령이 갑자기 웃음을 터트린 것은 그때였다. 권은형
은 의아해졌다. 왜냐하면, 유건과 유신의 눈치가 무서울 정
도로 빠르다는 것이, 그가 그들에 대해 이렇듯 설명하기 시
작한 이유였기 때문이다. 그가 걱정하고 있는 것은 다름 아
닌, 함단이었다. 유천영은 요즘, 그러니까, 거의 삼 년 가
까이가 지나서야 그녀를 향한 자신의 마음의 형태에 대해
어느 정도 깨달아 가는 듯싶었다. 그런 상황에서 유천영의
마음을 유건과 유신이 눈치챈다? 절대 안 될 말이었다.

그런데 이런 웃음이라니? 머리가 똑똑한 반여령의 느닷
없는 웃음에 권은형이 어쩔 줄 모르고 입술을 달싹이는 가
운데, 반여령이 먼저 권은형을 돌아보며 말을 꺼냈다. 반
여령의 눈초리는 즐거운 듯 잔뜩 휘어져 있었다.

"유천영, 좋아하는 여자애라도 있었으면 큰일 났겠네!"

권은형의 얼굴은 금세 창백해졌다.

믿을 수 없어서, 권은형은 다시 물었다.

"뭐?"

"유천영 말이야, 좋아하거나 사귀고 있는 여자애 없어서 다행이라고. 그 오빠들이 눈치챘다가는 당장 어떤 애인지 불어 보라며 막 그랬을 거 아냐? 그 오빠들 유천영 엄청 아낀다면서."

"아, 응."

"유천영, 거짓말도 못하니까 말이야. 그런 거 있었으면 바로 들통나고 말 거야."

그에 권은형은 말하지 않을 수 없었다.

"응. 핵심을 찔렀어, 여령아."

"응?"

"아, 아니."

황망한 표정을 금세 수습하고는 바닥으로 시선을 던지던 권은형은 이내 창밖을 바라보았다. 눈을 크게 뜬 반여령이, 무슨 일이야? 왜 그래? 하고 물어도 그는 대답해 주지 않았다.

다만 그는 차가 구르는 도중 간혹 손을 들어, 검지로 미간을 꾹꾹 짚기만 했다. 때로는 입 속으로만 중얼중얼하기도 했다. '세상에, 여령이. 아직도 그걸 눈치 못 채다니'라든가 '괜찮을까, 정말'하고.

먼 길을 달린 차가, 마침내 저택의 철창으로 된 대문 사이를 가로질러 지나갔다. 빽빽하게 붙어선 침엽수가 창밖으로 휙휙 지난다 싶더니, 시야가 서서히 밝아져 왔다.

눈을 휘둥그렇게 뜬 반여령은 창 쪽에 얼굴을 바싹 붙였다. 집 안에 있다고는 도저히 믿어지지 않을 만큼 큰 호수가 나타났다. 호수 바깥에는 흰 칠을 한 조각배도 하나 떠 있었다.

반여령이 외치듯 물었다.

"여기 설마, 천영이네 본가야?"

"맞아. 너는 처음 와 보는 거지?"

"호수가 있다고는 말 안 했잖아! 세상에, 저게 뭐야!"

발그레하게 상기된 뺨을 하고 그렇게 외치고는 다시 창으로 바싹 붙는 반여령의 뒤통수를 응시하며, 권은형은 뒷머리를 긁적였다.

호수에 대해 얘기 안 했나? 기억이 잘 나지 않지만, 반여령이 기억을 못 하는 것을 보면 아무래도 그랬을 것이다. 권은형이 유천영과 호수에 배를 타고 나갔다가 노를 떨어트리는 바람에 허둥지둥하던 일을 웃으며 얘기하고, 반여령이 소리 내어 웃음을 터트리던 찰나에 차가 부드럽게 멈추었다.

차에서 내려 바라본, 온통 나무와 호수로 가득한 부지 한가운데 우뚝 선 건물은 건물이라기보다는 조각물에 더 가까웠다. 흰색과 갈색, 회갈색 긴 가로선이 어지러이 교차

하며 짜 맞춘 현대식 건물은, 겉으로 보아서는 지극히 기하학적인 예술품처럼 보였고, 더군다나 창문은 가로선 사이에 잘 숨겨져 있어 더욱 집처럼 보이지 않았다.

문 또한 구석에 붙어 있었다. 반여령이 가만히 서서 감탄하고 있으려니, 뒤에서 다가온 권은형이 뒤따라 걸어와 반여령의 팔을 부드럽게 잡아 이끌었다. 문 앞에 선 권은형이 인터폰을 살짝 눌렀다.

누구인지 묻지도 않았다. 인터폰 안에서 아, 하는 가벼운 감탄사와 함께 문이 벌컥 열렸다.

"왔어?"

무심한 목소리가 석양빛에 붉어진 공기를 통해 날아왔다. 문고리 위에 한쪽 손을 올려놓은 유천영이 그들을 향해 까딱 목례했다.

미니 샹들리에가 뿜어내는 빛 아래 마침내 온전히 바라보게 된 유천영은 단추가 있는 조금 빳빳한 소재의 반팔 롤업 셔츠에, 아래는 통이 좁은 슬랙스를 걸친 채였다. 그들을 안내하다 말고 문득 반여령에게로 고개를 돌린 유천영이 물었다.

"어땠어?"

늘 그렇듯 앞뒤 다 잘라먹은 채였다. 고개를 갸웃한 반여령이 물었다.

"뭐가?"

"은형이가 가서."

그제야 반여령은 가만히 웃었다. 권은형이 네가 일하는 카페로 가서 어땠느냐, 조금 도움은 되었느냐, 하는 의미인 것이 틀림없었다. 이 지나치게 생략하는 말버릇이 어디에서 나왔나 했는데, 지나치게 눈치 빠른 형제들을 두었기 때문이라니. 반여령은 유천영의 말을 조금 더 이해하고자 노력해 볼 마음이 들었다. 이쪽을 빤히 내려다보는 새파란 눈동자를 마주하며 생긋 웃은 그녀가 대답했다.

"좋았어."

"다행이네."

그리고 고개를 돌린 유천영은 권은형에게도 물었다.

"뭐 마셨어?"

"응, 아메리카노 대접받았어. 뜨거운 걸로."

그러자 유천영의 표정이 조금 괴상해졌다. 괜스레 발끈한 반여령이 되물었다.

"뭐야, 그런 거 아니거든? 유천영 너, 사람을 뭐로 보고."

그러자 잠깐 침묵했던 유천영이 무슨 생각을 했는지, 까만 눈썹을 찡그리고는 느릿느릿 대답했다.

"너, 그런 짓은 은지호한테만 해······."

잠시 걸음을 멈춘 셋 사이로 침묵이 흘렀다. 그러다가, 누가 먼저랄 것도 없이 마주 본 반여령과 권은형은 웃음을 터트렸다. 반여령이 깔깔 웃으며 유천영의 등을 때렸다.

"푸하하! 유천영 너, 은지호 진짜 막 대한다!"

"천영아. 나 걱정해 준 건 고마운데, 은지호를 제물로 바치는 건 아니지."

반여령에 이어, 권은형마저 어깨에 팔을 두르며 그렇게 말하자 유천영의 미간은 조금 더 구겨졌다.

* * *

해가 서서히 기우는 시각, 방에 불도 켜지 않은 채로 창턱에 손을 짚고 선 남자가 있었다. 창문을 통해서 발갛게 달구어진 해와 반절이 보라색으로 물든 하늘, 높은 담장과 호수가 한눈에 내다 보였다. 그 모습들을 차분한 얼굴로 눈에 담던 남자는 뒤에서 들려온 인기척에 고개를 돌렸다.

검은 양복 차림의 사내가 서 있었다. 남자는 양복 사내의 얼굴을 표정 없는 눈으로 가만히 응시했다.

남자는 겉으로 보기에는 전혀 두려운 존재가 아니었다. 키는 180 초반 정도로 거구라고는 할 수 없었고, 빛이 곱고 수려한 얼굴은 강인해 보이거나 야성미가 넘치는 얼굴과는 거리가 멀었다. 차라리 보험 회사 광고에나 나올 것처럼, 선량하고 책임감 넘치며, 남에게 해가 되는 일은 어떤 식으로든 못할 것 같은 외모의 소유자였다. 그가 몸에 걸친 것도 그의 그러한 매력을 살려 줄 부드러운 감색 정장이었다.

그러나, 단정하게 손질된 검은 머리칼 끝을 가볍게 매만진 그가, 서릿발 같이 차고 고요한 시선을 사내에게 던졌을 때, 사내의 어깨는 긴장으로 요동쳤다.

눈이 마주치는 것조차 두려운 듯 황급히 고개를 숙인 사내가 입을 열었다.

"큰 도련님, 막내 도련님이 친구들과 함께 돌아오셨다고 합니다."

"아, 그래? 친구라면 은형이?"

"한 사람 더 있습니다."

그 말에 남자의 눈이 조금 커졌다. 한쪽 입꼬리를 말아 올린 그가 창턱에 느른히 기대며 물었다.

"그래? 누구지?"

"여자애입니다."

남자의 검은 눈이 더욱 이채를 띠었다.

그가 몸을 앞으로 숙이자, 자줏빛 넥타이가 가볍게 흔들리며 석양빛에 붉은 광택을 덧입었다.

더없이 달짝지근한 목소리로 그가 채근했다.

"이름이?"

그러나 남자의 눈에 떠올라 있던 이채는, 곧 들려온 대답에 금세 사그라지고 말았다.

"대화를 듣기로는, 반여령이라고 합니다."

"아아."

"내가 보시겠습니까?"

"조금 바빠서. 나중에 가겠다고 전해 줘."

그렇게 말하는 남자의 손에는 휴대전화 외에는 아무것도 들려 있지 않았지만, 사내는 그 말뜻을 알아들었다.

무슨 말이든 그의 입에서 나온 이상, 그것이 사실이든 아니든 사실이라 믿고 전해야만 한다.

다시 한 번 고개를 꾸벅 숙인 사내가 그림자처럼 소리도 없이 걸어서 방을 나간 뒤에, 홀로 남은 남자는 다시 뒤돌아 창밖을 바라보았다.

어느새 해는 반절이 도시의 그림자에 사라져 먹히고 없었다.

미국에서 바라보던 지평선은 확실히 이보다 넓고 멀었는데.

잠시 눈을 가늘게 뜨고, 풍경을 바라보던 그가 이윽고 중얼거렸다.

"반여령에 대한 정보는 더는 필요 없어."

반여령. 그녀의 가정은 평범한 중산층에 속한다고는 하나, 그녀의 친척들은 조금 달랐다. 브랜드 수석 디자이너, 유망한 연구원, 의사, 판사에 이르기까지 사회에서 알아주는 대부분의 분야에서 확고한 자리를 차지하고 있었다.

게다가 배경을 굳이 생각하지 않더라도, 반여령은 그 외모의 가치만 따져 봐도 보석 그 자체라는 평가를 듣고 있는 소녀였다. 그녀에 대한 정보를 모으기란 아주 쉬운 일이었다.

그러나 하나, 해결되지 않는 문제가 있었다. 남자는 손을 뻗어 툭, 투툭, 하고 창턱 위를 피아노 치듯 손가락 끝으로 가볍게 두드렸다. 그러면서 그는 중얼거렸다.

"함단이."

그 애는 대체 뭘 하는 애지?

그가 외국에 나가 있는 사이, 난데없이 나타나서 막냇동생의 곁을 차지한 여자아이. 반여령의 절친한 친구라는 것 외에는 아무런 연결 고리도 보이지 않는다.

창턱을 두드리던 남자의 손가락 끝에 점점 초조함이 실렸다. 예로부터 불확실한 가능성을 조금이라도 남겨 놓는 것을 끔찍하게 싫어하는 그였다. 세상에 100퍼센트란 존재할 수 없음을 이미 잘 알고 있는데도 그랬다.

그래서 정보를 갈퀴로 긁어모으듯 모았으나, 반여령과는 달리 정말 아무것도 모이지 않았다. 아무것도.

그가 소리 내어, 다시 한 번 함단이, 하고 자그만 목소리로 중얼거린 그때였다. 어느새 해가 완전히 져서 어두워진 방 안, 서늘한 정적을 뚫고 낯선 목소리가 날아왔다.

남자는 천천히 뒤를 돌아보았다.

"이러니까 내가 널 정상인 취급을 못해 주지, 이 불안 병자야."

"유신."

눈을 천천히 깜빡이던 남자가 다음 순간 부드럽던 낯빛을 일그러트리며 씹어뱉듯 던진 말에, 맞은편에서 낄낄 웃는 소리가 들려왔다. 그러더니 달각하는 소리와 함께 방 안 천장이 환해졌다.

문간에 기대선 남자의 머리색은 환한 금빛이었다. 창문 앞에 선 남자의 머리칼이 차분한 남색 빛이 도는 검은색인 것과는 완전히 대조적이었다.

장난기 가득 넘치는 검은 눈, 한 손은 벽을 짚고 한 손은 주머니에 찔러 넣고 있을 뿐인데도 생동감이 넘치는 분위기, 그렇듯 마주 보고 있는 두 남자는 하나부터 열까지 같은 데가 없었다.

그럼에도 이 저택에 사는 사람이라면 누구든, 이 둘이 의심할 여지없는 형제라는 사실을 잘 알고 있었다.

명망 있는 발해 그룹 회장의 아들들 중 첫째, 유건.

그리고 둘째, 유신.

벽에 손을 짚고 한참이나 낄낄거리던, 화려한 금색 머리칼의 남자, 유신은 유건과는 달리 다소 캐주얼한 정장을 걸치고 있었다.

유건은 그런 유신을 한참이나 표정 없는 얼굴로 바라보다가, 문득 부드러운 미소를 띠었다. 그가 웃으며 말했다.

"오랜만에 귀국해서 한국어를 다 까먹은 모양인데, 불안 병자라는 말은 없단다. 강박증이나 불안 장애라는 말은 있어도."

그에 유신이 웃는 얼굴로 이죽거렸다.

"하, 알거든? 너한테는 불안 장애라는 말도 부족해서 내가 하나 새로 만들었다, 왜."

그 말에도 유건은 미소 하나 일그러트리지 않았다. 유신을 빤히 보던 그가 봄볕처럼 상냥한 목소리로 대답했다.

"그래, 기억나는 한국어라고는 이제 욕밖에 없지? 네 머리로는."

물론, 내용은 전혀 상냥하지 않았다. 그제야 웃는 것을 멈추고 이를 아득 깨문 유신이 던졌다.

"그러는 형은 외국 물 좀 먹고서도 그 성질머린 하나도 안 고쳤네? 하기는, 그게 바다 좀 건넌다고 고쳐질 일이야, 어디?"

"잊은 모양인데, 먼저 시비를 건 건 너야."

그러게 누가 건드리래?

그렇게 말하는 유건의 얼굴에 웃는 빛이 더욱 짙어졌다. 가볍게 쳇, 하고 혀를 찬 유신이 시선을 아래로 향했다. 그러더니 그가 문득 던졌다.

"또 불안 병자 같은 짓 하고 있으니까 그러지."

"무슨 소리지?"

유건이 천연덕스러운 얼굴로 고개를 기울이자, 이를 으

득 깨문 유신이 외쳤다.

"몰라서 물어? 뒷조사 말이야, 뒷조사!"

"흐음."

유건은 고개를 기울일 뿐, 제대로 대답하지 않았다. 그에 잠시 씨근거리던 유신이 입술을 꽉 악물었다. 한참이나 유건을 노려보던 유신이 중얼거렸다.

"알긴 해? 너 진짜 편집증 환자 같은 거."

"불안 장애, 강박증에 이어 편집증 진단이라……. 귀국 인사 한번 상냥하구나."

"넌 뭐가 그렇게 불안하냐? 불확실 인자를 뒀다가는 무슨 재앙이라도 일어날 것처럼, 자료 수집, 또 자료 수집에……."

유신의 말을 끊고 빙긋 웃은 유건이 물었다.

"그건, 내가 너처럼 막 살아야 한다는 말이야?"

"씨팔, 그럼 막냇동생한테 친구가 생길 때마다 뒷조사를 하는 인간이 정상이냐!?"

조금의 지체도 없이 유건이 대답했다.

"내 나름의 걱정이야."

"웃기고 자빠졌네, 이 불안 병자 새끼."

그렇게 말한 유신이 가운뎃손가락을 들어 올리자, 유건의 눈썹이 조금 꿈틀했다. 그러나 표정을 금세 되돌린 그는 침착한 어조로 대답했다.

"불안 요소를 제거해 두자는 생각을 하고 있을 뿐이야."

하, 기가 차다는 듯 코웃음을 친 유신이 되물었다.

"그래서? 그래서, 그 '함단이'라는 애가, 네 성에 차지 않는다면, 네 기준에서 불안 요소에 속한다면 어쩔 셈인데?"

유건은 대답하는 대신에 유신 쪽으로 한 걸음을 떼어 놓았다. 유건이 한 발 한 발 가까워짐에 따라 점차 창백하게 질려 가던 유신의 안색이, 유건이 아무렇지도 않게 제 옆을 스쳐 지나자 원래대로 돌아왔다.

당황한 표정으로 유건의 팔을 황급히 잡아챈 유신이 외쳤다.

"어딜 가!?"

"난 할 말은 다 했어."

돌아오는 목소리는 얼음처럼 싸늘했다.

이제는 웃는 기색도 없이, 얼음처럼 차가운 눈으로 유신을 쏘아본 유건이, 그러나 입술만은 여전히 웃는 채로 말을 이었다.

"나는 오랜만에 귀국한 형제와 대화를 하고 싶었지만…… 네가 하고 싶은 건 하울링(동물 짖는 소리)뿐인 것 같구나. 그렇다면 더 이상 너와 할 말은 없어."

"야……!"

뒤따라 걸어간 유신이 뭐라 말하기도 전에, 문이 코앞에서 쾅! 하고 닫혔다. 잘못하면 이마를 부딪칠 뻔했다. 기겁하며 물러나던 유신은, 닫힌 문을 한참이나 노려보다가 입술을 꽉 깨물며 중얼거렸다.

"하여간, 능력 있는 미친놈은 저래서 무섭다니까……."

유신이 태어나서 23년 동안이나 절실히 깨달아 온 바, 유건을 완벽하게 정의하는 단어는 '능력 있는 미친놈'뿐이었다. 말려 보는 시늉이라도 했으나, 사실상 유건이 마음먹은 이상, 유신이 막을 도리는 없었다.

그야 유신도 궁금하기는 했다. 함단이는 대체 어떤 애길래, 무엇이든 의사 표현이 지나치게 확실한 유천영이 함단이에 대해서만은 알 수 없는 표정을 지을까? 세기의 미스테리를 접한 것 같은 표정을 짓느냐는 말이다.

하지만 결코, 유건의 시험이라는 최악의 방식으로 알고 싶은 것은 결코 아니었다.

아무 일도 없어야 할 텐데.

유신은 오늘이 한 여자애에게 있어 최악의 파티로 남지 않기를 간절히 바랐다.

제20조. 재벌 2세가 그렇게 흔해요?(중)

한울 그룹 소유의 특1급 호텔, 쥬노 호텔의 최상층은 색색의 여름 정장을 차려입은 사람들로 붐볐다.

호텔에서 조금 떨어진 곳에서는 오전부터 취재진들이 진을 치고 앉아 유명 인사들의 입장을 찍어 대고 있었다. 몇몇 행인들은 온갖 고급 차종의 행렬에 걷던 것을 잠시 멈추고 감탄과 경악의 시선을 보내기도 했다.

한울 그룹 창립 15주년. 그 짧은 문장이 사람들의 가슴에 남긴 의미는 컸다.

한울 그룹은 다른 대기업들에 비해서 존재해 온 햇수가 압도적으로 짧았다. 보잘것없는 작은 상회로 시작한 한울 그룹이 최첨단 기술 분야까지 손 뻗게 된 것이 전부 그들 세대 안에서 일어난 일이었다. 한울 그룹에 있어서, 신화의 시대란 현재 진행형이었던 것이다.

저마다 입구를 지나가기에 앞서 잠시 걸음을 멈추고 생각에 잠기는 그때, 그런 감동들과는 전혀 무관한 것 같은 사람들이 한 무리 있었다.

다름 아닌 재벌 2세와 3세. 기억나지 않는 어린 시절부터 부모님이 일구어 놓은 업적의 혜택을 누리고 자라 온 그들에게는, 한울 창립 15주년인지 100주년인지는 별로 중요한 문제가 아니었다. 그들에게 중요한 것은 오직, 그들 부모님의 부란 도무지 마르지 않는 샘과도 같아서 적어도 자신들 대에서는 그 돈줄이 끊길 걱정을 할 필요가 없다는 것. 그뿐이었다.

그들이 아까부터 연회장 구석에 자리 잡고 요란하게 쏟아 내는 이야기의 주제는 주로 학교나 취미, 최근에 만난 유명 인사 사이를 오갔다. 이번 여름을 어디에서 보낼 것이며 무슨 수상 종목이 요즘 인기라더라, 하는 이야기가 겉핥기로 맴도는가 싶더니 곧 화제는 인물들에게로 옮겨 갔다.

주역은 늦게 등장한다는 것을 증명이라도 하듯, 아직도 모습을 드러내지 않은 이 파티의 주빈들에 대해서.

"오늘 배우 이나라 온다더라."

"아, 들었어. 아, 푸른 불꽃에서 이나라 진짜 예뻤지."

"스크린 쪽은 컴백 계획 없대?"

"우리 아빠가 투자하고 있는 영화감독이 주연으로 생각하고 있나 봐. 대본 이미 보냈대."

당장 이튿날 아침에라도 증권 시세를 크게 흔들 수 있는 얘기가 이들 사이에서는 아무렇지도 않게 오갔다. 배우, 이나라는 한국에서 단연 대세라고 불릴 만한 톱 여배우였다.

이윽고 누군가 말했다.

"이나라 사촌 동생도 온다던데."

"아, 나 알아. 얼굴이 닮았던데."

"이름이 우주인인가 하는?"

"아, 걔 나랑 친한데."

단순히 유명 인사의 사촌 동생 정도로는 이 자리에 명함도 내밀 수 없었지만, 우주인에 대해서는 평판이 좋았다. 우주인을 아는 이들이 앞장서서 그의 웃는 낯이 얼마나 서글서글하고 귀여우며, 그가 얼마나 붙임성이 좋은지에 대해 자랑하듯 떠벌리기 시작한 덕이었다.

게다가 이나라와 닮은 얼굴이라면 틀림없이 요즘 대세인 미소년 상임이 분명했다. 몇몇 여자애들의 얼굴에 홍조가 떠올랐다.

그들 중의 하나가 문득 박수 치며 외쳤다.

"어머, 나 생각난 거 있어! 그거 알아? 이번에 말이야……."

대단한 비밀 이야기라도 하는 듯, 끝에 가서 목소리가 작아지자 듣던 이들이 저도 모르게 그쪽으로 고개를 기울였다. 그리고 여자애의 외침이 비명처럼 터졌다.

"우리혼이 온대!"

잠깐 침묵이 흘렀다. 얼마 안 가, 남자고 여자고 할 것 없이 경악에 찬 표정을 짓기 시작했다. 여자애들이 가장 먼저 외쳤다.

"말도 안 돼! 우리혼이라면, 데이드림?"

데이드림(Daydream)이란, 한국뿐만이 아니라 전 세계적으로 대단한 인기를 몰고 있는 5년차 아이돌 그룹이었다.

우리혼은 그 아이돌 그룹의 리더로서, 세계적인 패셔니스타인 데다가 희한한 비밀주의 콘셉트를 고집하는 바람에 공식 석상에는 쉽게 볼 수 없었다.

그런 우리혼이, 난데없이 이런 파티에 참가하다니? 이들은 눈을 깜빡였다. 흥분보다도 의아함이 먼저였다. 누군가 물었다.

"대체 왜?"

"그러게, 대체 무슨 이유로? 혹시 여기에 뭐, 친척이라도 있대?"

"낸들 아냐?"

그들은 이나라의 사촌 동생 자격으로 자주 참석하는 우주인의 성이 우씨라는 것을 얼른 기억해 내지 못했다.

그들이 의아해하며 눈짓을 교환하거나 말거나, 우리혼의 팬인 이들은 이미 가슴에 손을 얹고 숨을 고르기에 바빴다.

다음으로 한울 그룹 일가, 은한수 회장과 그 부인, 박나경 여사, 그리고 은지호에 대한 이야기가 오갔다.

그들의 참석이야 자연스러운 일인 데다가, 은지호는 다른 이들과 달리 이런 자리에서 얼굴을 보기 쉬웠으므로 특별히 할 얘기는 없었다. 이 파티의 주최자들에 대한 인사치레로, 요즘 더 잘생겨지더라, 따위의 말을 건성으로 흘린 다음에 이야기는 드디어 본론으로 들어갔다.

"유건, 유신 형제가 입국했다며?"

누군가 단도직입적으로 꺼낸 말에 잠시 정적이 흘렀다. 대부분의 이들은 궁금해하는 기색이었다.

단순히 유서 깊은 두 그룹의 결합체라는 말로는 도저히 설명할 수 없는 광채가 그들에게는 있었다. 재벌가에서 태어났기 때문만이 아니라, 단지 그들 자신이기에 내뿜는 그런 존재감.

유건과 유신이 유학길에 오른 지는 벌써 6년, 마지막으로 귀국한 것이 3년 전이라고 알고 있으니, 그들 가운데 유건과 유신에 대해 제대로 아는 이는 사실상 거의 없었다.

다만, 그들과 접점을 가질 일이 있었던 몇몇 이들의 안색만이 조금 달라졌다. 유건과 함께 경영 수업을 들었던 사람들의 얼굴은 일제히 창백해졌다.

"무시무시했지……."

누군가 소리 없이 중얼거린 말에, 몇몇 이들이 동의하듯 눈썹을 찡그렸다.

제로섬 게임에서 모의 주식을 하든, 모의 경영을 하든 간에, 지나칠 정도로 정직한 스타일을 고수하고 안정성만을 추구하던 유건을 보고, 그들은 비웃기에 바빴다.

그때 유건의 반응은 어떠했던가, 제 부모를 닮아서 잘나빠진 면상 위로 슬그머니 미소 한 줄기만을 띨 뿐이었다.

"맞아. 나는 아무래도 배짱이 없어서 영 어렵네."

차라리 자신도 생각하는 게 있다고 큰소리라도 쳤더라면 오히려 감탄하는 사람도 있었을 것이다.

그래, 그 유건인데 설마 생각하는 게 없겠어.

그러나 저런 공손한 대답이 돌아옴에야, 누구든 비웃지 않고는 도리가 없었다.

"천재라더니, 인재가 다 죽었어."

"꼭 저런 타입이 있더라니까. 어른이 되니까 학생 때 날리던 게 다 뭐냐는 듯 사그라드는 거야."

그리고 그들의 말은 처참한 결과로 돌아왔다. 유건의 압승이었다. 믿을 수가 없어서 몇 번이고 돌아보아도 결과는 같았다. 담당 교수가 유건을 칭찬하려 일으켜 세웠을 때,

그는 여전히 공손하기 짝이 없는 얼굴로 대꾸했다.

"운이 좋았습니다."

그제야 학생들은 그 철저한 공손함마저 제 비범함을 숨기기 위한 보호색 같은 것임을 알았다.

그렇다고 해서 유건을 가리켜 제 실력을 드러내지 않았다 탓하기도 묘한 것이, 유건을 먼저 얕본 것은 그들이 아닌가? 그리고 수업이 거듭될수록 그들은 알게 되었다. 아군이라면 든든하기 짝이 없지만, 적이 되면 그 누구보다도 두려울 사람이 바로 유건이라는 것을.

그때의 기억을 떠올린 몇몇이 어깨를 부르르 떨었다. 그 가운데, 분위기를 전혀 읽지 못한 한 사람이 중얼거리듯 말했다.

"유신, 부럽다. 한 달이라도 좋으니까 유신처럼 살아 봤으면."

그 말에 또 사람들은 유신을 떠올리지 않을 수 없었다. 대체 어떻게 저 둘이 형제라고 할 수 있을까 싶을 정도로 유신과 유건은 빛과 그림자처럼, 서로가 가질 수 없는 것만을 나누어 갖고 있었다.

유건이 질서 정연함과 차분함으로 대표된다면, 유신은 산만함으로 대표되어야 마땅할 것이었다. 그러나 그 광채,

예술에 대한 재능으로부터 뿜어져 나오는 눈부신 빛이 그 모든 것을 집어삼켰다.

유신 한 사람이 존재함으로써, 차분한 자리가 광란의 도가니가 되는 것도 일상이었다. 한 번도 염색을 풀지 않았던 밝은 머리칼을 휘날리며 파티 자리란 파티 자리는 전부 누비고 다니는데, 그것이 신기하게도 싫게 느껴지기는커녕 매혹되고야 마는 것이었다.

그렇게 개성이 강렬한 발해 그룹의 두 형제를 차례로 입에 올리고 나니, 자연스레 마지막으로 떠오르는 사람이 있었다.

발해 그룹의 셋째이자 막내아들 유천영.

따지고 보자면 위의 유건이나 유신보다 충분히 많이 보았는데도, 도통 가까워질 수가 없는 것이 바로 그였다. 그가 얼마 전 실시간 검색어로 떠올랐을 때는 얼마나 놀랐던가. 다시 한 번 기회를 노려봐야겠다고 생각했지만, 유천영은 두 형이 유학을 가자마자 파티에는 도통 모습을 드러내지 않았다.

발해 그룹의 세 형제가 전부 참석하는 자리가 도대체 얼마만이지?

모두의 얼굴이 묘한 기대로 반짝거렸다. 개중에 누군가가, 그러고 보니 그 집에 얹혀사는 애 있지 않았어? 하고 물었다가는 언제 적 얘기냐며 빈축을 샀다.

바로 그때였다. 폭죽이 연달아 터지는가 싶더니 연주가

시작되었다. 연회장의 사람들이 일제히 기대감이 깃든 눈을 연단 쪽으로 향했다. 파티의 시작이었다.

요란한 폭죽과 셔터 세례 사이로 한울 그룹의 은 회장 일가가 걸어 들어오고 있었다. 이 파티의 주역이 그들이니 당연한 일이었다. 속으로는 시큰둥했지만 겉으로는 열렬히 박수를 치다 말고, 은한수 회장의 아들, 은지호의 옆에서 걷고 있는 이를 발견한 이들의 표정이 변했다.

누군가 속삭였다.

"뭐야, 쟤 누구야? 아는 사람 있어?"

"아니, 전혀 처음 보는 얼굴인데?"

"대체 어느 집이야?"

아무도 그 물음에 대답하지 못했다. 그 가운데, 눈시울을 붉히며 그쪽을 쏘아보는 여자아이들이 있었다. 몇몇 이들은 흥미가 깃든 시선으로 은지호의 옆을 걷고 있는 여자애를 꽤 길게 응시하기도 했다.

당연히 평소와 같은 파티의 시작, 그러나 전혀 예상치 못한 인물의 출현으로 인해 파티는 크게 뒤집혔다.

* * *

호텔의 파티장은 과연 빛과 소음, 인파로 가득했다. 은지호를 따라 걷다 말고 나는 문득 고개를 들었다.

천장에서는 떨어질까 두려울 만큼 굵은 크리스털들이 샹들리에 아래에 포도 알처럼 주렁주렁 매달려 환한 빛을 터트리고 있었다. 천장을 떠받친 늠름한 대리석 기둥들, 자줏빛 벨벳 커튼, 드레스, 액세서리.

나는 힐긋 눈을 들어, 앞만 보는 채로 꼿꼿이 걷고 있는 은지호의 옆얼굴을 응시했다.

아까 새삼 놀란 거지만, 은지호의 아버지, 은한수 회장은 머리색이 다른 것을 제외하면 은지호와 정말 똑같이 생겼다.

둘은 시대가 다른 거울같이 닮아 있어서, 회장님은 굳이 제 어렸을 적 얼굴을 떠올리기 위해 앨범을 뒤적일 필요도 없을 것이다. 옆에 가장 완벽한 표본이 있는걸. 그리고 마찬가지로, 은지호도 제가 어떤 식으로 늙어 갈지는 별로 궁금해 할 필요가 없을 것이다. 그 가장 완벽한 표본이 바로 옆에 있으니까.

그렇게 생각하는 내내 나는 은지호를 힐긋거렸다. 천장 샹들리에의 빛에 비치는, 단정하고 깎아 놓은 듯 수려한 실루엣은 꼭 꿈결에 바라보는 얼굴 같았다.

문득 이 상황이 비현실적으로 느껴지는 바람에 나는 눈을 감고 깊이 심호흡을 했다. 그러다 문득 팔목을 감는 손에 놀라 눈을 떴다.

"앗."

목소리가 너무 컸던 모양이었다. 앞서 걷던 은 회장 부부의 걸음이 아주 미세했지만, 멈추었다가 곧 도로 앞을 향했다.

으윽. 부끄러워진 나는 입술을 꾹 깨물며 옆을 보았다. 은지호가 여전히 내게는 시선도 주지 않은 채, 천연덕스럽게 내 팔목에 손을 감고는 앞을 보며 말하고 있었다.

"걷다가 졸지 마."

"아, 아니거든."

"눈 감던데."

"긴장돼서거든?"

그러자 픽 웃은 은지호가 그때까지도 잡고 있던 팔에서 손을 떼고는 제 카라 깃을 한 번 매만졌다. 그리고 확신을 담은 목소리가 내 귓가로 또렷하게 떨어졌다.

"내가 옆에 있는데, 걱정은 무슨 걱정?"

나는 잠깐 눈을 깜빡이다가, 도로 앞을 보고 걷기 시작했다. 다시 한 번 파도처럼 나를 향해 밀려드는 시선들을 의식했지만, 나는 이제 그것이 전처럼 두렵지는 않았다.

평정심을 되찾은 나는 은 회장 부부의 일정한 걸음을 따라 하려고 노력다가, 문득 떠오른 생각에 입꼬리를 말아 올렸다. 내가 말했다.

"은지호."

"응."

"여기 방금 여령이 있었으면, 너 때리려고 달려들었겠다."

곧바로 능청스러운 투로 대답이 돌아왔다.

"없는 지금이 기회지, 뭐겠냐."

그렇게 말한 즉시 은지호는 고개를 옆으로 돌리고, 우아한 표정으로 걸음을 옮겼다.

얘도 참, 인물은 인물이야.

나는 새삼 감탄하며 방금 그런 말을 했다고는 도저히 생각할 수 없을 만한 은지호의 우아한 얼굴을 힐긋거렸다. 덕분에 은한수 회장이 연설할 단상에 가까워 갈 즈음, 내 긴장은 완전히 풀려 있었다.

마침내 단상에 도착하자, 부인과 다정하게 팔짱을 낀 은한수 회장이 나란히 단상 위로 올라갔다. 은지호와 나는 무척 다행스럽게도 아래에 남게 되었다.

이미 낮에 대내외 행사나 프레젠테이션은 거의 끝내 두었고, 이곳 파티가 마지막 일정이라는 것을 나는 얼핏 들어서 알고 있었다. 그런데도 샹들리에 조명을 받으면서 모두의 시선이 집중된 단상에 선 은한수 회장은 조금도 피곤해하는 기색이 없었다.

"앉자."

은지호가 그렇게 말하며 나를 단상 바로 아래 마련되어 있던 의자로 이끌었다. 내가 익숙하지 않은 눈 화장 때문에 자꾸만 눈을 깜빡이는 동안, 마침내 은한수 회장의 연설은 시작되었다.

"한울의 가족 여러분, 오늘 이 뜻깊은 날에 이렇듯 참석하시어 자리를 빛내 주신 것에 진심으로 감사드립니다."

의외로 연설의 시작은 평범했다. 이런 곳에서가 아니라 뉴스에서도, 드라마에서도, 심지어는 우리 학교 교장선생님마저도 간혹 사용하던 문구들이었기에 나는 금세 피곤해졌다. 물론 장소가 장소이므로 잘 수는 없는 노릇이었다.

그러나 나는 결국 조금 졸고 말았다. 어젯밤 잠을 충분히 자지 못한 것은 아니었지만, 오늘은 오전부터 도서관에 가서 공부했지, 이후에 반여령이 아르바이트 하는 카페에서도 모종의 사건이 있었던 데다가, 뷰티숍에서는 내내 긴장하고 있었다. 내가 존 것이 단지 체력 부족 때문만은 아니라고 변명하고 싶다.

그렇게 내가 비몽사몽 하는 사이, 연설은 어영부영 반 정도가 지나가 버렸다. 말 한마디가 날아와 귀에 확 꽂힌 것은 내가 정신 좀 차리자, 하며 억지로 눈을 부릅뜨던 그때였다.

"형태로 남지 않는 것, 보이지 않는 것을 믿기란 좀처럼 어려운 시대입니다."

잠깐 눈을 깜빡이다 말고 나는 멍하니 눈을 들었다. 쏟아지는 빛을 받고 선 은한수 회장의 모습을, 날카로운 검은 눈이며 새카만 머리카락, 잘 절제된 듯하면서도 여유가 느껴지는 그의 자세를 눈에 담다가 나는 가만히 중얼거렸다.

형태로 남지 않는 것, 보이지 않는 것.

다른 누구도 아니고, 은한수 회장의 입에서 그런 말이 나왔다는 게 무척 신기하게 여겨졌다.

그는 더 이상 보이지 않는 영역의 일에는 관심 두지 않는 사람처럼만 느껴졌으니까.

은한수 회장의 말은 조용히 이어졌다.

"하지만 정말로 중요한 것은 눈에 보이지 않고, 형태가 남지 않는다는 것을 우리는 알고 있습니다. 들어서, 또한 경험으로, 알고 있습니다."

그리고 은한수 회장의 마지막 말이 맺혔다. 나는 나도 모르게 그의 말을 입속으로 중얼거려 보았다.

눈에 보이지 않는 것, 형태가 남지 않는 것······.

상념에 빠진 내게로 은한수 회장의 마지막 말이 내리꽂혔다.

"그것을 앞으로도 잊지 않고 기억해야만, 우리 한울 그룹은 앞으로 나아갈 수 있을 것입니다. 감사합니다."

감사합니다, 하는 말이 떨어지기가 무섭게 박수 소리가 요란해졌다. 따라서 박수치는 한편, 나는 옆을 힐끗거렸다.

은지호는 언제나 그렇듯 곧게 허리를 펴고 앉아, 실로 모범적인 자세로 은한수 회장의 말을 듣다가, 시선을 느꼈는지 내 쪽을 돌아보았다. 그러나 그는 곧, 단상을 내려온 은한수 회장과 친밀한 모습을 연출해야 했기 때문에 더 이상 내게 신경을 쓸 수 없었다.

그가 자리에서 일어나 은한수 회장과 마주 보며 미소 짓자, 주변에서 다시 한 번 박수 소리가 터져 나왔다. 의례적인 감탄사들도 잇따랐다.

"정말, 꼭 닮았어요!"

"한울 그룹의 미래는 보장된 거나 다름없지. 부자가 저렇게 닮았으니."

그들의 말을 들으며 나는 가만히 고개를 기울였다.

닮았다라, 글쎄?

사실 지금까지 내가 머릿속으로 생각해 왔던 은한수 회장은 은지호와 정말로 닮은 것처럼 여겨졌다. 언제나 판단력을 잃지 않는, 조금 다르게 말하자면 지나치게 냉정하게 보이는 그. 거기까지 생각한 나는 가만히 고개를 기울였다.

그러나 방금 은한수 회장의 연설 마지막 말을 듣고, 나는 내 생각이 완전히 틀렸을지도 모른다는 생각을 했다.

"정말로 중요한 것은 눈에 보이지 않고, 형태가 남지 않는다는 것을 우리는 알고 있습니다."

눈에 보이지 않고, 형태가 남지 않는 것. 그건 대체 무엇을 뜻하는 것인지, 아직 알지 못한다면 내가 아직 어려서 그런 걸까?

그렇게 생각하며 은씨 부자가 마주 보고 서서 보기 좋은 광경을 연출하는 것을 가만히 바라보는 그때, 은지호의 어머니가 내게로 다가왔다. 내가 어쩔 줄을 몰라 하자, 고개를 숙여 나와 눈을 맞춘 그녀가 빙그레 웃었다.

은지호네 어머니는 분명 은하수 회장과 동갑이라고 들었는데도 소녀 같은 느낌이 남아 있었다. 아치를 그리며 예쁘게 휘어진 눈썹, 반짝이는 눈, 요정 같은 미소를 걸친 그녀는 복잡한 자수가 수놓인 금빛 드레스를 입고 있었는데, 무척 화려한 디자인인데도 숲 속의 요정 같은 인상을 주었다.

나와는 중학교 때, 은지호의 생일날 봤던 것을 제외하고는 처음인데도 그녀는 나를 무척 친근하게 여기시는 것 같았다. 내게로 몸을 숙인 그녀가 비밀이야기라도 하듯 속닥였다.

"단아, 벌써부터 피곤하지? 우리 남편 연설 듣느라 맨 앞줄에 앉아서 졸지도 못하고."

"앗, 아니에요!"

힘차게 도리질한 내가 두 손을 맞잡고는 말했다.

"정말 좋았어요. 좀 어려워서 이해 못한 부분도 있지만……."

그러자 생긋 웃은 그녀가 내 머리칼을 다정스레 매만져 주었다. 그런 그녀의 뒤로 어느새 은지호와의 대화를 마친 은한수 회장이 다가왔다. 손을 뻗어 남편의 팔을 다정스레 감싸 안은 그녀가 말했다.

"여보, 단이는 당신 연설 무척 좋았나 봐요. 감수성 풍부한 열일곱 소녀의 말이니, 자부심 가져도 되겠는걸."

"그러니? 그거 다행이구나."

나는 그렇게 말하는 은한수 회장의 목소리가 봄날처럼 다정하다는 데 놀랐다.

지금 내 눈앞의 그가, 정말로 은지호에게 그토록 엄격하던 그와 동일 인물일까?

잠깐 머뭇거리던 나는, 앞에서 들려오는 목소리에 깜짝 놀랐다.

"그런데 여보, 연설 난이도는 좀 낮춰야겠다. 이해 안 되는 부분이 있다고 하던걸."

"응? 어디가 그랬니?"

은한수 회장은 멍청하다고 질책하는 분위기이기는커녕, 과외 선생님처럼 상냥하게 물었다. 나는 얼굴이 달아올랐다.

윽, 괜히 말했나 봐, 이해 못한 부분이 있다는 거.

나는 잠깐 눈을 굴리면서 고민했지만, 회장님은 정말로 내 대답을 기다리고 있는 눈치였다. 한편 옆에서 나를 빤히 바라보고 있는 것은 어느새 되돌아온 은지호도 마찬가지였다. 결국, 목소리를 가다듬은 내가 천천히 입을 열었다.

"어, 그, 눈에 보이지 않고, 형태가 남지 않는 것이라는 부분이요."

"아, 응. 그래, 그 부분."

"그런 게 어떤 게 있나 하고요."

그러자 눈을 몇 번 깜빡인 은한수 회장은 뜻밖에도 다음 순간 부드럽게 웃어 보였다. 그가 대답했다.

"가장 간단하게는 우리 주변에도 있지."

"네?"

"이를테면 지금, 이 시간이라거나."

"아."

나는 고개를 끄덕였다. 빙긋 웃은 그가 말을 이었다.

"그리고 지금 너나, 지호만이 갖고 있는 것도 있잖니."

"네?"

"젊음."

눈을 몇 번 깜박인 나는 천천히 고개를 끄덕였다.

그렇다. 확실히, 젊음이나 시간 모두 눈에도 보이지 않고, 형태 또한 남지 않는다. 어느새 정신을 차리고 보면 사라지고 없는 것을.

그런 당연한 것들을 떠올리지 못한 것이 조금 부끄러워진 내가 뺨을 붉히며 감사합니다, 하고 말하려는 그때였다.

"금세 사라지고 말 것들을 소중히 여기렴."

"네?"

부드럽게 웃은 은한수 회장이 말을 이었다.

"나도 젊었을 때는 깨닫지 못한 사실이지만, 정말로 중요한 것은 그것이 뒤에 남느냐 남지 않느냐가 아니란다. 활짝 핀 꽃을 보면서 그 꽃이 져 버리고 난 뒤에 대해 미리 슬퍼할 이유는 없는 거야. 중요한 건 바로 그 순간이란다."

"아."

"우리는 삶의 단 한 순간으로 평생을 버티기도 하니까."

그 말은 소란하던 연회장 속에서도 내 가슴으로 날카롭게 파고들었다. 머리로 이해하기도 전에 가슴 한 부근이 두웅 하고 크게 울리는 듯한 느낌이었다.

삶의 단 한 순간으로 평생을 버티기도 한다.

나는 입속으로 되뇌어 보았다. 뜻밖의 자리에서 난데없이 위안을 받은 기분이었다. 머뭇거리다가, 회장님과 마주보고 웃으며 나는 생각했다. 언제인가부터 내가 너무 움켜쥐고 살고 있다고 생각했다. 금방 사라져 버릴 것에 대해서, 언제 사라져 버릴지도 모르는 것에 대해서.

그 속에는 성적도 있었고, 우정도, 그리고 반여령과 은지호, 이들에 대한 것도 있었다. 그렇게 생각하며 나는 은한수 회장을 지나쳐, 내게로 다가오는 은지호를 힐긋거렸다.

그가 내게로 손을 내밀었다. 나는 머뭇거리다가, 손을 내밀어 그 손을 붙잡았다. 그러면서 나는 생각했다.

어쩌면 이대로도 괜찮지 않을까. 이 세계에 남을 수 있을지, 아닐지를 걱정하기보다는, 그저 이 순간을 감사하면서.

멀리서 샹들리에는 여전히 은하수처럼 찬란한 빛을 내뿜고 있었다. 수천 개의 찬란한 빛줄기 사이로 바이올린 선율이 가볍고 부드럽게 흐르기 시작했다. 이윽고 수십 개의 소리가 솟아올라 그와 합쳐졌다. 관현악단의 연주가 시작되었다.

파티의 시작이었다. 사람들이 연단에서 흩어지며 저마다 자리를 떠났다. 그 가운데, 은한수 회장과 그 부인이 내게로 인사를 건네었다.

"그럼 나중에 보자, 단아."

"아, 네!"

"문제가 생기면 언제든지 찾아오렴."

부인과 회장님이 차례로 말하고는 자리를 떠났다. 나는 그런 그들이 떠난 자리를 조금 붉어진 뺨을 하고 응시했다. 연설이 끝나고 그들과 대화를 나누고 난 지금, 분명히 얼마 지나지 않았을 텐데 까마득한 시간이 흐른 듯한 착각이 들었다.

아무튼 하나 좋은 점은 있었다. 더 이상 이 시간들이, 꿈처럼만 느껴지지 않는다는 것. 비로소 연회장의 모든 것들이 더욱 잘 보였다. 다시는 이런 곳에 와 볼 일은 없겠지, 라든가 세계가 바뀌고 나면 나도 이 순간을 그저 추억 속에서나 떠올리게 되겠지, 하고 생각하는 대신에 그저 즐기자고 생각했다. 새로운 장난감을 선물 받은 어린아이처럼, 순수하게.

바로 그 순간이었다. 나를 빤히 보고 있던 은지호가 불쑥 내뱉은 말에, 나는 고개를 돌렸다.

"나는 그 연설, 잘 이해 안 갔어."

"응?"

눈을 크게 뜬 나는 고개를 돌렸다.

이해가 안 가다니? 은지호도 나처럼 눈에 보이지 않고, 형태가 남지 않는 것이 어떤 것들이 있는지 의문을 가진 걸까?

아니, 그렇다기에는 지금 나를 내려다보는 은지호의 표정은 너무나 담담했다. 무언가를 이해하지 못하면 지극히 초조해하는 은지호라면, 이런 얼굴은 할 수 없을 것이다.

게다가 은지호는 나처럼, '이해를 못했다'라고 하지 않았다. '잘 이해가 안 간다'라고. 나는 눈을 깜빡였다. 조금 시큰둥한 얼굴의 은지호가 말을 이었다.

"나한테, 한순간의 충동에 휩쓸려서 전체 그림을 그르치면 안 된다고, 늘 미래를 생각하라고 가르친 건 다름 아닌 아버지야. 그런 당사자가 지금에 와서 순간이 더 중요하다느니 하는 거, 황당하잖아."

"아…… 음, 으음."

"표정이 왜 그래?"

나는 고개를 돌리면서 중얼거리듯 대답했다.

"아니."

나는 정작 네가 황당하다고 한 바로 그 부분에서 위로를 받고 있었는데, 네가 그렇게 말하면…….

나는 슬쩍 눈썹을 찡그렸다. 아니, 애초에 은지호야 나처럼 세계가 바뀌기를 해, 뭘 해?

게다가 사실, 언제나 현재보다는 미래에 가치를 두는, 미래에 남을 것만을 생각하는 은지호의 사고방식은 그가 앞으로 짊어질 것이 많기 때문이었다. 선택지도 없이 주어진 길.

나는 은지호를 언제나 부러워하고, 아주 가끔은 동정했다. 그런 내가 그에게, 나는 언젠가 사라질지도 모르는 너희와 함께하는 이 순간을 소중히 여기기로 했어. 그러니까 너도 순간을 좀 더 소중히 여겨 줬으면 좋겠어, 하고 말하는 것도 우스운 일이다. 우리는 짊어진 것이 다르니까.

방금 은지호와 나 사이에 가로놓인 거대한 계곡 하나가 안개 사이로 얼핏 모습을 내보인 듯한 기분이 들었다.

나는 얼굴을 미약하게 찡그렸다. 그런 내 표정 변화를 찬찬히 살피던 은지호가 다시 물어 왔다.

"뭐야, 왜 그러는데?"

"아, 아니, 그보다."

나는 눈을 굴리며 화제를 전환할 거리를 찾다가, 어느새 은한수 회장님과 그 부인이 구름 같은 인파에 둘러싸인 것을 보고는 외치듯 말했다.

"앗, 저기 봐! 사람 진짜 많아."

"응? 아아."

심드렁하니 고개를 돌려 그쪽을 바라본 은지호가 대답했다.

"저 정도야 당연하지. 이 파티 주역인데."

"아, 그, 그런가?"

조금 말을 더듬는 나를 빤히 내려다보던 은지호가 툭 던졌다.

"야, 함단이."

그의 눈에 어려 있던 미심쩍은 기운이 사라지고, 평소처럼 짓궂은 빛을 띠는 것을 보는 나는 괜히 불안해졌다.

"응?"

내가 대꾸하자, 그는 씩 웃으며 말했다.

"뭘 잊고 있는 것 같은데."

"뭐, 뭘?"

"이 파티 주역인 건, 우리 부모님만이 아닌데."

뭐라고?

눈썹을 찡그리며 묻는 내게 그가 대답했다.

"뒤를 봐."

아, 심호흡 좀 하고.

그가 덧붙인 말에 크게 한 번 심호흡을 한 나는 뒤를 돌아보았다. 그리고 내 얼굴은 그 즉시 뻣뻣하게 굳고 말았다.

내가 목각 인형처럼 굳어진 채로 다시 은지호를 돌아보자, 눈이 마주친 그가 장난스러운 미소를 지으며 내 쪽으로 몸을 기울였다.

검은 눈을 반쯤 접은 그가 속삭였다.

"대체 한울 그룹 외동아들을 뭐라고 생각하는 거야? 사람들이 가만둘 거라고 생각했어?"

나는 그제야 대답할 수 있었다.

"방금까지는……."

처음에는 웬 양 떼가 돌진하는가 싶었는데, 자세히 보니 전부 사람이었다. 어느샌가 코앞으로 다가온 그들에게서 한 발자국 물러나며, 은지호의 옆구리를 툭 찌른 내가 속삭였다.

"이거였냐, 네가 나한테 SOS 친 이유가?"

"도와준다고 한 건 너거든. 게다가 지금 후회하는 거라면, 너무 늦지 않았어?"

눈을 내리깐 은지호가 즐거운 듯 웃으며 그렇게 말하는데, 할 말이 없어진 나는 조용히 눈을 가렸다.

아, 그래, 인터넷 소설 남자 주인공의 삶이란 게 이럴 줄 상상 못한 내가 바보지…….

은혜 갚기고 뭐고, 다음에는, 절대로, 절대로 혼자 가게 두는 것으로 하자. 나는 그제야 다짐했다. 그러나 다짐이고 뭐고, 이미 너무 늦은 일이었다.

은지호가 내게 속삭였다.

"대부분 아버지 쪽으로 갔을 테지만, 우리 또래들이 있으니까 말이야. 웃기만 해."

나는 슬그머니 고개를 끄덕였다.

말이 끝나기 무섭게 우리 또래의 아들딸이 있을 것 같은, 잘 차려입은 남자 한 명이 이쪽으로 다가와서 인사했다.

"이게 얼마만이야! 갈수록 잘생겨지네."

"안녕하세요, 대표님."

은지호가 금세 눈가에 웃음기를 띠고는 그렇게 대답했다. 그러면서 그가 내 팔을 잡아당겨 제 팔에 붙이기에, 나는 그가 하는 대로 그냥 내버려 두었다. 그러고 있자니 내게도 질문이 돌아왔다.

"옆에 아가씨가 아주 예쁘네!"

"감사합니다. 친구예요."

다행히도 그는 공식 석상에서까지 그 말도 안 되는 거짓말을 이어 가지는 않았다. 안도의 한숨을 내쉰 나도 어색하게나마 웃으면서 인사를 나누었다.

그러기가 무섭게 이번에는 은지호의 또래로 보이는 사람들이 와자하게 나타나서는 인사를 했다. 그런 사람들에게는 은지호는 웃지 않은 채, 조금 서늘한 얼굴로 응수했다.

상대방에 따라 자유자재로 태도를 바꾸는 것을 은지호는 아주 쉽게, 또 능숙하게 해내었다.

몇 번 따라서 인사를 하다 말고, 나는 문득 은지호의 얼굴을 보았다. 조명 아래 반짝이는 은색 머리칼 아래로, 시시각각 다양한 표정을 빚어내는 그의 얼굴을.

그의 얼굴을 한참이나 보다가 나는 고개를 갸웃거렸다.

글쎄, 사람은 일관성이 있어야 한다고들 말하지만, 은지호의 지금 하는 모습을 보면 일관성이라고는 별로 없다. 아니, 하나 있기는 하다. 학교에서 우리에게 보여 주는 모습은 아니라는 것.

그리고 그는 그런 역할들을 원래 타고난 것처럼 자연스럽게 보이도록 하는데, 아마도 그거야말로 그가 그런 모습들을 얻기 위해 고도로 훈련했다는 증거이겠지.

그렇게 생각하니 은지호가 새삼 대단하게 여겨졌다. 나는 다시 한 번 아까 내렸던 결론을 번복하는 수밖에 없었다.

은지호의 지금 같은 모습을 보면, 그가 이렇게 되기까지 얼마나 과거를 희생했는지, 그가 원한 것이나 하고 싶은 것을 참은 채로 다가올 미래를 위해 얼마나 배우고 또 배웠는지 짐작할 수 있다. 그러지 않고서야 지금 같은 완벽함은 결코 가질 수 없었을 것이다.

역시 그에게, 미래보다 순간을 소중하게 여기는 일은 어울리지 않겠지.

그렇게 생각하며 그를 빤히 올려다보던 내게, 은지호가 문득 말했다.

"뭐 해? 앞 봐."

"응? 응."

그리고 고개를 돌리기가 무섭게 나타나는 얼굴에 나는 작게나마 소리를 질렀다. 앗!

따지고 보면 아는 사람이라고 부르기조차 민망한 사이였다. 그와 내가 얼굴을 마주한 것은 단 한 번으로, 그나마도 무척 짧은 만남이었으니까. 하지만 장소나 상황 등이 모두 워낙 강렬했던 탓에 잊기도 힘들었다.

한편 그것은 그쪽도 마찬가지였던 모양으로, 그는 은지호의 옆에 서 있는 나를 보자마자 인상을 잔뜩 구겼다.

그래, 마주치기 싫으시죠? 저도 그래요.

나는 낭패라는 표정을 지어 보였다. 그리고 잠시 고민했다.

아는 사이라는 걸 말하고 차라리 이 자리를 떠나? 아니. 그러면 어떻게 아는 사이인 거냐고 물어볼 텐데, 뭐라고 둘러댄다……?

고민하는 그때, 입가에 삐뚜름한 미소를 띤 은지호가 손을 뻗어 나를 휙 끌어당겼다. 나는 놀라서 눈을 깜빡였다. 은지호는 아예 내 등을 감싸 안다시피 한 채로 그쪽을 바라보더니 웃으며 입술을 떼었다.

"안녕하세요? 오랜만이네요, 그때는 제가 미처 기억을 못 했는데."

그에 은지호의 그늘 하나 없는 얼굴과는 대조적으로, 잔뜩 어색한 표정을 지은 그가 애써 웃으며 대답했다.

"그, 그래. 반갑다…… 사촌 동생."

나는 그렇게 말하는 그의 얼굴을 빤히 보았다.

그의 화려한 은색 머리칼이 조명 아래 반짝였다. 그 머리칼 아래 자리 잡은 얼굴도 여전히 미남이었는데, 이곳 화려한 파티장에 어울리는 자줏빛 정장까지 걸치고 있으니 더욱 인물이 살았다.

바닷가에서 보았을 때도 그가 그냥 엑스트라가 아닐 것이라고는 생각했지만, 하지만……. 나는 그를 복잡한 표정으로 바라보며 중얼거렸다.

"사촌 동생?"

내 질문에도 아랑곳 않고, 그리로 한발 성큼 다가선 은지호가 웃으며 입술을 떼었다.

"오랜만입니다, 겸이 형."

겸이, 형…….

나는 망연히 그 호칭을 중얼거리며 바다 사나이, 은겸을 바라보았다.

물론 상당한 미남형이기는 하고, 은씨라는 성도 흔한 게 아닌 데다가, 결정적으로 저 은색 머리카락, 염색인가 했더니 아무래도 진짜였던 것이 틀림없다. 그렇다면야 은겸과 은지호, 두 사람이 혈연관계라 해도 별로 놀랍지는 않았다.

다만 내가 의아한 것은, 둘이 분명히 친척이라고 했으니 교류가 어느 정도 있어 왔을 텐데, 저 저승사자라도 만난 듯한 은겸의 태도였다. 나는 고개를 갸웃했다.

설마, 바닷가의 일 때문에?

아니, 그때는 분명히 은형이가 먼저 와서 은겸을 쫓아내어 버렸고, 그랬기 때문에 그 뒤에 온 3명, 은지호나 유천영, 주인이는 은겸의 얼굴을 본 일도 없을 것이다.

그렇다면 바닷가에서의 일의 주범이 은겸이라는 것을 은지호가 알 리도 없는데, 왜 이런 반응이람? 그새 무슨 일이 있었나?

그러다 문득, 얼마 전 학교를 떠들썩하게 했던 서열 0위에 대한 소문을 떠올린 나는 눈썹을 팍 구겼다.

은지호에게 붙들리지 않은 한쪽 손을 들어 관자놀이를 꾹꾹 짚으며 나는 중얼거렸다.

"아닐 거야, 설마……."

은지호, 너는 물론 외모로 봐서는 전국 서열 0위는 물론이고 세계 서열 0위도 무리 없이 가능하겠지만, 제발 그런 거랑 전혀 관련이 없다고 말해 줘…….

그렇게 침착함을 되찾으려 애써 노력하는 내 앞에서, 은겸이 애써 웃으며 말을 이었다.

"하하, 거기 옆에 함…… 단이도 오랜만이네!"

"아, 저 기억하세요?"

내가 눈을 동그랗게 뜨며 묻자, 은겸은 고개를 재빨리 고개를 끄덕였다. 그러더니 그는 무척 안절부절못하며 덧붙였다.

"아, 전에 일, 그거 말이지…… 정말 미안하게 생각을—"

"겸이 형."

뜨문뜨문 이어지던 그의 말을 서늘한 목소리가 단번에

잘랐다. 그러자 은겸이 헉 소리를 내며 입을 다물었다. 나는 눈을 동그랗게 뜨고는 은지호와 내 앞에 서서 땀을 줄줄 흘리는 은겸을 번갈아 보았다.

이게 대체 무슨 상황이람.

내가 생각하는 사이, 옆에서 은지호가 별안간 화사하게 웃으며 말했다.

"과거가 뭐가 중요하겠어요, 형."

"응? 아, 아, 그렇지! 하하, 그렇고말고."

"앞으로가 중요한 거지. 나랑 함단이랑, 이렇게 잘."

어느새 말투를 반말로 바꾼 은지호가 그렇게 말하며 나를 조금 더 가까이 끌어당겼다. 여전히 웃는 채로 은지호가 말을 맺었다.

"아주 잘, 아는 사이라는 게 중요한 거지."

"그, 그럼! 맞아, 앞으로가 중요한 거지……. 그럼 난 이만."

"잘 가요, 형."

다시 처음의 존댓말로 돌아온 은지호가 환하게 웃으면서 살래살래 손을 흔들었다. 은겸은 목각 인형이라도 된 것처럼 뻣뻣해진 팔다리를 움직여 힘겹게 자리를 떠났다.

멀어지는 그의 등을 망연히 바라보던 나는, 주변이 조금 한적해지는 틈을 타 은지호의 등을 쿡 찔렀다.

왜?

은지호가 내 쪽을 돌아보았다.

"너, 사촌 형도 괴롭혀?"

내 물음에 그가 대번에 눈썹을 찡그리고는 툴툴거리며 대꾸했다. 방금까지만 해도 왜인지 뿌듯해하던 그였는데, 그러한 감상을 내가 망친 모양이었다.

"아, 그런 거 아니거든."

"뭐가 아니야? 보니까 너한테 언젠가 얻어터지기라도 한 삘이구만. 야, 친척끼리 그러는 거 아냐. 저 은겸이란 사람이 좀……."

나는 말끝을 흐렸다.

응, 그래, 좀…… 좀은 아닌 것 같은데.

"좀, 아니, 많이, 불량하긴 해도."

그러자 은지호는 코웃음을 치더니 불쑥 손을 들어 내 이마를 밀었다.

어쭈. 내가 눈썹을 찡그리며 그 손을 밀었다. 아, 하지 말라고. 그런데도 그는 한참이나 내 이마를 꾹꾹 밀더니 덧붙였다.

"남 걱정 말고 네 앞가림이나 잘해서. 애초에 우리가 누구 때문에— 아, 아니다."

"뭐?"

"아무것도 아니야. 자, 앞 보고 웃으세요, 자자."

사진사처럼 그렇게 말하며 은지호가 내 어깨를 휙 돌려 세웠다. 입을 삐죽거린 나는 그의 말을 붙잡고 늘어졌다.

뭔데, 얘기해 줘.

아무것도 아니라니까.

아, 뭔데!

아무것도 아니라니까?

그때, 우리 사이로 조용한 목소리가 파고들었다. 나와 은지호는 동시에 뒤를 돌아보았다가는, 그대로 굳어졌다.

"최유리."

그렇게 말하는 은지호의 눈 위로 얼음장처럼 얇고 차가운 경멸이 떠올랐다가, 그 옆에 사람이 서 있는 것을 확인하고는 금세 사라졌다.

두 손을 기도하듯 맞잡은 채로 매만지며 최유리가 다시 입술을 떼었다.

"지호야. 그리고…… 단이도 있네."

그렇게 말하며 최유리가 초식 동물처럼 온순하고 수수한 얼굴 위로 옅은 미소를 떠올렸다. 나는 어떻게 반응해야 하는지 몰라 침묵하고, 은지호가 침착하게 눈을 깜빡이며 그녀를 응시하는 가운데, 그녀 옆에서 한 사람이 나서며 지호에게로 손을 내밀었다. 그 손을 잡으며 은지호가 말했다.

"최 회장님."

"갈수록 잘생겨지네. 은 회장은 좋겠어."

그렇게 말하며 최 회장이라고 불린 사람이 호탕하게 웃었다.

저 사람이 아마도 최유리의 아버지겠지.

나는 그를 빠르게 살폈다.

가느다란 몸매에 온순한 생김새의 최유리와는 반대로, 덩치가 크고 살집이 조금 있는데도 어딘가 날카로운 인상, 분명히 운동을 했음직한 몸매였다.

그리고 나는 조용히 되뇌었다.

최유리, 쟤도 드라마 같은 집 자식이었구나. 어쩐지.

나는 물론이고 내 가족도 다 무너뜨리고 어쩌고 하더니 저런 배경이 있어서였나 보다. 아니, 그럼 나 정말 큰일 날 뻔한 거잖아?

생각하는 그때, 은지호와 의례적인 이야기를 몇 마디 나누던 최 회장이 문득 말했다.

"알고 보니 내 딸아이랑 같은 고등학교 다녔던데, 얼마 전에 전학을 가게 돼서 아쉽게 됐어. 계속 다녔더라면 이 자리를 계기로 친해져서, 뭐, 학교에서도 잘 지낼 수 있었을 텐데."

"아니에요, 아빠. 이전에도 잘 지냈어요."

한술 더 떠 최유리가 수줍게 웃는 얼굴로 끼어들었다. 흠칫 놀란 나는 은지호의 얼굴을 흘긋 보았다. 그 예의를 덧씌운, 얼음장 같은 눈은 미동도 없었다.

은지호의 평정심에 속으로나마 박수를 보내는 한편, 나는 속으로 중얼거렸다.

너도 참 존경스럽다, 최유리.

최유리의 말에, 그러냐며 최 회장이 통쾌하게 웃었다. 그리고 최 회장은 제 딸을 따뜻한 눈으로 바라보며 말했다.

"하긴, 우리 딸이 성격 하나는 정말 착하지. 그래서 친구도 많고, 아무튼 이렇게 알기 전부터 이미 학교에서 친했었다니 다행이구나! 종종 자리 잡아서 만나고 그러지."

"영광입니다."

그렇게 대답하는 은지호의 얼굴에는 심지어 미소가 떠오르기까지 했다. 또 몇 마디 하다가 최 회장은 젊은이들끼리 얘기하라며 자리를 비켜 주었다.

셋이 남자 은지호는 표정을 싸늘하게 굳혔다. 어색하게 웃으며 최유리가 다시 입술을 떼었다.

"지호야."

"얘기할 사람은 따로 있지 않아?"

그렇게 말한 은지호가 화난 얼굴로 내 쪽을 턱짓했다. 최유리가 나를 보았다가, 내 등을 감싸 안다시피 한 은지호의 팔을 보고는 당장 얼굴을 굳혔다.

나는 최유리를 보며 잠시 생각했다.

회장님, 따님이 착하다고요? 집에서는 착한 것 같아 다행이네요.

그리고 나는 은지호에게 언제 팔을 떼라고 타박했냐는 듯 그에게 더욱 가까이 기대었다. 그에 은지호의 입가에 장난스러운 미소가 떠올랐다. 시선을 교환한 나는 최유리를 돌아보며 생글 웃었다. 내가 말했다.

"아냐. 할 얘기가 뭐 있겠어? 우리 전에 옥상에서 다 끝냈잖아."

"함단이."

최유리가 살벌하게 중얼거리는 듯하더니, 은지호를 올려다보고 흠칫 뒤로 물러났다. 그러더니 그녀는 돌연 눈에 눈물을 매다는 것이었다.

허?

나는 어이가 없어서 소리 내어 웃을 뻔했다. 내가 간신히 웃음을 눌러 참는 가운데, 최유리가 처연한 눈으로 말을 이었다.

"지호야, 네가 정말 오해하고 있어. 나는⋯⋯."

"다른 사람 입으로 들은 게 아니라, 내 귀로 들었는데, 오해는 무슨 오해?"

은지호가 심드렁하게 대꾸하자, 최유리의 얼굴이 굳어졌다. 그러나 그녀는 굴하지 않고 다시 입을 열었다.

"물론 정황상 그렇게밖에 생각할 수 없다는 거 이해해. 하지만 일은 앞뒤 따져 보고 파악해야 하는 거잖아. 네가 알게 되기 전에도 많은 일들이 있었는데―"

한숨을 내쉰 은지호가 어디 들어나 보자는 듯 최유리를 향해 고개를 돌렸다. 나는 무슨 말을 해야 할지 몰라 멀뚱

멀뚱하게 그런 두 사람을 번갈아 보았다.

사실 이 일의 가장 중심에 있는 사람은 다름 아닌 나일 텐데, 최유리가 은지호를 향해서만 변명을 이어 가려는 게 잘 이해가 되지 않았다.

뭐, 일단은 본인이 저렇게나 열심히 변명을 이어 가려고 하는데, 관련된 입장에서 나도 들어 주는 게 마땅할 것 같았다. 그렇게 생각하고는 그쪽으로 몸을 돌리는데, 은지호가 내 쪽으로 몸을 돌리더니 말했다.

"너, 배고프다고 하지 않았어?"

"응?"

나는 눈을 깜빡였다. 그런 적 없는데.

나를 붙들고 있던 손을 놓은 그가 웃으며 말을 이었다.

"나랑 최유리랑 잠깐 얘기하고 있을 테니까, 넌 저기, 잠깐 뭐 좀 먹고 있어. 얘기 끝나면 내가 그리로 갈게."

그가 그렇게 말하며 가리킨 곳을 돌아보니, 회장 테두리 부근에 핑거푸드를 예쁘게 진열해 놓은 테이블이 보였다. 앉아서 먹을 곳이 없는 통에, 사람들은 그곳에서 한 손에는 음료를 들고 한 손에는 음식을 들고 가볍게 먹고 있었다. 눈을 깜빡이던 나는 다시 은지호를 돌아보았다.

이런 얘기 들어 봐야 네 속만 터지지.

은지호가 표정을 바꾸며 싸늘하게 중얼거리는 말을 듣고 나서야 나는 그의 의도를 알아차렸다.

아무튼 제게 걸어온 말이니, 제 선에서 끝내겠다는 건가.

확실히 다 지나간 일, 들어 봐야 속만 터지는 것도 사실이었다. 그렇게 생각하며 나는 은지호의 등 너머로, 나를 노려보고 있는 최유리를 보았다. 그리고 나는 활짝 웃으며 말했다.

"그래, 난 잠깐 저기 있을게. 둘이 얘기 잘해."

최 회장님 보는 눈도 있고 말이야.

그렇게 말하고서 고개를 돌리니, 과연, 사람들 사이에 서서도 이쪽을 내내 주시하는 듯한 최 회장님의 모습이 보였다. 내 시선을 눈치챈 것 같지는 않았지만, 아무튼 은지호 역시 눈을 돌려서 그쪽을 확인하고는 짐짓 다정하게 웃으며, 잘 끝낼게, 하고 말했다.

돌아서기 전, 내가 문득 손을 뻗어 그의 손목을 붙들자 은지호는 당황한 기색이었다. 그의 검은 눈이 커지는 것을 빤히 보던 내가 최유리를 힐긋 보고는 말했다.

"빨리 와야 해."

"아."

"응?"

"아, 그래……."

그때까지도 조금 정신이 없던 것 같던 은지호가 그렇게 대답했다. 그러더니 이윽고 그는 저 혼자 웃기 시작했다. 입꼬리를 말아 올리며, 나를 조금 희한한 눈으로 바라보다가, 또 머리칼을 쓸어 올리며 저 혼자 입 속으로 뭐라 중얼거렸지만 잘 들리지는 않았다. 그를 멀뚱히 올려다보다가, 더 이상 여기 있어서는 안 되겠다는 생각이 든 나는 황급히 몸을 돌렸다.

은지호가 최유리를 향해 돌아서는 것을 마지막으로 나는 뒤돌아 걸음을 옮겼다.

푸드 테이블에는 사람들이 많지 않았다. 주변을 둘러보니 사람들은 이미 벽에 붙거나 회장 한가운데 서서 저들끼리 모여 한 손에는 와인 잔이나 음료수 잔을 쥔 채, 혹은 아무것도 들지 않은 채 얘기를 나누고 있는 게 보통이었다.

간혹 그들이 내게 시선을 던지는 것 같아서, 나는 황급히 허리를 빳빳하게 피고는 걸음을 옮겼다.

찬찬히 걸으며 음식들을 살펴보니 카나페를 비롯한 디저트 류가 대부분이라 먹고 싶은 것은 딱히 없었다.

아니, 그래도 신기하고 예쁘게 생긴 걸로 하나 손대 볼까.

그렇게 생각하며 내가 손을 뻗는 순간이었다. 뒤에서 다가온 누군가가 내 등에 가볍게 부딪쳤다.

아. 나는 뒤를 돌아보았다. 얼굴을 확인하기도 전에 그가 먼저 사과해 왔다.

"죄송합니다."

"아, 아니에요."

어지간히 급했는지, 그는 내 말을 듣지도 않고 자리를 떠나 버렸다.

떠나는 그의 잘 손질된 검은 머리칼, 짙은 검정빛 정장을 걸친 뒷모습을 바라보다가 나는 고개를 기웃했다.

동갑인 것 같은데, 아니, 그보다 목소리가 익숙하지 않았나?

그러다 나는 곧 고개를 내저으며 몸을 바로 했다. 설마, 내가 아는 사람이 여기 있을 리 없지.

그렇게 생각하며 테이블을 반 바퀴 정도 돈 다음, 나는 또 누군가 내 등에 부딪치고 지나가는 것을 느꼈다.

"아, 죄송합니다."

또 그였다. 내가 뭐라 말하기도 전에 사과 한 그가 저만치로 멀어졌다. 나는 눈을 깜빡이며 그의 뒷모습을 응시했다.

설마, 에이, 설마.

그리고 세 번째 그와 부딪쳤을 때였다.

"죄송…… 어랍쇼?"

"아, 역시, 너…….."

나는 말하다 말고, 어찌해야 할지 몰라 손을 들어 이마를 짚었다. 나는 속으로만 중얼거렸다.

아니, 네가 여기 왜 있어?

그렇게 생각한 것은 그도 마찬가지였다. 눈을 휘둥그레 뜬 그가 갑자기 내 어깨를 덥석 잡아 오기에 나는 흠칫 놀랐다.

내가 어깨를 틀며 물었다.

"왜, 왜 이래?"

"야, 너 왜 여기 있어!? 게다가……."

눈동자를 굴려 내 모습을 위아래로 훑어본 그가, 묘한 얼굴이 되어 입을 열었다.

"왜 이러고 있냐……?"

잠시 침묵이 흘렀다. 그를 빤히 바라보다가, 나는 어깨를 비틀어 그의 손아귀에서 빠져나왔다. 그가 붙들었던 어깨를 툭툭 털며 내가 대꾸했다.

"이러고라니, 그게 무슨 뜻인데?"

평소답지 않게 당황한 그가 대답했다.

이러고는, 그, 뭐냐면.

"그, 이렇게 예쁘게……?"

그를 바라보던 나는 뚱하니 대답했다.

"예쁘다는 표정이 아닌데."

"아냐! 예뻐, 예쁘다, 야. 아, 너무 예뻐서 놀랐지 뭐냐. 얼마나 예뻤으면, 두 번이나 부딪치고도 못 알아본 거 아냐, 내가."

흐으음.

나는 길게 숨을 삼키며, 어느새 평소와 다름없는 모습이 되어 요란하게 너스레를 떠는 그를 바라보았다.

그는 날더러 너무 예쁘네, 못 알아보겠네 했지만, 사실상 못 알아볼 모습인 것은 그도 마찬가지였다.

늘 쉬는 시간이면 교실이나 복도에서 추격전을 벌이느라 잔뜩 헝클어져 있던 머리칼은 단정하게 손질되어 있었다. 교복 안에 늘 티셔츠를 입는 데다가, 넥타이는 껄렁하게 주머니에 쑤셔 넣고 다니던 그가 와이셔츠 단추를 끝까지 채운 데다 넥타이를 제대로 착용하고 있다니, 이것만 해도 전혀 다른 사람처럼 보였다.

그는 다름 아닌 윤정인, 8반의 반장이었다. 우리 반 대표 망나니는 어디 가고, 말쑥한 귀공자 모습인 그를 훑던 내가 입을 열려던 그때였다.

윤정인의 어깨 뒤에서 불쑥 튀어나온 손이 그의 어깨를 건드렸다. 윤정인이 뒤를 돌아보았다. 따라서 고개를 든 나는 나도 모르게 감탄을 흘렸다.

새카만 머리칼, 뚜렷한 이목구비, 학창 시절에 운동 좀 했음직한 탄탄한 몸매. 짙은 색 정장을 입은, 중년이지만 대단한 미남자였다.

또한 누가 보아도, 윤정인과 부자라는 것을 한눈에 알아볼 수 있을 만큼 닮아 있었다.

윤정인과 그의 아버지로 추정되는 인물을 번갈아 보며 나는 감탄했다. 미래를 걱정 안 해도 되는 사람이 여기도 있었네, 은지호에 이어서. 그러다 윤정인의 아버지와 눈이 마주친 나는 흠칫 놀랐다.

그는 당황하는 대신, 나를 향해 씩 웃어 주고는 윤정인을 돌아보았다.

이어서 그가 하는 말에 나는 당황했다.

"아들아, 다짜고짜 예쁘다 찬사부터 늘어놓는 건 대체 어느 시절 작업 방식이냐."

그 말에 나는 물론이고, 윤정인의 얼굴도 굳어지는 것은 당연지사였다.

작업이라니. 내가 차마 대답하지 못하고 그 말만 중얼거리는 동안 먼저 정신을 차린 것은 윤정인이었다. 눈썹을 찡그린 윤정인이 외치듯 대꾸했다.

"그런 거 아니거든? 나 눈 높거든?"

"야, 잠깐."

굳어진 얼굴로 내가 끼어들었다. 너 방금 뭐랬냐.

그런데 내가 말하기가 무섭게, 윤정인의 아버지가 조금 놀란 눈으로 나를 돌아보는 것이었다.

아차, 인사가 먼저였지.

나는 황급히 고개를 숙였다.

"아, 안녕하세요."

그러자 윤정인의 아버지도 따라서 인사를 건네었다.

"어, 안녕……. 그런데 우리 아들이랑 아는 사이니? 이렇게 예쁜 아가씨가?"

"에이, 아가씨라니요……."

어느새 흐물흐물하게 풀어진 얼굴로 윤정인의 아버지와 내가 대화를 나누는 그때였다. 문득 사방의 공기가 조용해진다 싶은 느낌이 들었다. 온도가 조금 낮아진 것도 같았다.

정체를 알 수 없는 한기의 진원지를 찾기 위해서 두리번거리던 나는 문득 뒤를 돌아보았다. 그리고 나는 탄성을 흘렸다.

"아."

은지호가 싸늘한 눈으로 윤정인을 보고 있었다. 어느새 사람들을 물린 모양인지, 은지호의 근처에는 최유리를 비롯한 누구도 그 모습이 보이지 않았다.

다시 앞을 돌아보니, 윤정인이 기겁한 얼굴로 한 발짝 뒤로 물러나는 것이 보였다. 그러면서 그가 입모양으로 내게 물었다.

쟤 왜 저래?

그걸 내가 알겠니?

입모양으로만 대꾸하는 그때, 은지호가 이쪽으로 성큼 걸어왔다. 그리고 이어지는 말에, 나와 윤정인의 얼굴은 구겨졌다.

한쪽 팔을 내밀어 내 어깨를 끌어당기며, 은지호가 말했다.

"야. 함단이더러 못생겼다고 해도 되는 거, 나뿐이거든."

"……."

나와 윤정인은 물론이고, 은지호가 다가오자 한 발자국 물러서서 사태를 지켜보던 듯하던 윤정인의 아버지마저 표정이 조금 심각해졌다.

그 가운데 가장 먼저 움직인 것은, 뜻밖에도 가장 충격을 받았으리라 예상했던 윤정인이었다.

그가 대답도 없이 조용히 주머니에서 휴대전화를 꺼내어 어딘가로 전화를 걸기에, 은지호는 잠깐 싸늘한 얼굴도 집어치우고 당황한 듯한 표정을 지었다.

그리고 마침내 윤정인의 입이 열렸다.

"어, 여보세요, 은형아."

그제야 윤정인의 통화 상대를 알아차린 은지호의 눈썹이 와락 구겨졌다.

나로 말할 것 같으면, 그 이름이 나오는 순간부터 터져 나오는 웃음을 참을 수가 없었다.

내가 은지호의 팔에 기대며, 으하하, 하고 웃음을 터트리는 가운데 윤정인의 말이 이어졌다.

"어, 아니, 은지호가 방금 나한테 뭐라고 한 줄 아냐? '함단이를 못생겼다고 해도 되는 사람은 나뿐이야'."

"야, 너 잠깐―"

은지호가 희다 못해 창백하게 질린 얼굴로 그쪽으로 손을 뻗었지만, 과연, 8반 최고의 마이페이스 윤정인은 전혀 굴하는 기색이 아니었다. 휙, 하고 몸을 돌려 쉽게도 그 손을 피해 버린 윤정인이 말을 이었다.

"어, 그래, 재방송해 줄게. '함단이를, 못생겼다고, 해도, 되는 사람은, 나, 뿐, 이, 야'."

"⋯⋯."

은지호가 손을 들어 제 얼굴을 가렸다. 나는 참지 못하고, 넘어지는 것을 방지하기 위해 그의 팔을 단단히 붙든 채로 아예 폭소하기 시작했다.

아니, 이러면 안 되지만 못 참겠는걸!

설상가상으로 수화기 너머에서도 웃음소리가 높아지기 시작했다.

으하, 으하하! 내가 소리 내어 웃고, 수화기 너머에서 은 형이도 빵 터진 모양이고, 은지호가 얼굴을 가리고 말이 없어지는 그때, 윤정인이 마침내 휴대전화를 탁 소리 나게 덮고는 은지호를 돌아보며 씩 웃었다. 그 웃는 얼굴을 본 은지호가 나를 놓고는 재빨리 그리로 다가갔다.

윤정인에게 얼굴을 가까이 붙인 그가 낮은 목소리로 중 얼거리듯 말했다.

"야, 잠깐 단둘이 좀 보자."

"뭐?"

그리고 그는 윤정인이 무어라 대답할 새도 없이 그의 팔을 잡고는 사라져 버렸다. 실로 깔끔한 퇴장이었다. 그제야 정신없이 웃던 나도 간신히 제정신을 차리고는 테라스로 사라지는 둘의 뒷모습을 지켜보았다.

그러다 문득, 윤정인의 아버지 일이 떠올라서, 뒷수습이
라도 하려고 고개를 돌렸는데 그 자리에는 이미 아는 얼굴
들이 서 있었다.

환한 빛 아래 번진 창백한 뒷모습, 주변이 다 소란스러운
와중에도 언제나 감탄스러울 만큼 정적인 분위기.

"괜찮아요, 윤정인이랑 은지호랑 학교에서 친하거든요."

김혜힐이 윤정인의 아버지를 붙들고는 차분한 목소리로
설명하고 있었다. 이야기를 듣던 윤정인의 아버지가 당황
스러운 듯 눈을 깜빡이고는 대답했다.

"아, 그러냐? 저 따발따발하기 좋아하는 놈 입에서 은지
호라는 이름은 나온 적이 없어서……."

"아, 친해진 지 얼마 안 돼서 그래요. 하하."

어디에서 나타났는지, 김혜우도 그렇게 말하며 대화에
끼어들었다.

셋이 대화를 나누는 모습을 보건대, 안 지 얼마 안 된 것
같지는 않았다. 적어도 몇 년 간은 가족 간의 교류가 있었
을 것 같은 느낌, 마치 반여령네 가족과 나처럼.

그렇게 생각하고 있던 와중에, 대화를 마치고 윤정인네 아
버지를 떠나보낸 김 쌍둥이는 서로를 돌아보며 중얼거렸다.

"뭐, 어차피 윤정인이 사람이랑 친해지는 데 5분 이상 걸
리는 거 못 봤으니까. 우린 거짓말한 거 아냐."

"이제 쟤네 사라졌다가 절친 돼서 나타난다."

김혜힐의 말에 이어서 김혜우가 대답하더니, 둘이 동시에 이쪽을 돌아보았다.

어디서나 빛을 잃지 않는 그 차분하고 맑은 얼굴들을 보니 내 얼굴에 저절로 미소가 떠올랐다. 내가 아무 말도 하지 못한 채로, 눈만 깜빡이며 그들을 바라보고 있자니 그들이 먼저 나를 불러왔다.

"함단이."

"잘 지냈어?"

생각을 공유하는 것처럼 신비로운 말 잇기조차 그대로였다. 그들을 바라보던 나는 그제야 얼굴이 확 달아오르는 것을 느꼈다.

김혜힐은 채도가 낮은 차분한 보라색 원피스에, 김혜우는 푸른빛이 도는 재킷에 면바지를 갖춰 입었을 뿐인데도 그들의 비현실적인 분위기가 한층 짙어 보였다.

하기는, 이 둘은 교복을 입은 채로 교실에 앉아 있어도 비현실적으로 보이는 애들인데.

감탄 섞인 눈으로 그 둘을 번갈아 보다가 문득 정신을 차린 나는 그리로 걸음을 떼어 놓았다. 그쪽으로 한달음에 달려가며 내가 외쳤다.

"혜힐아! 김혜우!"

내 반응에 눈을 깜박이는 것도 잠시, 그들의 얼굴도 일제히 환하게 피어났다. 내가 두 팔 벌려 목을 끌어안자, 마주 안아 주면서 김혜힐이 대답했다.

"생각했던 것보다 격한 반응이네."

"그러게, 구세주라도 만난 것 같다. 자리가 많이 힘들었냐?"

그렇게 말하면서 김혜우도 손을 뻗어 내 등을 토닥여 주었다.

* * *

두 사람은 학교에서나 이곳에서나 시선을 끄는 것은 마찬가지였던 데다가, 이미 윤정인과 은지호가 한바탕 시선을 끌어 놓았던 터라, 우리는 두 사람이 떠나기가 무섭게 일단 구석으로 자리를 옮겼다. 큰 그림이 걸린 벽 아래 가까이 붙어 서고 나서야 숨을 돌린 내가 물었다.

"윤정인에 이어서 너희들까지, 다들 무슨 일이야? 왜 여기 있어?"

그러자 김혜힐과 김혜우는 늘 그러하듯 슬쩍 시선을 교환했다. 딱히 숨기는 게 있다기보다는, 그냥 너무 당연한 질문을 들은 탓에 어떻게 대답해야 할지 모르겠다는 듯한 얼굴이었다.

이윽고 김혜힐이 대답했다.

"으음. 그야, 어머니 아버지가 이곳에 오셨으니까?"

옆에서 김혜우도 긴가민가한 얼굴로 말을 받았다.

"음, 안 따라오면 안 된다고 하셔서?"

이게 다 무슨 소리야? 평소에는 설명도 잘해 주는 애들이. 눈을 깜빡이던 내가 되물었다.

"작은 공장 하신다고…… 안 했어?"

물론 내가 무슨 권리로 이들 호구 조사를 하고 있겠냐마는, 친구로 지내다 보면 자연스레 서로의 부모님 직업에 대해서도 알게 되는 것이 보통이었다. 내 말에 서로를 잠시 쳐다보던 김혜힐이 대답했다.

"응……. 10만평."

"……."

10만 평이 작니? 어떻게 작니?

이루 말할 수 없이 복잡한 표정을 짓는 내 옆에서 김혜우가 대답했다.

"음, 그냥 여러 개 있어."

"……."

심지어 한 개도 아니고, 여러 개?

나는 초점 없는 눈으로 그들을 번갈아 보았다. 김 쌍둥이가 시선을 교환하고는, 저기, 단아? 하고 말을 건네는 데도 나는 대답할 수 없었다. 손을 들어 슬그머니 얼굴을 가린 나는 속으로만 중얼거렸다.

음, 그래. 여기가 인터넷 소설 안이라는 걸 잠시 잊고 있었어.

그리고 나는 고개를 끄덕이며, 얼굴을 가린 손을 스르르 내리며 생각했다.

괜찮아, 재벌 2세는 원래 많은 거야. 마치 저 밤하늘의 별처럼!

그리고 나는 다시 두 손을 들어 얼굴을 감쌌다.

"그럴 리 있냐……."

내 입에서 다시 한 번 짙은 한숨이 새어 나왔다. 시선을 교환하며, 어쩔 줄 몰라 하는 표정을 짓고 있던 김 쌍둥이가 잠시 후 내 등을 토닥여 주었다.

내가 진정된 것은 몇 분 뒤의 일이었다. 나는 창백해진 얼굴로 그들이 갖다 준 물 잔을 꼴깍거리는 한편, 속으로 한숨을 내뱉었다.

솔직히 이곳이 소설 속이라는 걸 알고, 지내면서 면역이 된 나니까 이 정도로 빨리 받아들였지, 아니, 맨날 일상적으로 치고받던 애들이 알고 보니 하나같이 재벌 2세라니, 이게 무슨 소설이냐고.

소설이지만.

내 옆에서 김 쌍둥이는 윤정인이 이곳에 오게 된 이유에 대해서도 간략하게나마 설명해 주었다.

"걔네 집 마트 한다며?"

내 물음에 잠시 생각하던 김혜힐이, 여느 때와 같이 차분한 얼굴로 대답했다.

응, 마트야. 마트인데.

"K마트."

나는 하마터면 마시던 물을 내뱉을 뻔했다.

이윽고 옆을 돌아본 내가 물었다.

"K마트라면, 동네마다 있는 그거 말이지? 엄청 큰."

"응."

고개를 끄덕인 김혜힐의 옆에서, 김혜우가 말을 이었다.

"방금 들렀다 가신 걔네 아버지가 K마트 한국지사 대표 맡고 계실걸?"

"……."

으응. 한참을 가만히 있다가 어색하게 고개를 끄덕인 나는 한 가지 깨달음을 얻었다. 이 소설 속에서 결코 평범한 인물 따위는 없다는 것을 말이다.

아니, 사실 따지고 보면 원래부터 김 쌍둥이나 윤정인이나 전부 평범하지는 않지. 나름대로 석봉중학교 사대천왕이라고 불리던 이들인데.

그래도 평소에 하는 행동이 워낙, 우리 중학교 사대천왕에 비해서는 평범하게 느껴져서 잊고 있었는데, 머리색이 평범하면 이런 곳에서 의외의 복병이 나타나는구나.

나는 고개를 끄덕였다. 다 포기하자.

소설 속에 들어온 지 장장 3년 만에 나는 드디어 포기의 미학을 깨달았다. 내가 나의 성취에 감동하여 홀로 흐뭇한 표정을 짓는 사이, 옆에서 김혜힐이 핀으로 장식된 내 머리를 조심스레 매만지며 말했다.

"그나저나, 넌 여기 웬일이야? 상태가 안 좋은데."

"그러게, 애 오랜만에 보니까 좀 상태가 안 좋네. 야, 너 끌려왔지?"

해탈해 있는 것도 잠시, 나는 이어진 김혜우의 물음에 퍼뜩 고개를 들었다. 응? 되묻는 내게, 김혜우가 되물었다.

"설마, 은지호가 뭐, 너더러 도와 달라고 부탁이라도 했어?"

"으, 응?"

옆에서 김혜힐이 평소와 같이 차분한 얼굴로 고개를 끄덕이며 말을 이었다.

"확실히 같이 온 여자애가 있으면 일이 좀 줄어들기는 하지. 여자애들이 말을 잘 안 걸거든."

세상에. 나는 감탄했다.

아무튼 김혜힐과 김혜우는, 엄연히 본인들이 이런 곳과 성격이 잘 어울리지 않아 참가를 하지 않았을 뿐, 엄연한 이런 세계 주민이구나. 내가 말하지도 않았는데 이유를 정확히 꿰뚫어 버리다니. 그나저나 어쩐다?

나는 눈을 굴렸다. 내가 자진해서 도와주겠다고 말했으니, 엄밀히 말하자면 끌려온 것은 아니지만, 아무튼 은지호를 도와주러 온 것은 맞았다.

이런 판국에 내가, '아냐! 지호는 아무 잘못 없어!'라고 말하면 그것은 드라마에서 착한 여자가 엉엉 울며 '전부 제 탓이에요!' 하고 말하는 것과 다를 바가 없이 보일 것이다.

어쩐다지?

내가 애매하게 웃는 시간만 길어지자, 김혜힐은 물론이고 김혜우의 눈까지 가늘어졌다. 좋은 생각이 떠오른 것은 그때였다.

고개를 숙인 나는 클러치 안에서 세로로 길게 접은 종이를 주섬주섬 꺼내었다. 김 쌍둥이가 표정을 바꾸어, 쟤 지금 뭐 하냐 하는 얼굴로 나를 바라보는 가운데, 종이를 팔랑팔랑 흔든 내가 말했다.

"아냐, 그런 게 아니라…… 내가 진로 탐색에 고민이 많으니까 은지호가 직업 체험시켜 준대서."

혜힐이가 황당한 듯 물었다.

"직업이라니, 무슨?"

나는 뿌듯한 얼굴로 대답했다.

"재벌 2세."

"픕."

옆에서 웃음소리가 비집고 나왔다. 잠시 고개를 푹 숙이고 있던 김혜우가 이윽고 목을 젖히며 크게 웃기 시작했다. 김혜힐은 말없이 입술을 깨물고 있었지만, 보아하니 입꼬리가 파들거리고 있었다.

나는 뭐 문제될 것 있느냐는 당당한 시선을 보내었다. 이 윽고 웃음을 그친 김혜우가 손을 뻗어 내 어깨를 토닥였다. 그가 말했다.

"그래, 좋은 일이네, 재벌 2세."

"놀리냐? 아냐, 아마 될 거야……."

끝에 가서 목소리를 줄인 내가 덧붙였다. 우리 아빠 요즘 복권 열심히 긁고 계시거든.

이것은 사실이었다. 아버지는 술만 마셨다 하면 복권을 사서 집에 들어오는 취미가 있다.

못 견디겠다 싶었는지, 김혜힐도 키득키득 웃기 시작했다. 나도 웃으라고 말한 것이었기에, 마주 보고 웃기 시작했다.

몇몇이 지나가다 말고 놀란 얼굴로 이쪽을 보고 있었다. 내가 예상한 대로, 김 쌍둥이는 여기서나 저기서나 쿨한 이미지로 인기가 높은 모양이었다.

이윽고 웃음을 멈춘 김 쌍둥이는 다시 평소의 차분한 모습으로 돌아왔다. 잠시 후, 김혜힐이 팔짱을 끼며 중얼거린 말에 나는 조금 놀랐다.

"흠, 그래, 진로. 그거 어렵긴 하더라. 나도 안 적었는걸."

눈을 크게 뜬 내가 되물었다.

"아, 진짜?"

"응. 김혜우도 안 적었을걸?"

그렇게 말하며 김혜힐이 김혜우를 턱짓으로 가리켰다. 눈이 마주치자 어깨를 으쓱한 김혜우가 대답했다.

"아, 사실 하고 싶은 건 있는데, 그대로 적었다가는 집에서 쫓겨날 것 같아서."

"뭔데?"

"프로게이머."

"아아."

나는 조용히 감탄했다.

아니, 그런데, 윤정인이나 너나 게임 그렇게 잘하는 편은 아니지 않냐······.

내 눈빛만으로 내 생각을 알아차렸는지, 두 손을 들어 딱붙인 김혜우가 쑥스러운 듯 대답했다.

"뭐, 사실, 아직 뭘 하고 싶은지, 뭘 잘하는지도 못 찾았다는 게 맞지."

음, 고개를 기울인 내가 되물었다.

"공부 잘하잖아?"

"아니, 공부는 공부고. 선택지가 넓어지는 것뿐이지. 게다가 공부하느라 정작 뭘 하고 싶은지 찾을 시간도 없다고."

옆에서 김혜힐이 뾰족한 투로 쏘아붙였다.

"웃기시네. 공부 하느라는 무슨, 게임밖에 안 하면서."

"야, 유언비어 자꾸 유포할래, 너?"

"그러는 오빠야말로 양심 좀 가져 보지그래? 공부하느라

하고 싶은 걸 못 찾은 건 내 얘기지."

김혜우뿐만 아니라 김혜힐도?

나는 놀란 눈으로 그녀를 바라보았다. 눈이 마주치자 손을 들어 검푸른 머리칼을 귀 뒤로 넘긴 그녀가, 고개를 끄덕이더니 말했다.

"응, 나도 아직 하고 싶은 건 못 찾았어. 뭐, 오빠는 게임하느라 못 찾았고."

"아, 아니라고."

"양심 있으면 닥쳐. 난 공부하느라."

김혜우가 끼어드는 것을 깔끔하게 자른 김혜힐이 마저말을 맺었다.

하기는, 가만히 듣던 나는 고개를 끄덕였다. 김혜힐은 성실하기로 있어서는 우리 반에서 제일간다고 해도 틀린 말은 아니었는데, 그녀는 다 같이 놀다가도 혼자 공부한다고 자리로 돌아감으로써 모두의 존경 어린 박수를 받고는 했다.

그런 김혜힐이 아무렇지도 않은 얼굴로 말을 이었다.

"뭐, 사실 모르는 게 당연하지 않아? 아직까지 해 본 게 공부뿐인데. 할 수 있는 일은커녕 하고 싶은 일도 잘 모르겠는걸."

내가 아는 한 김혜힐은 과시욕도, 쓸데없는 겸손도 없어서, 언제나 할 수 있다는 건 할 수 있다고, 못하는 건 못한다고 대답하고는 했다. 내가 아는 한 이런 것을 말하는 데 있어서 가장 솔직하고 거침없는 사람이 김혜힐이었다.

그러니만큼 이 말도 진심일 것이다. 나는 가만히 고개를 끄덕였다. 잠시 멍해 있던 내 위로 이어서 김혜우의 목소리가 얹혔다.

"뭐, 솔직히 공부밖에 안 시켜 놓고는 우리더러 뭐가 되고 싶은지 정하라느니, 모르겠다고 하면 꿈도 없는 사람 취급하는 게 이상한 거지."

그때까지도 가만히 듣고 있던 내가 대답했다.

"그렇구나."

그리고 나는 중얼거리듯 덧붙였다.

"뭐가 되고 싶은지 그런 거, 다들 모르는구나……. 나만 모르는 거 아니구나."

"당연하지. 뭐야, 그런 거 걱정하고 있었어?"

김혜힐이 내 머리칼 위를 무심하게 매만지면서, 다정하게 던진 물음이 가슴 한편을 따뜻한 색으로 물들여 왔다. 잠깐 눈을 깜빡이다가 나는 고개를 들었다. 환한 샹들리에 불빛 아래, 나를 보며 다정하게 웃는 쌍둥이들의 얼굴이 보석처럼 번지고 있었다.

그 웃는 얼굴들을 바라보며 나는 생각했다.

헤매고 있는 사람이 나뿐만이 아니라는 것을 아는 것은, 생각보다 괜찮은 일이구나.

그러니까, 내가 괴로우니 남도 괴로워야 한다는 의미가

아니다. 내가 헤매고 있으니 남도 헤매고 있어야 한다는 얘기가 아니라, 그냥 네가 그런 일로 힘들어 하는 것도 전혀 이상한 일은 아니라고, 저들도 그렇다고 아무렇지도 않게 말해 주는 이 애들이 내 친구라는 게 새삼 행운으로 느껴졌다.

생각하다 말고 눈을 가만히 내리까는 내게, 김혜우의 웃음기 섞인 목소리가 들려왔다.

"아, 그래도 재벌 2세는 좀 신선했다. 방학 끝나면 애들이랑 만나서 얘기할 거 생겼네."

아이씨.

방금까지의 먹먹한 기분은 모두 날려 버린 채, 눈썹을 찡그린 내가 투덜거렸다.

"너 그거 말하기만 해 봐."

"단아, 네 꿈을 부끄럽게 여기면 안 된다."

"아, 말하지 말랬다."

낄낄 웃으며 내가 장난스럽게 휘두른 주먹을 김혜우가 잡아챘다.

우리 둘이 네가 놔라, 네가 놔라, 장난을 주고받는 그때였다. 턱을 매만지며 회장 입구 언저리를 응시하던 김혜힐이 툭 뱉었다.

"그래서, 윤정인 얘는 은지호랑 둘이 어디까지 간 거야?"

"둘이 너무 친해져서 손잡고 튄 거 아냐?"

김혜우의 말에 느닷없이 웃음이 터졌다.

윤정인과 손을 잡고 어디론가 달려 나가는 은지호라니, 정말 죽도록 안 어울리는데 윤정인의 친화력이면 못할 것도 없겠다 싶었다. 김 쌍둥이도 같은 생각인지, 우리들이 서로 눈을 마주치며 킥킥 웃어 대던 바로 그때였다.

연회장은 복층 구조로 되어 있었다. 사각형의 넓은 연회장을 굵은 대리석 기둥이 빙 둘러 감싸고 있고, 연회장에는 먹을 것이나 음료가 놓인 테이블 외에는 의자도, 구조물도 없었다.

연회장 중앙 부근에는 레드 카펫이 깔린 흰 대리석 계단이 있어 복층으로 올라갈 수 있도록 되어 있었다. 복층 난간에는 사람들이 기대어 연회장을 내려다보며 얘기를 나누고 있었다. 정작 복층 안으로 보이는 수상쩍은 기다란 복도들은 유니폼을 입은 직원들에 의해 지켜지고 있었는데, 나는 그 복도가 어디로 이어질지 도통 짐작할 수가 없었다.

그런데 방금 누군가 대리석 계단 레드 카펫 위를 가로질러 올라갔다. 내가 익히 알아 온 사람이, 그것도 다른 누군가와 함께.

나는 눈을 깜빡이다가는 곧 찡그리고 말았다.

아니, 하지만, 그 애가 여기 올 이유가 뭐가 있어? 그것도, 저런 차림으로…….

내가 까치발을 들고 멀리 살펴보았지만, 이미 계단 어귀의 그림자는 사라지고 없었다.

바로 그때, 김혜힐이 옆에서 묻는 소리가 들렸다.

"왜 그래?"

"아, 아니……. 잘못 봤나 봐."

"그래? 누구였는데?"

김혜우가 묻는 말에도 나는 대답하지 못하고 입술을 딱 붙인 채로 웃기만 했다.

대답할 수는 있다. 대답할 수는 있는데…….

내가 본 것은 다름 아닌, 이루다였다. 이루다가 한 신사의 팔을 다정스레 잡아끌고 계단을 가로질러 위로 향하는 모습이었다.

여기까지는 별문제가 없다. 두 사람의 모습이 같은 성별인 것치고는 지나칠 정도로 밀착되어 있어 다소 의혹을 살수는 있었겠지만, 그것조차 그때의 이루다에게는 별문제가 안 되었다.

왜냐하면, 내가 본 이루다는 누가 보아도 완연한 여자아이 차림을 하고 있었기 때문이다.

허리께까지 내려오는 예쁜 금색 머리카락, 광택이 흐르는 자주색 원피스를 걸친 날씬한 몸.

처음 보는 신사와 다정하게 팔짱까지 끼고 있던 그녀는, 남자와 얼굴을 가까이 하고 까르르 웃다가, 계단 위 좁은 복도를 지키고 있던 종업원과 몇 마디 말을 나누고는 함께 복도를 가로질러 사라졌다.

아니, 하지만……

나는 고개를 내저으며 중얼거렸다.

아니었겠지, 설마? 이루다가 여기에, 게다가 남자랑 팔 짱까지 끼고 나타날 이유가 뭐가 있단 말인가? 본래의 성별까지 드러낸 채로. 학교도 남장한 채로 숨어서 다니고 있는 것 같던데, 이런 위험천만한 자리에 올 리가.

그렇게 생각하며 내가 머릿속에 떠오른 추측을 애써 부정하려는 그때였다. 멀리서부터 익숙한 목소리들이 들려왔다.

그쪽을 돌아본 나는 방금까지 생각하던 것도 잊고 풋 하고 웃음부터 터트리고 말았다. 옆에서 김 쌍둥이도 키득키득 웃기 시작했다.

과연, 김 쌍둥이의 예언은 훌륭하게 맞아떨어졌다. 티격태격하며 이리로 가로질러 걸어오는 은지호와 윤정인은 몇 년은 된 친구 같았다.

저 둘, 은지호는 저번 담력 체험 때 감기에 단단히 걸리는 바람에 오지도 못했으니, 진짜로 만난 건 이게 처음일 텐데 말이야. 내가 생각하는 사이, 점차 가까워진 윤정인이 투덜거리는 소리가 들렸다.

"아니, 그러니까 누가 그런 소리 하래? 나는 그냥 사실을 전달한 것뿐이거든?"

으르렁거리기로는 은지호도 지지 않았다. 은지호가 살벌

하게 쏘아붙였다.

"그걸 굳이 당사자 앞에서 전화까지 거냐?"

"함단이를, 못생겼다고, 할 수 있는 건, 나뿐—"

"아, 너 진짜 그만 안 하냐?"

은지호가 그렇게 대답할 무렵, 마침내 두 사람은 나와 김 쌍둥이가 서 있는 곳 아주 가까이에 다가왔다.

일제히 걸음을 멈춘 두 사람은 한참이나 서로를 노려보았다. 그러더니 나를 돌아본 은지호가 대뜸 물었다.

"야, 함단이, 너 아무리 내가 옆에 없어도 그렇지 누가 이런 또라이랑 사귀래?"

아니, 내가 보기엔 너희 둘이 똑같은 것 같은데.

그렇게 생각하는 내 뒤에서 김혜힐과 김혜우가 차례로 중얼거리는 것이 들렸다.

"과연 은지호, 윤정인의 본질을 예리하게 꿰뚫는군."

"아냐, 저건 은지호가 아니더라도 알 수 있거든."

그 가운데, 은지호와 윤정인을 착잡한 표정으로 번갈아 본 내가 대답했다.

"뭐래, 너희 지금 완전 잘 어울리거든? 최소 영혼의 쌍둥이……."

한편으로는 이 소설 정말 이대로 괜찮은가, 특히 남자 주인공의 성격에 대해서 그런 생각이 든다.

속으로만 생각하는 내게, 눈을 확 찡그린 은지호가 되물었다.

"뭐?"

"야, 너무한 거 아니냐?"

설상가상으로 윤정인까지 나서서 투덜거리기 시작하자 은지호의 얼굴이 한결 더 굳어졌다. 아까 그렇게나 치고받아 놓고도, 은지호와 윤정인은 또 한바탕 주고받을 기세였다. 은지호가 투덜거렸다.

"야, 함단이, 알아 온 세월이 얼마인데 너 진짜 너무한 거 아니냐?"

"아니, 지금 너무한 일을 당한 건 아무리 생각해도 나니까?"

거침없이 받아치는 윤정인을 보면서 나는 생각했다.

역시 너무 잘 어울리는데.

그런 둘을 가만히 지켜보던 김 쌍둥이가 또 내 등 뒤에서 주거니 받거니 하는 것이 들렸다.

"박빙이다, 박빙이야."

"은지호가 원래 저런 구석이 있는 거야, 아니면 신서현 말대로 윤정인 옆에 갖다 놓으면 다들 물드는 거야?

"둘 다 아닐까?"

응, 나도 그렇게 생각해. 차마 입은 떼지 못하고 속으로만 그렇게 말하는데, 둘이 싸우는 소리가 점점 커졌다.

"야, 아까부터 권은형이 여기 오면 당연히 네 편 들 거라고 생각하는 것 같은데, 권은형 너보다 나랑 더 친하거든? 안 지가 몇 년인데."

"왜, 우리 안 지 얼마 안 되기는 했어도 짱 친하거든? 너 은형이가 나한테 얼마나 상냥한지 알기나 하냐? 어?"

윤정이가 물은 말에 코웃음친 은지호가 대답했다. 뭐래.

"야, 그게 너랑 권은형 사이가 아직 멀었다는 증거거든? 그거 다 내숭이야. 권은형이 원래 얼마나 무서운지 알기는 아냐?"

"너한테만 막 대하는 게 아니라?"

"뭐 인마?"

듣고 있자니 내 머리가 다 아파지는 기분이라서, 나는 가만히 이마를 짚었다.

이제는 여주인공도 아니고 권은형을 갖고 누가 더 친한 가로 싸우고 있다니, 이 소설 정말 괜찮은 거냐고……. 아무튼, 은지호의 이미지를 생각해서라도 말려야겠지.

나는 고개를 들었다. 문득 계단을 지나 복도로 사라지던 이루다의 일이 생각난 것은 그때였다.

손을 든 내가 물었다.

"아, 저기."

그러자 둘이 동시에 고개를 휙 돌려 나를 바라보았다. 은지호가 물었다.

"무슨 일이야?"

"아, 그, 저기 계단 위 말이야."

내가 난데없이 계단과 그 위 복도 쪽을 가리키자, 은지호는 물론이고 윤정인이나 김 쌍둥이도 의아한 얼굴이 되어 나를 바라보았다. 내가 물었다.

"저기, 무슨 용도야?"

"아, 저기?"

은지호는 그쪽을 힐긋 바라보더니 대수롭잖은 얼굴로 입을 열었다. 정장을 입은 직원들이 잘 지키고 있어서 대단한 비밀이라도 있나 싶었는데, 대답은 의외로 싱겁게 흘러나왔다.

"그냥 룸이야. 왜, 여기 스탠딩 파티라서 앉을 자리가 없잖아. 테라스에나 있지."

그렇게 말하며 은지호가 파티장 쪽을 향해 시선을 던졌다. 으응, 나는 고개를 끄덕였다. 은지호가 말을 이었다.

"그래서 앉아서 쉬거나 오랫동안 떠들 수 있는 자리가 없으니까 위에 룸을 잡아 놓는 거지. 그냥 호텔 방이랑 비슷해. 예약해 놓아야만 쓸 수 있는데, 우리는 그냥 쓸 수 있으니까 쓰려면 말해."

"이야아."

나는 아직 대답도 하지 않았는데, 옆에서 감탄이 흘러나왔다. 나는 눈을 깜빡이고는 고개를 돌렸다. 옆에서 윤정인을 비롯한 김 쌍둥이가 턱을 매만지며 말하고 있었다.

"이야, 역시 한울 그룹 외동. 네 호텔이라 이거지?"

"좋겠다, 룸."

"서 있는 거 싫어……."

윤정인을 필두로 김혜우며 김혜힐까지도 그렇게 말하는 바람에, 나는 놀란 눈을 깜빡였다. 고개를 돌리니 은지호가 이들에게, 친한 이들에게나 내보이는 짓궂은 표정을 지으며, 룸 하나 줘? 하고 묻는 것이 보였다.

나는 속으로만 생각했다.

음, 아무튼 위에 있는 방의 정체는 룸이라는 거지?

그리고 나는 문득 얼굴을 창백하게 물들였다. 그러면 이루다는 지금 그렇게나 예쁘게 차려입고는, 내가 전혀 모르는 남자랑 방에 올라갔단 말이야? 잠깐, 이루다, 그거 좀 위험한 거 아니야?

그때였다. 옆에서 누군가 팔을 잡아채는 바람에 나는 흠칫 놀랐다. 누군가 바라보니 김 쌍둥이였다.

양쪽에서 내 팔을 차례로 잡아 올린 그들이 말했다.

"아니, 말은 고맙다만 어차피 곧 갈 거라서. 야, 단아, 올라가게?"

"으, 응?"

나는 눈을 깜빡이며 되물었다. 사실대로 말하자면, 이루다를 확인하러 한 번쯤 올라가 볼 생각을 안 하고 있던 것은 아닌데, 생각하기가 무섭게 옆에서 김혜힐이 투정 부리듯 말했다.

"안 가면 안 돼? 우리랑 같이 있자. 여기, 심심한데. 별 일도 안 일어나고 재미없어."

"앗, 재미없어?"

"응? 응."

내 물음에 잠깐 눈을 크게 떴던 김혜힐이 잠시 후 고개를 끄덕이며 말을 이었다.

"재미있을 게 어디 있겠어? 그냥 파티일 뿐인데, 당연히 지루하지."

나는 당황해서 생각했다.

그런가, 곳곳에서 팝콘이 난무하는 파티는 정말 소설 속 에서나 가능한 거였나…….

사실 이곳에 들어서면서 오늘도 한 가지 사건쯤은 터져 주겠지, 하고 내심 기대했던 것도 사실이었다.

거참. 내가 생각했던 것보다 정상적이라니, 다행인 한편 아쉽기도 한데.

내가 멀리 연회장 문 쪽을 바라보며 그렇게 생각하는 그 때였다. 누군가 입장하는 것 같더니, 그쪽이 조금 시끄러 워졌다. 서너 사람씩 모여서 저마다의 화제에 집중하던 이 들이 하나둘 문 쪽을 돌아보고는 감탄한 얼굴로 그쪽으로 다가서기 시작했다.

나는 눈을 크게 떴다. 우아하게 틀어 올려 서양식 장식이 달린, 그러나 동양풍의 비녀로 장식한 옅은 갈색 머리칼 아래로 희고 매끈한 목이 돋보였다. 무릎 아래부터 트여 있는, 마치 미니 웨딩드레스 같은 흰 레이스 원피스를 입고 있었다. 15센티는 되어 보이는 하이힐을 신은 그녀가 걸음을 옮기자, 길게 뻗은 다리가 치맛자락 사이로 보이다 말았다 했다.

눈초리가 조금 처진 큰 눈, 귀염성이 돋보이는 이목구비, 빛을 받으면 간혹 금색으로 보이는 눈동자까지, 티비 스크린에서 수도 없이 보아 온 얼굴이었다.

옆에서 김혜힐이 감흥 없는 목소리로 중얼거렸다.

"이나라잖아?"

"이런 자리 잘 안 오는 걸로 아는데, 역시 이 파티가 크긴 커."

옆에서 김혜우도 감탄한 목소리로 중얼거렸다.

둘 다 연예인을 코앞에서 보았는데도 저 정도의 반응이 다라니, 정말 교실에서와는 새삼 다른 사람처럼 느껴지는군.

그리고 나는 담력 시험날의 일을 생각했다. 뭐, 나도 그때 이나라를 코앞에서 본 적은 있지만.

그때는 그녀가 선글라스를 쓰고 있었던 데다가, 너무 어두운 밤중이라 알아보지도 못했지만 말이다.

옆을 돌아보니, 이나라의 등장에 감탄하고 있는 것은 윤정인 뿐인 듯했다.

잠시 멍하니 서 있던 그는 이윽고 옆에 서 있던 김혜우의 팔을 흔들기 시작했다.

"헐, 야, 나 이나라 실물로 보는 거 처음이야."

"응, 나도 처음이야."

김혜우가 침착한 어조로 대답했다. 그러자 이번에는 김혜힐을 돌아본 윤정인이 말했다.

"야, 이나라 얼굴 완전 작지 않냐? 소멸하겠다."

"응……. 그런데 반여령도 저만큼 작지 않아?"

김혜우 못지않게 차분한 표정인 김혜힐의 대답이었다.

아, 하긴. 그건 그래.

나는 고개를 끄덕였다. 반여령의 장점이자 단점이 바로 이것이다. 너무 예쁘다 보니, 그녀에게 익숙해지면 웬만큼 예쁜 사람에게는 감탄조차 하지 못하게 된다.

잠깐, 그럼 내 얼굴은 대체……!

크흑, 문득 울음을 삼키며 고개를 숙이는 내 귀로 윤정인의 외침이 들려왔다.

"아니, 왜 다들 반응이 이래? 나만 처음 보냐? 야, 김혜우, 너도 처음 본다며? 아, 헉, 야, 이나라 방금 웃는 거 봤냐? 헉, 완전 천사 같아."

"천사 성격이 저렇다면, 천국도 참 볼 만하겠군."

그렇게 대답한 것은 다름 아닌 은지호였다. 불쑥 고개를 들고 보니, 나는 물론이고 윤정인이나 김 쌍둥이도 이 갑작스러운 말에 눈을 동그랗게 뜨고 은지호를 바라보고 있었다. 은지호가 되물었다. 왜, 뭐?

문득 한 가지 사실을 떠올린 나는 고개를 끄덕였다. 이나라의 본명은 우리나라로, 다름 아닌 주인이의 사촌 누나인데, 주인이는 사촌과의 사이가 매우 돈독하다. 그러면 주인이와 일곱 살 때부터 알아 온 은지호가 이나라에 대해 전혀 모를 리 없다. 그리고 나는 문득 얼굴을 굳혔다.

아니, 은지호 입에서 저런 말이 나올 정도면 저 언니 성격은 대체 얼마나 대단한 거야?

옆에서는 윤정인이 은지호를 흔들며 묻고 있었다.

"뭐야, 너 이나라 알아? 친해?"

그에 대답하는 은지호는 여전히 죽을상이었다.

"어, 꽤 오래전부터 알았는데, 친하지는 않다……."

친하고 싶지도 않고.

자그맣게 따라붙는 중얼거림에, 대체 이나라 성격이 어떤지에 대해 내가 다시 한 번 가늠해 보려던 그때였다.

이나라를 구름같이 감싸고 있던 인파 사이로 다시 한 번 소란이 일어났다.

어라?

나는 다시 한 번 까치발을 들고 그쪽을 보았다. 나보다도 상황을 빨리 파악한 것은 김혜우였다. 나보다 키가 크고 눈도 좋은 그는 그쪽을 잠시 보다가 말했다.

"어, 우주인인데? 야, 은지호. 네 친구 왔다."

"아, 진짜? 아, 하긴."

말을 삼킨 그가 중얼거렸다.

같이 왔나 보네. 나는 따라서 고개를 끄덕였다. 우리나라랑 같이 왔구나.

사람들 사이로 외침이 솟구친 것은 그때였다.

"뭐야, 지금? 이나라…… 랑, 싸우고 있잖아?"

"이게 대체 무슨 상황이야?"

뭐, 잠깐, 이나라랑 누가 싸운다고? 그것도 이런 자리에서?

그때였다. 옆에서 김혜우가, 상황을 살피다 말고 한참이나 미묘한 표정을 짓고 말이 없어지는 것이었다. 그의 팔을 무심하게 당긴 김혜힐이 물었다.

"왜 그래, 오빠? 무슨 일인데?"

"어, 아니, 내가 잘못 보는 건가……?"

"응?"

더없이 심각한 표정으로, 시선을 그쪽에 고정한 김혜우가 대답했다.

"지금, 이나라랑 싸우는 거……. 그룹 데이드림 리더, 우리혼이야."

"뭐!?"

나는 물론이고, 윤정인의 입에서도 비명이 터져 나왔다. 한편 김혜힐도 이번에는 확연히 놀란 표정이었다.

나는 중얼거렸다, 세상에, 우리혼이라니! 5년차 아이돌 그룹, 데이드림은 우리나라뿐만 아니라 세계를 휩쓴 대단한 유명 인사들이었다.

농담이겠지.

그런데, 생각하다 말고 나는 문득, 그들의 이름을 지은 사람의 작명 센스가 심각할 정도로 같다는 데 생각이 미쳤다.

우리나라, 우리혼, 나는 그 이름들을 머릿속에서 되새기고는, 두통이 오르기 시작하는 머리를 지그시 감쌌다.

아, 설마, 잠깐만…….

그리고 고개를 들어, 은지호의 표정을 바라본 나는 확신했다.

맞구나.

두 사람, 가족이거나 친척인 게 분명해.

옆에서 윤정인과 김 쌍둥이가 다시 묻는 소리가 들렸다.

"뭐야, 어떻게 된 건데?"

"몰라, 나도. 둘이 싸우는데?"

그리고 이어진 김혜우의 말에 나는 더욱 얼굴을 굳혔다.

"우주인 손 한쪽씩 잡고."

"뭐? 정말이야?"

"무슨 사이야, 그 세 사람?"

윤정인과 김혜힐이 황당하다는 듯 차례로 묻는 말에 나는 다시 한 번 머리를 감쌌다.

아이고, 두통이야. 저 사람들 대체, 저기서 저렇게 싸워 버리면 지금까지 친척인 것을 공개적으로 숨겨 온 의미가 있기는 한 건가.

그렇게 생각하고 있으려니, 윤정인이 우리를 채근했다.

"야, 가까이 가 보자, 가까이."

나는 물론이고, 그때까지 질렸다는 표정을 짓고 있던 은지호도 따라서 걸음을 옮겼다.

파티장은 넓은 것에 비해 사람이 그리 많지는 않아서, 우리는 쉽게 입구 가까이에 갈 수 있었다.

과연, 우리와 같은 표정을 한 사람들이 수도 없이 진을 치고 그들의 행태를 구경하고 있었다.

배우 이나라와 가수 우리혼을 가까이서 본 나는 다시 한 번 감탄했다.

이나라는 멀리서 보았던 그대로, 윤정인의 말을 빌리자면, '하늘에서 방금 떨어진 천사' 같았고, 자줏빛 광택이 도는 스트라이프 무늬 정장에 분필처럼 흰 머리칼을 산발로 하고 나타난 우리혼이야 말할 것도 없이 연예인 그 자체였다. 저런 난해한 머리색과 옷 스타일을 완벽하게 소화하는 것만으로도 감탄할 만한데, 표정 한 번 바꿀 때마다 뻗쳐 나오는 아우라라니. 체구가 그리 크지 않은 늘씬한 몸인데도 분위기가 장난이 아니었다.

그리고 그들에게 한 손씩 붙들린 채, 난감한 표정을 짓고 있는 그를 바라본 나는 중얼거렸다.

아.

"정말로 주인이다."

옆에서 김혜힐이 대답했다.

그러게, 정말로 주인이야. 은지호와 나는 다시 한 번 얼굴을 감쌌다.

그 가운데 이나라가 앙칼지게 쏘아붙이는 것이 들려왔다.

"이 손 안 놔? 누가 우리 동생 손을 함부로 잡으래?"

기세로는 우리혼도 지지 않았다. 쌍꺼풀이 없는, 다소 나른한, 하지만 위협적인 눈으로 이나라를 쏘아본 우리혼이 대답했다.

"우리 동생은 누가 우리 동생이야? 네 동생이면, 내 동생이기도 하거든."

"웃겨, 정말. 야, 너 나랑 가족 안 한다며! 그럼 주인이랑도 가족 아니지."

"그러는 너야말로 나랑 가족 안 한다며? 아예 모른 척하고 살자며. 그래서 모르는 척하고 살아 줬는데, 왜 이제 와서 난리야?"

옆에서 사람들이 수군거리는 소리가 점차 커지기 시작했다.

"잠깐, 가족?"

"이게 무슨 소리야."

그 가운데 이를 으득 간 우리혼이 소리를 높였다. 감정이 실려 있는데도 그 자체는 무척 건조하게 느껴지는, 우리혼 특유의 바로 그 목소리였다.

"누구는 누나랑 가족 하고 싶어서 이러는 걸로 보여?"

그에 다시 한 번 소란이 커졌다.

"누나? 누나라고 했어, 방금?"

그 가운데, 군중 중의 몇몇은 나나 은지호와 같이 이나라의 본명을 알고 있던 모양이었다.

"이나라 씨 본명이, 그러고 보니 우리나라 아니에요?"

"잠깐, 그럼 설마……!"

한편 나는 둘 사이에 끼어서 인형처럼 가만히 웃고만 있는 우주인을 바라보았다. 그는 놀랍게도, 우리와 눈이 마주치자 갈색 눈을 담뿍 휘더니 손을 흔들기까지 했다.

나는 중얼거렸다. 아니, 너 그 상황에서도 괜찮은 거니, 주인아……?

그리고 군중 사이로 문득 한 사람이 헤치고 나온 것은 그때였다.

"너희 여기서 뭐 하는 거니!"

옅은 갈색 머리칼에, 그와 잘 어울리는 짙은 녹색 정장을 걸친 중년 남자였다. 아니, 중년인 것 같기는 했지만 주름이 없고 이목구비가 뚜렷한 얼굴은 소년처럼 보여서, 나이를 쉽게 가늠할 수는 없었다.

사람들 사이를 헤치고 나온 그는, 그렇게 외치며 아직도 다투고 있는 이나라와 우리혼을 보고 노한 표정을 지었다.

그러자 이나라와 우리혼의 입에서 동시에 외침이 터져 나왔다.

"아버지⋯⋯!"

혼란의 정점이었다.

자리에 서 있던 모두가 감탄을 담아 외쳤다. 아버지라니, 그렇다면! 저 둘은!

"남매인가 봐!"

"특종! 여배우 우리나라와 데이드림 리더 우리혼이 남매라니!"

"설마, 친남매?"

팔을 감싸는 것은 나뿐이었다. 드라마냐, 진짜.

그 가운데 여전히 분노한 표정이던 녹색 정장의 남자가 말을 이었다.

"너희, 연예계에서 서로 모르는 사이로 하기로 했으면 조용히 들어올 것이지, 괜히 마주쳐서는 사촌 동생을 갖고 싸우다가 소란을 피워? 그것도 이렇게 중요한 자리에서?"

"으윽."

찔끔한 표정의 우리나라와 우리혼이 고개를 숙였다. 그 가운데, 그때까지도 서 있던 주인이가 그제야 앞으로 나서며 말리기 시작했다.

"큰아빠, 다 제 탓이에요. 제가 누나랑 형을 오랜만에 만나서, 반가워서 다 같이 들어가자고 했다가 그만……. 죄송해요."

우주인이 그렇게 말하자, 잠깐 난감한 표정이던 그는 이내 표정을 부드럽게 풀며 말했다.

"아, 아니다. 네가 그랬다는데, 어쩔 수 없지. 오랜만에 만난 것도 사실이지 않느냐. 나라도 그렇고 혼이 저 녀석도 너무 바빠서."

그 모양을 지켜보던 나는 조용히 중얼거렸다. 주인이, 친척들에게서는 예쁨받는 것 같아 다행이야.

옆의 군중들 사이에서는 다시 한 번 감탄이 터져 나오고 있었다.

"나라, 혼이라니!"

"정말로 두 사람, 친남매 맞는 거지?"

그렇게 소란은 깔끔하게 수습되었다.

남자가 떠난 이후, 우주인의 손을 놓은 우리나라와 우리혼은 저마다 대외적인 이미지로 돌아왔다. 우리나라는 상냥한 미소를 지으며 사람들에게 손키스를 날리고, 우리혼은 심드렁한 얼굴로 그런 그녀의 옆에 서 있었다.

우주인은 난감하게 서 있다가, 우리와 눈이 마주치면 손을 흔들며 입모양으로 무어라 말할 뿐이었다. 한참을 바라보다가, 나는 나중에야 그것이 '가지 말고 기다려'라고 말하고 있음을 깨달았다.

고개를 끄덕이는 한편, 나는 중얼거렸다.

"파티, 재미없다더니 재미없기는 개뿔⋯⋯."

전개부터 완전 드라마구먼.

주인이는 꾸준히 우리 쪽으로 다가오고 싶어 하는 것 같았지만, 우리나라와 우리혼이 또 각각 주인이의 손을 붙들고 놓아주지 않았다.

그런 세 사람을 지켜보느라고 문 가까이서 진을 치고 있던 우리는, 덕분에 온갖 드라마 전개란 전개는 다 목격할 수 있었다. 사건이 이어질수록 내 얼굴은 점차 심각해졌다.

"이 도둑고양이 같은 년! 감히 내 아들을 훔쳐!?"

"어머님! 그런 게 아니라!"

한쪽에서는 한물 간 소재인 시어머니와 며느리의 대립이 이어지고 있었고.

"잠깐, 너, 혹시⋯⋯ 내가 10년 전에 무너트렸던, 문 차장!?"

"그래, 널 무너트리기 위해 나타났다!"

한쪽에서는 10년간 복수의 칼을 갈아 온 남자가 나타나 복수를 시작했고.

"잠깐, 오빠. 귀 뒤에 북두칠성 모양의 그 점은 뭐예요⋯⋯?"

"응? 이 점은 내가 태어날 때부터 있던 건데."

"그럼 당신은, 설마⋯⋯! 17년 전에 내가 잃어버린 친오빠?"

"뭐? 아니야, 말도 안 돼. 이럴 수는 없어."

한쪽에서는 혈육으로 밝혀진 연인들의 비극이 이어지고

있었다.

그럴 때마다 나는 나도 모르게 팝콘이 절실해져서, 음식을 진열해 놓은 쪽을 힐긋거리게 되었다.

팝콘, 아니면 콜라라도. 대체 왜 둘 중 아무것도 갖다 놓지 않은 거지?

한편 그렇게 생각하는 것은 나뿐만인 듯싶었다.

은지호와 윤정인, 김 쌍둥이는 태연한 얼굴로, 오늘 좀 약하네, 대체로 따위의 말로 나를 충격으로 몰아넣었다. 그 가운데 나는 최대한 평정심을 가지려 노력했다.

그래, 파티란 이게 보통이란 거지.

그러기를 20분쯤 되었을까, 나는 결국 항복을 선언했다.

난 여기서 나가야겠어…….

내가 갑자기 돌아서자, 은지호를 비롯한 이들이 조금 놀란 표정으로 물었다.

"야, 어디 가?"

한 손을 들어 입을 가린 내가 대답했다.

"아, 아니, 공기가 좀 답답해서……. 바람 좀 쐬고 올게."

"같이 가지?"

"아, 아니."

나는 은지호의 제안을 나도 모르게 정색하며 거절했다. 은지호가 조금 뚱한 표정을 지었지만 나는 무시하기로 했다.

아니, 왜냐하면, 내 삶이 왜 이렇게 되었는가를 생각하는 동안은 옆에 천연 은색 머리칼을 가진 한국인을 두고 싶지 않은걸⋯⋯.

걸음을 옮기는 내 뒤로 은지호가 외쳤다.

"너 길 모르겠으면 전화해! 금방 돌아오고. 이제 곧 다른 애들도 올 테니까."

"아, 으응."

고개를 끄덕인 나는 조금 두리번거리다가, 회장을 나섰다. 나무 바닥 위에 몇 개의 테이블이 놓인 야외 테라스로 향하는 그때까지도, 나는 누군가 나를 응시하고 있다는 사실을 조금도 깨닫지 못했다.

* * *

대여섯 명의 여자아이들 무리를 감싼 공기는 유독 차가웠다. 하나같이 찬란한 미모에 의상과 액세서리까지 더하여 더욱 아름답게 꾸민 그들은, 누가 보아도 이 자리의 주역에 되어야 함에도 벽 근처의 기둥 그늘에만 숨어 있었다. 그런 채로 그들이 내내 살벌하게 노려보는 시선 끝에 걸린 것은, 다름 아닌 한 여자아이였다.

갈색 머리칼, 흰 원피스, 그녀가 얘기하다가 몸을 틀며 웃거나 다른 누군가의 팔을 툭 때릴 때마다 그녀의 머리에 얹힌 보석 핀이 사방으로 밝은 빛을 흘렸다.

그녀가 처음 이 파티장에, 무려 한울 그룹 외동인 은지호의 팔을 잡고 입장했을 때, 그녀가 불러일으킨 파장은 대단했다. 모두가 입을 벌린 채 저게 누구냐고 물었고, 아무도 아는 이가 없자 그들은 곧 결론지었다.

저 여자애에게는 뒷배도, 무엇도 없을 거라고, 은지호가 신경 쓸 이유가 조금도 없다고.

그가 곧 여자애를 내버리고 저들에게 다가와 말을 건넬 그때를, 그들은 침착하게 기다리고 있었다.

그런데 아니었다. 은지호는 대화하는 내내 여자아이와 다정하게 달라붙어 있었다. 심지어는 마주 보며 웃거나, 그 또래 소년 같은 장난스러운 표정을 짓기도 했다. 이제껏 은지호가 이런 자리에서 그런 표정을 보여 준 적은 한 번도 없었기에, 그것은 더욱 큰 충격을 낳았다.

몇몇이 중얼거렸다.

"저 여자애, 대체 은지호랑 무슨 사이야?"

그녀의 정체에 대해서는 조금도 파악할 수 없고, 다만 알아낸 것은 이름 석 자뿐이었다. 함단이.

은지호가 대체 왜 저런 애랑?

의혹도 잠시, 이윽고 찾아든 것은 차가운 분노였다.

은지호를 좋아해서 온 이들은 한둘이 아니었다. 그럴 수밖에 없었다. 집안, 외모, 성격, 그리고 개인의 능력까지, 무엇 하나 빠지는 남자아이를 좋아하지 않기란 어려웠다.

일부러 은지호를 노리고 그가 다니는 파티마다 빠지지 않고 꾸준히 참석하든 이들도 있었다.

그런데 그가, 그와는 조금도 어울리지 않는 수준의 여자애를 데리고 오다니! 그들은 분노로 입술을 잘근잘근 깨물며 기회를 엿보았다.

그러나 상황은 갈수록 어려워지기만 했다.

은지호에 이어, 윤정인이라니? 활달한 그는 주변 시선을 신경 쓰지 않는다는 단점이 있었지만, 그것은 곧 장점이기도 했다. 많은 이들이 윤정인의 바로 그런 면에 끌렸다.

더군다나 그는 사람을 앉은 자리에서 5분 만에 즐겁게 하는 희귀한 재주가 있었다. 그런 그와 아는 사이인 것이야, 윤정인이 워낙 발이 넓으니 그럴 수도 있겠다 했다.

그런데 김혜힐, 김혜우 남매까지? 그들이 대체 어떤 존재인데? 파티에도 모습을 잘 드러내지 않는, 그러나 한 번 모습을 드러냈다 하면 손을 뻗어도 닿지 않는 무지개처럼 신비로운 분위기로 사람들의 눈을 사로잡는 이들이었다. 그렇듯 많은 이들 사이에서 동경의 대상이 된 지 오래인 그들은 또한, 한 번도 웃지 않기로 유명했다.

그런 그들이 함단이와 동석한 것도 모자라, 미소를 보여 주었다. 그들에게는 충격도 그런 충격이 있을 수 없었다.

그러나 그것도 잠시, 소란이 시작되면서부터 함단이의 표정이 점차 불편해졌다. 그러다가 마침내 자리를 떠나겠다고 선언한 듯 보였다.

자리에 모여든 6명가량의 여자아이들의 표정은 엄숙했다. 그 가운데 우두머리 격을 맡고 있는 것은 그들 중에서 집안도, 외모도 제일 출중한 대업 그룹의 차녀, 나예리였다. 손을 들어 흘러내린 머리칼을 쓸어 넘긴 그녀가 말했다.

"준비는 됐지, 너희? 기회는 한 번뿐이야."

그럼, 당연하지!

곳곳에서 결의에 찬 대답이 흘러나왔다. 그녀는 입꼬리를 말아 올렸다. 함단이가 떠난 야외 테라스로 돌아서며, 그녀가 선언했다.

"가자."

그녀는 이미 자신의 승리에 대해 믿고 있었다.

* * *

야외 테라스에는 의외로 사람이 없었다. 주황색 조명이 빈 테이블 사이에서 저물어 가는 해처럼 은은하게 빛을 뿜어내었다.

이곳저곳을 둘러보다가, 나는 문득 고개를 젖혔다. 하늘은 먼지구름으로 온통 뿌연 것이, 서울의 하늘 그대로였다. 그리고 입을 벌린 나는 크게 심호흡을 했다.

그래, 서울은 맞는 거지, 여기? 현실감이 너무 없어져서 어떡하냐.

그렇게 생각하며 내가 손을 들어 올려 뺨을 가만히 감싸는 그때였다. 목소리가 들렸다.

"저기."

뒤를 돌아본 나는 눈을 깜빡였다.

어라, 분명히 아까는 아무도 없었는데.

어느새 대여섯 명의 무리가 내가 있는 곳까지 다가와 있었다. 모두 여자애들이었는데, 하나같이 대단한 미인들이었다. 걸친 의상이나 액세서리까지 더해져 모두 방금 잡지에서 튀어나온 모델들 같았다. 잠시 감탄하며 그들을 위아래로 훑어보던 나는 문득 정신을 차리고는 대답했다.

아, 네.

"비켜 드릴까요?"

나는 그들이 이곳 난간에 기대어 서려는 줄 알고 물러날 준비를 했다. 그런데 바로 그때였다. 제일 앞에 선 여자애의 얼굴이 표독스럽게 변했다. 그녀가 쏘아붙였다.

"감히 어딜 도망가려고 해? 주제도 모르는 게."

네?

그녀의 예쁜 얼굴을 바라보며, 나는 중얼거렸다. 난간에 서서 서울의 하늘을 보며 운치에 잠긴 나, 그리고 내게 다가와 말을 거는 예쁜 여자……. 내가 남자였다면 로맨스 영화에나 나올 법한 장면이었다, 분명히.

그리고 방금, 장르가 걷잡을 수 없이 전환되는 소리가 들린 것 같은데.

멍하니 그렇게 생각하는 내게로, 여자애 뒤에 선 이들이 맞장구치는 소리가 들려왔다.

"맞아, 주제도 모르는 게!"

"감히 누구 곁에 붙어 있는 거야?"

그때까지도 멍하니 눈을 깜빡이던 나는 문득 생각했다.

아, 이거, 설마…… 이 상황은 설마…….

그리고 고개를 든 나는 물었다.

"아, 하실 말씀 있으시지요?"

"뭐?"

여자애들은 잔뜩 당황하는 눈치였다. 특히 그들 중의 선두에 서 있던, 긴 머리칼의 무척 예쁜 여자아이는 놀라는 것이 눈에 선하게 보여서 나는 괜히 조금 미안해졌다.

이렇게 놀라서 할 말도 안 하면 안 되는데.

나는 최대한 친절하고 따뜻한 표정을 지었다.

마치 개장하고 첫 손님을 맞이하는 옷가게 점원 같은 표정을 지으며, 나는 입을 열었다.

"저기요."

"뭐, 뭐야!?"

"침착하게 말씀해 보세요. 용건이 어떻게 되십니까?"

그러자 잠시 멍해 있던 그들이 얼굴을 붉혔다. 그들의 흰 얼굴이 주황색 전등 빛을 받아 더욱 발갛게 달아올랐다. 이윽고, 그중의 하나가 입술을 떼었다.

"거, 건방⋯⋯!"

"아, 잠깐, 말씀하기 힘드시면 제가 선택지를 제공해 드릴 수 있어요."

그렇게 말하면서 나는 최대한 따뜻한 표정을 지으며 손을 내 가슴에 얹어 보였다. 그러자 내 앞에 서 있던 이들의 표정이 형용할 수 없이 변했다. 그들이 눈을 맞추며 저들끼리 수군거렸다.

"뭐야, 쟤."

"나도 몰라."

"겁도 없어? 우리가 대체 누구인 줄 알고."

나는 그들을 향해 따뜻한 시선을 보내었다. 너희가 누군 줄 아냐니, 나만큼 너희에 대해 알고 있는 사람은 없을 거란다.

"자, 일단, 혹시 저를 보면서 10년 전에 헤어진 동생이 떠오른다거나, 언니가 떠오른다거나 하시는 분, 계십니까?"

"그런 거 없거든!?"

대번에 얼굴을 빨갛게 물들인 그녀가 버럭 외쳤다. 그리고 그녀가, 아니, 대체 무슨 소리야!? 하고 외치는 것을 중간에서 석둑 자른 내가 친절하게 웃으며 말했다.

"아, 네. 접수했습니다. 아니시군요? 그럼 두 번째로 넘어갈게요."

"아니, 대체 너 뭐……!"

"그럼 이번에는 옛날에 저를 보고 첫눈에 반했는데 제가 이사를 가는 바람에 헤어져서, 저를 잊으려고 했지만 잘 안 되신 분 손 들어 주세요."

이번에는 맨 뒤에 있던 단발머리 여자애가 외쳤다.

"너 미쳤니!?"

나는 침착하게 대답했다.

"아, 네, 없으시군요……."

하기는, 이건 나도 좀 난감할 뻔도 했어.

그리고 배시시 웃은 내가 말을 이었다.

"그럼 마지막으로, 제가 은지호의 곁에 있을 자격이 안 된다고 생각하시는 분, 저 대신 그 자리에 서야겠다고 생각하시는 분, 손 들어 주세요."

그러자 침묵이 흘렀다.

잠시 후, 차마 말로는 설명할 수 없는 얼굴이 된 이들이 시선을 교환하며 머뭇거리다가 손을 들어 올렸다.

생전 처음 신호등을 목격하고, 횡단보도에서는 손을 들어야 한다는 것을 간신히 기억해 낸 어린아이들 같은 표정이었다.

그 가운데 내가 맨 앞에 선, 손을 들고 나를 향해 너 뭐냐는 눈빛을 보내고 있는 긴 머리 여자애에게 물었다.

"이름이 어떻게 되세요?"

"나, 나 말이야?"

잠시 얼굴을 붉힌 그녀가 툭 던졌다.

"나예리."

그러자 진지하게 고개를 끄덕인 나는 대답했다.

"당첨이십니다."

"응?"

"은지호 옆자리가 무척 어울리십니다. 이름만 들어도 운명이시네요."

"……."

조용해진 그녀를 두고 옆을 돌아본 내가, 손을 들고 침착하게 기다리고 있던 보라색 머리칼의 여자아이를 바라보았다. 머뭇거리던 그녀가, 입술을 채 떼기도 전에 내가 말했다.

"잠깐, 그쪽도 합격이십니다."

"아니, 왜!? 나는 이름 안 물어봐?"

그녀가 잔뜩 당황한 얼굴로 되물었다. 진지하게 고개를 끄덕인 나는 대답했다.

"네, 왜냐하면……."

"왜냐하면?"

"순수 한국인이시죠?"

그러자 잠시 멍해 있던 그녀가 고개를 끄덕였다.

아, 응.

그녀의 보라색 머리칼을 진지한 눈으로 다시 한 번 훑어본 나는 진지한 얼굴로 선언했다.

"축하합니다. 은지호 옆자리 프리패스 당첨이세요."

"……!"

잠깐 굳어 있다가, 왜인지 감격한 얼굴로 내 손을 붙드는 그녀의 뒤로 몇몇 이들이 외치며 나섰다.

야, 잠깐만, 나는!

나는 어떤데!

그중에 고동색 머리칼을 분홍 리본으로 한 묶음으로 예쁘게 묶은 여자아이가 외쳤다.

"난 어때!? 이름은 김한솔, 나이는 열일곱!"

"아, 유감이네요. 다음 생…… 아니, 다음 기회에."

"아아악!"

그녀가 절망하며 머리를 감쌌다. 그녀의 뒤로 몽실거리는 분홍빛 머리칼의 여자애가 물었다.

"나는?"

"그쪽도 프리패스세요."

한동안 희비가 엇갈렸다. 누군가는 절망한 표정으로 제 머리칼을 감싸고, 누군가는 달아오른 얼굴로 무언가를 중얼거리고, 그러다 가장 먼저 정신을 차린 것은 긴 머리칼의 예쁜 소녀, 나예리였다.

기뻐하던 것은 언제고, 분한 듯 얼굴을 빨갛게 물들인 그녀가 외쳤다.

"잠깐, 이럴 때가 아니지! 너, 대체 뭐야? 아까부터 알 수 없는 소리만 하고! 너 점쟁이야!?"

"아뇨, 점쟁이는 아닌데……."

"그럼?"

생긋 웃은 나는 해탈한 표정으로 대답했다.

"제가 더 대단하다고 자부합니다."

"아악, 너 진짜 뭐야!?"

나예리가 절규하며 곱게 손질한 머리를 헝클어트리거나 말거나, 하하 웃은 나는 중얼거렸다.

암, 그럼, 점쟁이보다는 인터넷 소설을 10년간 읽어 온 내가 이 세계에서는 더 대단할걸.

그러기가 무섭게 다시 한 번 얼굴을 붉힌 그녀가 빽 외쳤다.

"너 말이야, 아까부터 계속 웃기나 하고! 상황 파악 안 되는 모양인데!"

"네, 네."

그러자 손을 들어 나를 척 가리킨 그녀가 외쳤다.

"너는 지호 님 옆에 있을 자격이 전혀 안 돼, 알아들어!?"

온 힘을 담아 그렇게 외치는 것도 잠시, 그녀는 내가 전혀 웃는 얼굴을 흩트리지 않자 당황하는 눈치였다. 그런 그녀에게 여전히 상냥하게 웃은 내가 대답했다.

"네, 맞아요. 잠시 맡아 두고 있는 것뿐이에요."

"그…… 그래! 그렇게 자기 주제를 잘 알고 있으라고! 알 겠어!?"

"네, 알겠어요."

그러자 그들은 할 말이 없어진 눈치였다.

잠시 후, 그들 중의 하나가 지친 얼굴로 말했다.

"그냥 가자, 예리야."

잠시 나를 노려보던 나예리가 대답했다.

"너, 내가 봐주는 거라고 생각하지 마! 절대로, 네가 나 랑 은지호가 어울린다고 해서 봐주는 거 아니거든?"

"아이고, 그럼요."

나는 두 손을 맞잡으면서 공연히 푸근한 미소를 지어 보 였다. 그러자 나를 복잡한 눈으로 응시하며 얼굴을 질근질 근 깨물던 나예리가 불쑥 내게로 다가왔다.

어, 잠깐, 한 대 때리려나? 뺨? 뺨인가?

인터넷 소설을 10년간 읽어 온 내 감이 경고하는 바로 그때였다. 그녀의 흰 손이 내 앞으로 불쑥 다가왔다. 그녀 의 손은 내 손에 무언가를 쥐여 주고는 도로 떠나갔다.

눈을 깜빡이던 나는 이윽고 손을 펴보았다.

흰 종이 위에 금박으로 새겨진 글씨가 보였다.

나예리

tel : 010—xxxx—xxxx

"……."

나는 속으로만 중얼거렸다.

대체 이 나이부터 명함을 들고 다니는 이유가 뭐지?

그렇게 생각하는 내게로 나예리의 새침한 목소리가 들려왔다.

"너, 사회생활 좀 한다? 별 뜻 있는 건 아니고, 인생이 힘들면 전화하든가!"

"아, 네……."

"꼬, 꼭 전화하라는 건 아니거든……? 그럼 이만!"

뺨을 붉히면서 그렇게 외친 그녀가 나머지 여자아이들을 데리고 후다닥 물러나기 시작했다.

그들이 야외 테라스와 홀이 이어지는 문을 통과하여 사라지는 것을 가만히 바라보다가, 나는 명함을 다시 한 번 살피며 중얼거렸다.

"뺨도 안 맞고 끝나다니……?"

나는 심각한 얼굴로 중얼거렸다.

나예리, 이름을 보아서는 아무래도 악녀일 텐데, 그런데 뺨조차 안 때리고 오히려 명함을 손에 쥐어 주기까지 하다니?

나는 잠시 고민했다.

쫓아가서 내가 착각한 것 같다고, 당신은 악녀 역할이 아무래도 아닌 것 같다고 말해?

아니, 나는 고개를 내저었다. 그랬다가는 그때야말로 인생 힘들어질 거야.

아무튼, 이걸로 끝난 건가? 남자 주인공의 옆을 차지하고 파티에 참석한 것치고는, 작다면 작은 대가였다.

내가 머리칼을 긁적이는 바로 그때였다. 내게로 다가서는 한 무리가 더 있었다. 방금 갔던 이들이 다시 돌아왔나, 하고 그쪽을 돌아본 나는 문득 얼굴을 굳혔다. 이번에는 남자아이들이었다. 상황이 더 좋지 않았다. 말없이 얼굴을 찡그리는 것도 잠시, 나는 얼굴을 폈다.

에이, 설마, 여자아이들이야 의도가 대강 짐작된다 쳐도, 남자애들이라니?

그들이 내게 별다른 용건을 갖고 있을 리가 없었다. 패싸움이 아닌 이상, 아마 그냥 앉을 곳이 필요해서 테라스로 나온 것뿐이겠지?

그렇게 생각하며 나는 난간을 짚고 있다가, 시선을 다시 도시 쪽으로 돌렸다. 빌딩 불빛에 물든, 구름을 품은 밤하늘은 여전히 붉은빛이었다. 수군거리는 소리가 내 귀에 닿은 것은 바로 그때였다.

"저 애가…… 호의…… 맞지?"

"그럼 저 애를 차지하면…… 가 동급이 되는 거…… 냐?"

무슨 얘기 중이지?

나는 그쪽을 힐긋거리다가, 그들이 일제히 나를 바라보고 있는 것을 깨닫고는 얼어붙고 말았다. 잠깐 망설이다가, 슬그머니 휴대전화를 꺼내며 나는 생각했다.

정말 나한테 용건이 있는 건가?

머리를 굴려 봐도, 저렇게 여러 명이 내게 찾아올 이유를 도저히 짐작도 할 수 없었다.

머뭇거리던 내가 파티장으로 돌아가기 위해 빙글 몸을 돌렸지만 이미 늦은 듯했다.

나를 바라본 그들이 씩 웃었다. 적의는 전혀 섞이지 않은 우호적인 미소였지만, 나를 안심시키려는 의도가 빤히 보여서 그것이 더욱 불안했다.

하나같이 키가 크고, 잘생긴 얼굴들인 것은 아까의 무리와 비슷했다. 잘 손질된 색색의 머리칼, 몸에 딱 맞는 고급스러운 정장에 손목에는 비싸 보이는 시계까지, 하나같이 부잣집 자제들의 전형이었다. 마침내 그중의 하나가 내게로 한 발자국을 내딛었다.

나는 당황해서 한 발 물러났다. 그러자마자 내 뒤통수가 뭔가에 툭 부딪혔다.

난간? 잠시 생각하던 나는 고개를 내저었다.

아니, 난간이 내 머리 높이일 리가 없는데. 그럼 대체 뭐지? 생각하던 나는 축 처져 있던 내 손등을 감싸는 조심스러운 손길에 당황했다.

나는 힐긋 아래를 내려다보았다. 핏줄이 비쳐 보일 듯 창백하고 큰 손이 내 손등을 잠시 어루만지는가 싶더니, 올라와서 내 어깨를 붙들었다.

손등으로 전해 오는 그 미지근한 체온을 느낄 때부터, 나는 그가 누구인지 어렴풋이 짐작하고 있었다. 그리고 내 어깨를 붙든 그가 마침내 내 몸을 빙글 돌려 마주 보게 했다.

검푸른 머리칼 위로 주황색 전등 빛이 흩어졌다. 뿌옇게 물든 서울 하늘 아래, 보석처럼 푸른 눈은 선명한 빛을 품고 나를 가만히 응시하고 있었다.

그의 얼굴을 보노라니 고요한 분위기의 흰 얼굴, 일순 파티장에서 흘러나오던 음악 소리마저 멈춘 듯한 착각이 들었다.

그토록 많이 보아 온 얼굴인데. 그의 얼굴을 말을 잃고 올려다보는 사이, 눈이 마주치자 입꼬리를 미미하게나마 올린 그가 입을 열었다.

"안녕."

"안녕."

그 당연한 인사조차 특별하게 울리는 것 같았다. 그가 내 어깨를 감싸고 있다든가, 우리 둘이 너무 가까이 서 있다는 것도 깨닫지 못한 채, 나는 눈을 들어 그를 위아래로 훑어보기만 했다.

나를 보며 미미하게 웃는 것도 잠시, 유천영이 물었다.

"왜?"

"너 진짜 모델 포스 장난 아니다."

그러자 그는 어쩐지, 김이 조금 빠진 듯한 표정을 지었다. 조금 들뜬 듯하던 것도 잠시, 곧 평소의 나른한, 또는 차분한 얼굴로 돌아온 그가 내 뒤로 시선을 던졌다.

그리고 순식간에 그의 표정이 바뀌었다. 그를 올려다 보던 나는, 잠시 놀란 눈을 깜빡였다.

어라, 유천영. 방금 눈빛, 조금 이상하지 않았나.

그가 내 어깨를 잡고 있던 손을 푼 것은 그때였다. 그제야 그와 너무 가까이 서 있었다는 것을 새삼 자각한 내가, 조금 민망해져서 그에게서 물러나려고 하자마자, 누군가 내 어깨를 감싼다 싶더니 갑자기 시야가 어두워졌다.

유천영이 내 어깨를 감싸 안고 난데없이 제 품으로 당긴 것이었다.

엥, 당황해서 눈을 굴리던 내가 물었다.

"너, 뭐 해?"

"아니, 그냥 잠깐."

그렇게 말하는 유천영의 목소리는 나를 갑작스럽게 끌어안은 것치고는 몹시 담담했다. 아니, 오히려 평소보다도 냉정하게 들리기까지 했다. 잠시 실망했던 나는, 이윽고 고개를 내저었다. 아니, 내가 실망하기는 왜 실망을 하냐. 그리고 나는 물었다.

"잠깐, 뭐?"

그러자 잠시 말을 고르는 듯하던 그가 작은 목소리로 대답했다.

"어지러워서."

나는 풋 웃음을 터트렸다.

"너, 그게 어지러운 사람 목소리야? 거짓말을 하려면 좀 성의 있게 해라."

"어지러운 사람 목소리가 어떤 건데?"

어느새 유천영은 평소의 뚱한 목소리로 돌아와 있었다.

됐다. 말을 말자, 말아. 나는 그를 밀어내고는 고개를 들었다. 나를 끌어안기 전 그의 눈에서 평소와는 전혀 다른 구석, 그러니까, 잘 벼려진 칼처럼 날카로운 공격성 같은 것을 보았다고 생각했는데, 다시 바라본 그는 평소대로 돌아와 있었다.

하기는, 공격성이라니. 세상에서 유천영만큼 그런 단어가 안 어울리는 사람도 없을 거다. 산은 산이고 물은 물이고, 네가 날 싫어하는데 뭐 어쩌라고, 가 유천영의 평소 모토인 것을 생각하면, 방금 내가 보았던 것도 전부 내 착각임이 틀림없었다.

그의 긴 속눈썹에 감싸인 그림자가 진 푸른 눈이며, 선명한 콧날을 힐긋 바라본 나는 중얼거렸다.

으응, 조명의 마법이라던가, 뭐 그런 거였겠지.

내가 생각하는 사이, 그는 내 등 뒤를 향해 턱짓했다. 파티장으로 돌아가자는 뜻인 것 같았다.

그리고 보니, 방금까지만 해도 내 뒤에 서 있던 사람들은? 그렇게 생각하며 뒤를 돌아본 나는 어느새 내 등 뒤가 텅 비어 있는 것을 보고는 침묵했다.

어라, 다들 어디 갔지. 이상하네. 분명히 나한테 용건이 있는 것 같았는데…….

그렇게 생각하던 나는 옆에서 유천영이 내 손목을 아무렇지도 않게 잡자 흠칫 놀랐다. 고개를 들어 바라보자, 그가 말했다.

"가자."

"응? 어, 응. 아, 그런데…….."

나는 손을 들어, 방금 여기 있던 사람들 어디 가는지 봤니? 하고 물으려 했다. 그러나 바로 그 순간, 유천영의 표정이 심상치 않아지는 것을 확인한 나는 슬쩍 고개를 돌렸다. 그리고 나는 중얼거렸다.

그래, 그 사람들이 어디로 갔건, 내 알 바는 아니지.

그러면서 나란히 걸음을 옮기려니, 유천영이 조금 타박하는 듯 물었다.

"왜 혼자 있어? 은지호랑 다른 애들은."

"아, 내가 잠깐 머리 아파서 바람 좀 쐰다고 혼자 나왔어."

"왜 혼자?"

"응, 그냥, 기분 전환?"

차마 안에서 벌어지는 막장 드라마를 견딜 수 없어서, 혼자 뛰쳐나왔다고는 말할 수 없었다. 내가 대답하며 애매하게 웃자, 나를 빤히 내려다보던 유천영이 이윽고 한숨을 내쉬었다.

후우. 그리고 그의 시선이, 그때까지도 내가 쥐고 있던 명함에 닿았다. 그가 물었다.

"그건 뭐야?"

"아, 이거."

그렇게 말한 나는 흰 명함을 다시 한 번 만지작거리다 말고, 문득 가까워진 불빛에 그것을 비춰 보았다.

오.

나는 감탄사를 흘렸다. 단순한 흰색 종이라고 생각했던 그것은, 이제 보니 나비 문양이 홀로그램 박으로 새겨져 있었다. 각도에 따라 빛을 비춰 보이던 나는, 그때까지도 유천영의 시선이 내게로 박혀 있는 것을 깨닫고는 입을 열었다.

아, 이거.

"아까 저기 테라스에 있을 때 누가 주길래 받았는데. 뭐라더라, 아, 그래, 삶이 힘들면 연락하라고."

"……."

잠시 침묵하던 유천영이 돌연 진지한 얼굴로 나를 돌아 보았다.

"함단이."

그가 나를 부르고는 잠시 침묵했다. 나는 고개를 기웃했다.

"응?"

"그 명함…… 버리면 안 돼?"

"아니, 왜?"

삶이 힘들면 연락하라니, 얼마나 좋아……. 주절거리며 이어지던 내 말을 잘라 끊은 유천영이 입을 열었다.

"힘들면 나한테 연락하면 되잖아."

"……?"

나는 파티장에 막 들어서기 직전에 멈춰 섰다. 내가 걷는 것을 멈추자 유천영도 따라서 멈춰 섰다.

그를 멀뚱히 올려다보던 내가 입을 열었다.

"전화나 받고 그런 말을 해……."

내 말은 진심이었다. 그러자 유천영의 무표정이 조금 흐트러졌다.

나를 복잡한 눈으로 보던 그가 이윽고 말을 이었다.

"앞으로는 잘 받을게."

"응?"

"받을 테니까, 그러니까 그 명함……."

내가 멀뚱히 올려다보는 가운데, 혼자 제 머리칼을 쓸어넘겼다가, 다른 곳을 보았다가 한 유천영이 말을 이었다. 그는 말을 잇는 것이 몹시 힘든 눈치였다. 그가 힘겹게 말을 맺었다.

"그 명함, 나 주면 안 돼?"

"아…… 안 되는데."

"왜?"

이번에는 유천영이 어딘가 억울한 듯한 얼굴로 대꾸했다. 나는 조금 망설이다가, 청소년 심리상담사처럼 최대한 조심스러운 태도로 되물었다.

"너는 이 명함이 왜 필요한데? 혹시……."

한 박자 쉬었던 내가 조심스레 물었다.

"삶이 힘드니?"

"아니."

대번에 정색과 함께 돌아온 대답에 나는 고개를 끄덕였다.

그래, 미안해. 네 삶이 조금도 힘들지 않다는 것을 눈치채 주지 못해서.

그리고 나는 명함을 뚱하니 내려다보았다. 잠시 고민하던 나는 대답했다.

"음……. 역시 안 줄래."

"왜?"

"아, 왜냐하면……. 이 명함 준 애, 엄청 예뻤거든."

"……."

잠시 멍해 있던 유천영이 물었다.

"여자야?"

나는 고개를 끄덕였다.

"나예리라고, 진짜 예쁘더라. 반여령만큼 예쁜 애, 오랜만에 봤어."

"……."

"아니, 게다가, 초면인 사람한테 삶이 힘들면 연락하라니, 진짜 천사가 따로 없지 않아? 아, 예쁜데 마음까지 착하다니, 세상이 얼마나 불공평한지……."

말을 잇다 말고, 나는 유천영이 내 옆에서 손을 들어 이마를 가리며 하아아, 하고 한숨을 쏟아 내는 것에 당황했다. 옆을 올려다보자니, 이마를 가린 손 틈새로 유천영의 목소리가 흘러나왔다.

"너 말이야, 전부터 생각한 건데……."

"응."

"사람 진짜 바보 만들어."

"어……."

내가 이 말을 마지막으로 들은 게 언제쯤이더라, 하고 생각하던 나는 곧 얼굴을 굳혔다.

무척 옛날, 우리가 고등학교에 들어오기도 전, 그러니까, 내가 유천영과 다른 이들을 속이고 전학 가고 싶다고 떠들어 대던 바로 그 무렵이었다.

괜스레 어깨를 움츠러트린 나는, 손바닥 아래 가려진 유천영의 얼굴을 흘긋 올려다보았다.

뭐야, 화난 건 아니겠지? 아냐, 이렇게 갑자기 화낼 리가.

바로 그때, 유천영이 얼굴을 가리고 있던 손을 내렸다.

그리고 나타난 표정에 나는 뜻밖에도 당황했다.

그의 입술이 기분 좋게 호선을 그리고 있었다. 푸른 눈은 전에 없이 조금 반짝이는 빛을 품고 나를 향하고 있어, 나를 당황스럽게 하기는 마찬가지였다. 손을 들었다가, 내렸다가, 어쩔 줄 몰라 하는 내게 모처럼 다정스러운 태도로 손을 내밀며 유천영이 말했다.

"가자."

"아, 응."

그의 손을 잡으며 나는 걸음을 옮겼다. 파티장 안으로 한 발 내딛자, 쏟아지는 빛이 눈부셨다.

우리는 홀으로 들어오는 즉시 은지호부터 찾았다. 그 이유는 물론, 가장 마지막으로 통화한 사람이 은지호라는 것도 있었지만, 그보다는 은지호의 빛나는 은색 머리칼은 어디서도 쉽게 찾을 수 있기 때문이다.

아, 과연.

나는 구석에 서 있는데도 빛나는 은지호의 머리칼을 보고는 반쯤 허탈한 웃음을 흘렸다. 정말 저래서 남자 주인공이란 거지.

사람을 표지판쯤으로 취급한 것 같아 조금 미안했지만, 아무튼 그에게로 걸음을 재촉하는 그때였다. 그들이 우리를 발견하고 손을 흔들기에 따라서 손을 흔들다 말고, 문득 파티장의 분위기가 바뀌어 있는 듯한 느낌에 나는 주변을 두리번거렸다.

방금까지만 해도 파티는 취지에 걸맞게 훌륭하게 흘러가고 있었다. 한울 그룹 사람들을 중심으로 이루어지는 사교의 장.

그런데 지금은 달랐다. 불쑥 난입해 들어온, 그러나 무시할 수 없는 존재감을 가진 유천영으로 인해 판도가 완전히 바뀌어 있었다.

그는 분명히 이 파티에서 조연의 자리를 배정받았다. 그러나 그가 이곳 무대에 뛰어드는 순간, 사람들은 그의 존재감에 휩쓸려, 그가 조연이라는 것조차 그만 잊고 만 것이다. 이질적인, 또한 압도적인 존재가 불러온 혼란과 수선스러움이 사람들을 온통 감싸 안고 있었다. 그 정도로 압도적인 광채였다.

이래서 그가 이 세계의 또 다른 주인공일 수밖에 없는 걸까? 별처럼 빛나는 그의 모습을 보고 있으려니 동시에 자라난 불안이 내 가슴을 뻐근하게 눌러 왔다.

나는 빛이 짙어지면 그림자도 짙어진다는 말을 안다. 그래서 그가 저렇게 빛날 때마다 걱정이 된다. 그림자 속에 파묻힌 나를 그가 끝내는 찾아내지 못하게 될까 봐. 그것이 그가 승승장구할수록 축하하는 한편, 마음속으로는 못내 불안하게 여기고야 마는 이유인 것이겠지.

그러다가 그가 문득 나를 바라보기에 흠칫 하는 것도 잠시, 나는 불쑥 떠오른 것을 물었다.

"아, 그러고 보니까 말이야."

"응."

"너 왜 난데없이 거기서 나타났어?"

"아, 그거."

잠시 무심한 눈으로 허공을 바라본 유천영이 대답했다.

"네가 거기 있다길래."

"……."

당연한 듯 돌아오는 대답에 나는 말없이 고개를 돌렸다. 머리칼을 매만지다가 나는 작게 웃었다. 고개를 끄덕이며, 응, 하고 대답하고는 다시 웃었다. 그리고 나는 유천영을 올려다보며 생각했다.

이 많은 사람들 사이에서 너는, 가장 먼저 내 위치를 찾는다. 내가 너에 불안해 할 때마다 너는 이런 행동들로 나와 너 사이에 단단한 다리를 놓는다. 너무 절묘한 순간에만 그래서 그게 본능인지, 계산된 것인지조차 모르겠는데도, 그런데도 기뻐지는 것은 어쩔 수가 없다.

* * *

"젠장!"

야외 테라스 근처에 선 한 무리의 남자들이 중얼거렸다. 그들은 방금 다소 불건전한 목적을 갖고 처음 보는 여자아이에게 접근하던 중이었다. 접근한 이유는 지극히 간단했다.

은지호가 관심을 둔 여자니까.

이곳 파티장이 하나의 먹이 사슬이라고 가정할 때, 그 먹이사슬 최상층에 서 있는 사람이 누구냐고 하면 이들은 주저 없이 은지호를 꼽을 것이었다. 그리고 그 은지호가, 처음 보는 여자아이와 함께 모습을 드러내었다.

갈색 머리칼에 흰 원피스, 수수한 인상, 도무지 은지호와는 어울리지 않는 여자애였다. 시종일관 맹한 표정을 짓고 있는 것도 그랬다. 하지만 그들에게는 그것이 오히려 기회를 다가왔다.

자, 은지호가 처음 마음을 준 것으로 보이는 여자가 있다. 그렇다면 저 여자의 마음을 빼앗으면, 제가 은지호보다 나은 남자라는 것이 증명되는 것이 아닌가?

그들의 머릿속에, 그 결론은 지극히 단순 명료하고도 확고한 것으로 느껴졌다.

그들은 하이에나처럼 기회를 엿보며 함단이 주위를 어슬렁거렸다. 그리고 마침내 기회가 왔다. 함단이가 저와 떠들고 있던 쟁쟁한 친구들까지 전부 물리고 테라스로 혼자 향한 것이었다. 그러나 선객이 있었다. 나예리를 위시한 잘나가는 여자애들 무리였다. 차라리 이즈음에서 도와줘서 슬쩍 어필해 볼까 했지만, 놀랍게도 함단이는 나예리를 포함한 여섯 명을 순수하게 혼자만의 힘으로 물리쳤다.

생각보다 만만한 상대는 아니로군. 그들은 예감했다. 과연, 은지호가 저 여자애를 택한 데는 이유가 있었던 것이다. 그렇다고 해도 자신들에게 넘어오지 않으란 법은 없다. 단단히 마음을 다진 그들은 기회를 엿보다가, 야외 테라스 안으로 결연히 걸음을 옮겼다.

함단이는 처음에는 이쪽을 전혀 신경 쓰지 않았다. 그러다가 제게 용건이 있다는 것을 눈치챘는지, 돌연 창백한 표정이 되어 파티장으로 돌아가려 하는 것이었다. 가는 길을 막은 그들이 시선을 교환하며 슬그머니 미소 지었다. 이미 모두 끝났다고 생각했다.

그리고 이변이 일어난 것은, 바로 그때였다.

무심코 함단이의 뒤를 바라본 그들은, 어느새 나타난 누군가가 이쪽을 노려보고 있는 것을 보고는 당황했다. 새파란 눈동자가 옅은 어둠 속에서 경고하듯 이쪽을 향하고 있었다. 그러다가 그가 문득 손을 뻗어 함단이의 손등을 감싸는 바람에 그들은 흠칫 놀랐다.

그들이 당황한 것에 비해 함단이는 전혀 놀란 얼굴이 아니었다. 도리어 익숙한 듯 제 손등을 매만진 손이, 어깨로 올라가 붙드는 그 순간까지도 가만히 있다가, 뱅글 돌리자 저항 없이 몸을 돌렸다. 그리고 그들은 그, 유천영의 목소리를 듣고는 헛숨을 삼켰다.

저럴 수가.

"안녕."

그렇게 말한 그가 상냥하게 웃었다. 보기에 따라서는 거의 안 웃는 얼굴로 보일 수 있을 정도로 미미한 표정이었지만, 어려서부터 그를 보아 온 그들은 알고 있었다. 저 웃는 표정을 이끌어 내기가 얼마나 힘든지!

대답하는 함단이는 그것이 얼마나 놀라운 일인지도 전혀 모르는 눈치였다. 담담한 목소리로 대답했다.

"안녕."

그리고 그들은 다정한 목소리로 대화를 나누었다.

"왜?"

"너 진짜 모델 포스 장난 아니다."

그 모습조차 그들은 경악한 얼굴로 응시했다.

저 함단이는, 정말로, 저게 얼마나 대단한 일인지 모르는 건가?

그러다 그들은 문득 놀란 가슴을 다잡으며 중얼거렸다.

아냐, 잘된 일일지도 몰라. 오히려 유천영이 소문대로, 보기보다 별것 아니라는 증거일지도 몰랐다.

발해 그룹의 셋째 아들, 유천영은 그들 사이에서 신비에 감싸인 인물이었다. 그는 따지고 보면, 먹이 사슬에서 은지호와 유일하게 맞먹을 만한 인물이라고 할 수 있었으나,

이런 자리에는 도통 참석하지 않았다. 때문에 그들은 그를 잘 파악할 기회가 없었다. 다만 소문만이 무성했는데, 그 중에 가장 흔한 소문은 손만 대도 베여 버릴 것 같은 겉모습과는 달리, 보기보다 맹한 성격이라는 것이었다.

"그래서 유건이랑 유신, 그쪽 형제들이 끔찍하게 싸고도 는 거라잖아."

"아, 그래?"

"화낼 줄도 모른다던데."

"그거 정말 얼굴이 아깝네."

그런 대화를 나눈 것이 불과 이 파티가 시작할 무렵의 일이었다. 그들은 그 대화를 되새기며 가슴을 쓸어내렸다.

그래, 생각보다 별거 아닐 거야.

그리고 그들이, 유천영이 어떻게 반응하던 간에 그에게서 함단이를 빼내 오겠다고 다짐하며 한 걸음을 떼어 놓는 그때였다.

유천영이 갑자기 손을 불쑥 뻗어 함단이를 끌어안았다. 그녀가 뒤돌아볼 수 없도록.

대체 왜 저러는 거지? 잠시 의아하게 여기던 그들은 이 윽고 재빨리 걸음을 옮겨 그 자리를 벗어났다.

함단이를 끌어안은 유천영이 얼마나 흉흉한 눈빛을 보내는지, 그 자리에 서 있는 것만으로 온몸이 꿰뚫리는 듯한 기분이었다.

누군가 물었다.

"화낼 줄도 모르는 바보라니, 대체 누가?"

아무도 대답하지 않았다.

제21조. 재벌 2세가 그렇게 흔해요?(하)

"어, 왔냐?"

은지호가 아무렇지도 않은 얼굴로 손을 들어 대꾸했다. 나는 새삼 놀란 얼굴로 옆을 살폈다.

윤정인과 김 쌍둥이는 여전히 이곳에 있었는데, 그들 사이에는 전혀 어색한 분위기가 흐르지 않았다. 의외로 친해졌나 보네.

하기는, 윤정인이 있는데 그들 사이가 어색할 리는 없었다. 애초에 그들을 떠나올 때도 그런 점을 염두에 뒀었고. 그렇게 생각한 나는 고개를 돌렸다.

밝은 곳에서 비로소 바라본 유천영은 하늘색도 파란색도 아닌, 그렇다고 청록색도 아닌 묘한 색채의 반팔 남방을 걸치고 있었다.

새카만 슬랙스에 다른 장식은 걸치지 않고 메탈 시계 하나만 왼쪽 손목에 찬 그가, 손을 뻗어 길고 하얀 손가락으로 시계를 한 번 매만지다가는 내렸다. 그러고는 그도 비로소 나를 돌아보았다.

그리고 그의 눈이 구겨진 것은 순식간이었다.

응?

당황하는 것도 잠시, 나는 아래를 내려다보았다. 그러기가 무섭게 고개를 돌려 은지호를 바라본 유천영이 물었다.

"은지호, 애 옷을 왜 이렇게 입혀."

한참이나 눈만 깜빡이던 나는 고개를 돌렸다. 은지호가 황당한 듯 물었다.

"뭐가?"

그러자 여전히 구겨진 눈으로 나를 내려다보던 유천영이 갑자기 손을 들어 제 남방의 단추를 목부터 풀기 시작하는 바람에 나는 당황했다.

그런 그의 기행에 당황한 것은 한둘이 아니었다. 김 쌍둥이는 물론이고, 인사를 하기 위해 바싹 다가와 있던 윤정인마저 한 발자국 물러나는 가운데 내가 외치듯 물었다.

"갑자기 옷을 왜 벗어!?"

그러자 유천영은, 돌연 아, 소리를 내더니 행동을 멈추었다. 그러더니 목 부근의 단추를 서너 개 풀어 헤쳤던 것을 다시 잠그며 유천영은 침착한 목소리로 중얼거렸다. 이어지는 말에 나는 가만히 이마를 짚었다.

"아, 나 이거 안에 티셔츠 안 입었지……."

내가 대답했다.

"뭘 당연한 소리를…… 그게 점퍼냐?"

창백해진 얼굴로 그렇게 말한 내가 더듬더듬 덧붙였다.

그래서, 대체 옷은 왜 벗으려고 한 건데?

그러자 눈물 날 만큼 태평한 어조로 대답이 돌아왔다.

"너 다리 좀 가리려고."

"아."

나는 손을 들어 얼굴을 가렸다.

"그런다고 와이셔츠를 벗는 사람이 어디 있어……."

힘없이 대꾸하는 내 뒤로 은지호가 낄낄 웃음을 터트렸다. 그 뒤로 흘러나온 김 쌍둥이의 대화를 들은 나는 조금 더 암울한 기분이 되었다.

"아까 은지호가 그럴 때는 윤정인이 문제인 줄 알았는데, 그게 아니네."

차분한 김혜힐의 말 뒤로 김혜우가 대답하는 소리가 들렸다.

"응, 아니네……."

그 무렵에서 나는 슬슬 불안해져 옴을 느꼈다. 그리고 이어서 윤정인의 못 박는 듯한 말이 이어졌다.

"아, 모든 문제의 원인은 함단이인 것으로 밝혀져……."

"아니거든?"

고개를 든 내가 윤정인을 향해 쏘아붙였다. 나는 그냥, 선량한 피해자일 뿐이라고! 어디까지나 인터넷 소설 주인공은 애들이란 말이야!

유천영은 도대체 무슨 얘기가 오간 줄도 모르는 듯 멀뚱한 표정으로 우리를 바라보았다. 씩씩거리며 윤정인에게 무슨 말인가를 더 하려던 내 눈을 누군가 가린 것은 바로 그때였다.

시야가 새카맣게 물드는 것과 동시에 귓가에 낭랑한 소녀의 목소리가 들렸다.

"단아, 나 누구게!"

"아."

"힌트는, 단이 네가 제일 좋아하는 사람이고⋯⋯."

내 목을 끌어안다시피 하고 나긋나긋 말을 잇는 그녀의 뒤로, 은지호가 낄낄 웃으며 말하는 것이 들려왔다.

"그럼 못 맞힐 텐데."

"너 안 닥쳐?"

살벌하게 쏘아붙인 그녀의 손을 툭툭 치며 모르겠다고 할까 잠시 생각하다가, 그러면 이 파티장이 뒤집히는 것이 더 빠르겠다 싶어진 나는 웃으며 대꾸했다.

"반여령."

내가 그렇게 말하자마자 눈을 가렸던 손이 휙 사라지고,

시야로 예쁘게 웃는 반여령의 얼굴이 가득 들어찼다.

역시! 하고 외치며 나를 한 번 끌어안은 그녀가 내 팔에 매달리며 다시 입을 뗐다.

"단아, 나 너무 힘들었어."

그에 나는 눈을 크게 떴다.

"엥? 우리 낮에 봤잖아. 그새 뭔 일 있었어?"

그러자 길고 검은 머리칼을 한 번 쓸어 넘긴 반여령이 가슴에 손을 얹으며 말을 이었다. 아니, 글쎄.

"누가 날 더러, '아가씨 마음같이 뜨거운 아메리카노 한 잔' 이러는 거야. 내가 알 게 뭐야? 아이스 아메리카노로 갖다 줬지 뭐."

"이야아……."

나는 감탄했다. 역시 반여령. 눈치가 조금 없는 것이 슬플 뿐이지, 대놓고 하는 수작질에는 이만한 철벽이 따로 없다.

가슴께에 손을 얹은 반여령이 진지하게 말을 이었다.

"그 뒤에는, 단이 네가 나한테 그런 말을 하면 어쩌나 싶어서 세상에서 가장 뜨거운 커피를 타려고 하다 보니……."

대체 카페에서 뭘 하는 거야? 나는 묻지 않을 수 없었다.

일은 제대로 하고 있는 거 맞지? 아, 아니, 물론 모든 일을 거의 완벽에 가깝게 해내는 그녀이니 걱정은 없지만, 그래도……

생각하는 내 시야에 붉은 머리칼이 불쑥 들어온 것은 그때였다. 나는 손을 흔들며 인사를 건네었다.

"오, 안녕, 은형아."

"왔냐?"

"아, 응…….."

은지호의 인사에 조금 질린 얼굴로 그렇게 대답하면서 웃는 은형이의 얼굴이 평소와는 달리 핏기가 없었다.

대체 무슨 일이야? 생각하기가 무섭게, 뺨을 한 번 매만진 은형이가 대답했다.

"여령이가 만든, 세상에서 가장 뜨거운 커피 시제품, 몇 번이나 마신 게 대체 누구일 거라고 생각해?"

"아…….."

잠시 침묵이 흘렀다. 동정 어린 시선이 은형이를 향해 잔뜩 박히는 가운데, 은형이는 지난번 담력 시험 때 친해졌던 윤정인과도 자연스레 인사를 나누었다.

"혀는 괜찮냐?"

"아니…….."

"안 마신다고 하지."

윤정인의 말에 그제야 나는 눈을 깜빡이며 생각했다.

그러게, 도망이라도 치면 될 걸. 그렇게 생각하고 은형이를 돌아보는데, 눈이 마주친 은형이가 비스듬한 미소를 떠올리는 것이 보였다.

응? 잘못 봤나?

눈을 깜빡이는 그 찰나에, 그 묘한 미소는 씻은 듯이 사라지고 은형이가 고개를 돌리며 여느 때와 다름없는 목소리로 대꾸했다.

"기껏 끓였는데."

"그건 그래. 아, 반여령, 안녕. 오랜만이다."

심드렁하니 대답한 윤정인이 이리로 고개를 돌리며 던진 말에, 어깨를 잠깐 움찔하는가 싶던 반여령이 곧 대답했다.

"으응……."

떨떠름하게 고개를 끄덕이고는 내 뒤로 곧바로 숨는 반여령을 보며 윤정인이 물었다.

"어, 나 뭐 잘못했냐?"

그러자 경계심 가득한 눈으로 몸을 조금 더 움츠린 반여령이 대답했다.

"아니, 그런 건 아닌데……. 우리 조금 천천히 가까워지자."

"어엉? 나 고백한 거 아니거든?"

황당해하는 것도 잠시, 윤정인은 권은형과 시선을 몇 번 교환하고는 문득 깨달은 듯 중얼거렸다.

"아, 내가 전에 친하게 지내자고 해서 그래?"

"……."

반여령은 대답하지 않은 채 조금 딱딱한 얼굴로 고개를 돌렸다. 그 가운데 나는 홀로 손을 들어 이마를 짚었다.

아, 일 났네. 저건 그 표정이다. 여령이가 황시우나 은겸 같은, 자기한테 집적거리던 패거리들에게 흔히 지어 보이던 표정.

순식간에 분위기가 어색해졌다. 내 뒤에서 주춤거리는 반여령을 보며 김혜우와 김혜힐은 아리송한 표정을 짓다가 저들끼리 시선을 맞추고 고개를 기웃했다.

나는 당황했다.

윽, 이대로라면 여령이에 대해 오해가 생길지도 모른다.

보아하니 은지호나 은형이도 어지간히 당황한 것은 마찬가지인 모양이었다.

마침내 내가 손을 들며 오해하지 말라고, 반여령의 행동은 그런 뜻이 아니라 말하려는 찰나였다. 뜻밖에도 아무렇지도 않은 얼굴로, 윤정인은 산뜻하게 되물었다.

"아. 친하게 지내자는 게, 혹시 너한테는 거의 고백 비슷한 걸로 들리냐?"

"……."

반여령은 입술을 꾹 깨문 채로 대답하지 않았다. 그러자 뒷머리를 긁적인 윤정인이 깔끔한 태도로 대꾸해 왔다.

"아, 미안. 비꼬려는 건 아니었고, 아무튼 무슨 일 많았으면 걱정될 만도 하겠다. 너 불편하면 말 안 걸게. 그냥 함단이 친구고 전에도 봐서 그랬던 건데. 내 말은 잘 지내 보자고. 불편하면 됐고."

"응? 어, 응……."

언제나 마이 페이스인 반여령이 흔치 않게도 말을 잃은 사이, 윤정인은 금세 고개를 돌려 권은형과 또 무슨 말인가를 하기 시작했다. 그 가운데 나는 가만히 안도의 한숨을 내쉬는 한편, 조금 감탄했다.

나는 다시 고개를 들어 윤정인 쪽을 바라보았다.

그는 은지호에게 뭐라고 투덜거리다가 은형이로부터 핀잔을 듣는 참이었다.

조금 엄격해 보이는, 하지만 자세히 보면 웃음을 참고 있다는 것이 여실히 드러나는 표정으로 은형이가 그들에게 묻고 있었다.

"너희 왜 그렇게 친해졌어."

그에 가슴을 콩 두드린 윤정인이 대답했다.

"좀 안심되지 않냐? 친구는 닮는다는데, 이제 은지호가 나를 닮아 가면 너도 쟤랑 친구 하기 좀 나아지지 않겠냐."

"그건 또 무슨 소리냐? 네가 날 닮아야지. 나같이 완벽한 사람을 닮지 않고 또 누굴 닮을 건데?"

과연, 은지호의 대답을 들으며 나는 묘한 표정을 지었다. 하여튼 감탄스럽다니까, 저 자신감.

윤정인도 같은 생각을 한 모양이었다.

"이야, 자신감 미쳤다."

"뭘, 사실을 말한 건데."

"아니, 그러니까 그렇게 당당하게 말할 수 있다는 부분이 미쳤다는 거야."

투덜거리는 그들 뒤로 은형이가 얼굴에 부처 같은 미소를 떠올리며 말하는 것이 여기까지 들렸다.

"저기, 둘 다 말하는 중에 미안한데……. 나랑 절교해 줄래? 앞으로 더 피곤해질 것 같아서……."

소음을 뚫고도 강렬하게 와 닿는 그 부드러운 목소리에 나는 그만 웃음을 터트릴 뻔했다. 그다음에야 나는 도로 시선을 옮겨, 펄쩍 뛰며 은지호더러 너 때문이라고 화를 내는 윤정인을 다시 보았다.

윤정인의 남자답게 늠름한 얼굴이나 표정이 풍부한 짙은 눈썹을 보며 나는 생각했다.

저 녀석은 겉으로 봐서는 아무래도 별로 생각이 깊을 것 같지도 않고 웃기만 좋아하고 쾌활함이 가장 큰 장점 같지만, 저 녀석의 장점은 따로 있다. 포용력이라고 해야 할까, 다른 사람이 민감하게 여기는 그 부분을 훅 치고 들어오는 듯싶다가도 아무렇지도 않게 토닥이고 도로 내려놓아 주는 그것 말이다.

참 괜찮은 애란 말이야.

그러고 나서야 나는 옆을 돌아보았다. 반여령은 눈이 마주치자, 슬그머니 웃었다.

어색하게 웃은 그녀가 고개를 돌려 윤정인 쪽을 바라보

았다.

"저기."

반여령의 고운 목소리는 시끄러운 와중에도 파급력이 컸다. 가까이 있던 우리는 물론이고, 곁에 있던 사람들마저 이쪽을 돌아보았으니 말이었다.

그 가운데 반여령의 시선 끝에 있던 윤정인이 더듬거리듯 물었다.

"어, 응?"

"잘…… 부탁해."

그 짧은 말을 하는 것조차 반여령에게는 힘들어 보였다.

하기는, 그럴 만도 하지. 나는 반여령의 길고 긴 고백의 시간을 떠올렸다.

중학교 1학년 때, 2학년 때, 3학년 때…… 반여령이 모르는 남자에게 끌어안길 뻔한 것만 도대체 몇 번일까? 그런 반여령이 어느 남자애에게 자진해서 잘 부탁한다는 말을 꺼내는 것은, 내가 기억하기로는 이것이 최초였다.

특히 고등학교 들어오고서부터 더욱 마음의 벽을 높이던 그녀였다.

그리고 나는 오랜만에 반여령이 웃는 것을 보았다. 여전히 여자인 내가 보기에도 심장이 철렁할 만큼 예쁜 미소였다.

그 모습을 조금 멍한 듯이 바라보던 윤정인이 더듬더듬 말했다.

"아, 그, 그래."

"응."

그렇게 대답하고는 생긋 웃은 반여령이 곧 그런 모습도 언제냐는 듯 내 손을 잡고는 내 곁으로 바짝 팔을 붙었다.

나는 키득거리며 그녀의 머리칼을 쓰다듬었다. 반여령의 머리칼은 대체로 그렇듯 아무런 장식도 되어 있지 않았지만, 흑단 같은 머릿결은 그 자체로 보석 같았다.

그녀의 머리칼을 쓰다듬으며 내가 말했다.

"잘했어, 잘했어."

"으응."

반여령이 쑥스러운 듯 웃었다.

옆을 돌아보자 윤정인과 은지호 두 사람은 또 어느새 권은형이 절교를 선언한 것에 대한 책임 소재로 다투고 있었다.

그때였다. 웃으며 그들을 말리다 말고 이쪽을 힐긋 내다보는 은형이와 눈이 마주친 것은. 시선이 와 닿은 것은 한순간, 정말로 찰나라고 말할 수밖에 없을 정도로 짧은 시간이었다. 잠시 고개를 기울인 나는 생각했다.

착각인가?

그러다가 문득 우주인이 이 자리에 없다는 데 생각이 미친 내가 물었다.

"주인이는 어디 있어?"

대답한 것은 은지호였다.

"세 번째 사촌 형이 등장하는 바람에 끌려가셨다."

눈을 크게 뜬 내가 되물었다.

"아, 진짜? 누구인데?"

"우산이라고……."

잠깐 침묵한 그가 곧 애매하게 웃으며 대답했다.

"야, 함단이."

"응?"

나는 고개를 기울였다. 은지호가 당부하듯 말했다.

"너, 혹시라도 우주인이랑 꼭 닮은 형 있으면, 절대로 가까이 가지 마라."

나는 물론이고 반여령도 고개를 기울이기는 마찬가지였다. 반여령이 물었다.

"왜? 그 사람이 그렇게 나빠?"

잠시 고민하던 은지호가 대답했다.

아니, 그렇게 나쁘지는 않은데, 그러니까 그…….

잠시 고민하던 그가 말을 이었다.

"비유하자면, 착한 태풍 같은 사람이야. 이해되냐?"

잠시 그를 물끄러미 바라보던 내가 물었다.

"너라면 이해되겠냐?"

"아니, 그러니까 그, 그럴 의도는 아니지만 돌아다니다 보니 다 부수는……?"

"아, 으응."

나는 조금 질린 얼굴로 고개를 끄덕였다. 아무튼 가까이 가서는 안 될 사람이라는 것은 알겠다. 그리고 나는 생각했다.

주인이, 본인은 그렇게나 귀엽고 착한데 왜 사촌들이 전부…….

나는 아까 사람들 앞이고 뭐고 우주인의 손을 붙들고 혈투를 벌이던 우리나라와 우리혼을 떠올리고는 고개를 내저었다.

갑자기 음악이 흘러나온 것은 그때였다. 음악은 물론 전부터 계속 흐르고 있었지만, 이때까지 흐르던 것은 편안하고 잔잔한 선율이었는데, 지금 흐르기 시작한 것은 조금은 경쾌하고 빠른 왈츠였다.

눈을 깜빡인 내가 악단 쪽으로 고개를 돌리는 그때였다.

옆에서 유천영이 나를 향해 불쑥 손을 내밀었다.

조명 아래 나를 향해 있는 한 쌍의 파란 눈은 잘 세공된 보석 같았다.

눈을 깜빡이다가, 내밀어진 손을 바라보며 내가 물었다.

"손? 왜?"

"춤추자."

"엥."

그의 대답이 너무나 뜻밖이어서 나는 입을 벌렸다. 그러나 고개를 돌리자마자, 나는 몇몇 사람들이 짝지어 원을 그리며 홀의 안쪽을 향하는 것을 볼 수 있었다.

그러니까 춤추자는 유천영의 말은 단지 그의 독단이 아니라, 원래부터 이런 시간이 마련되어 있는 것 같았다.

과연 인터넷 소설이로군. 나는 감탄했다.

잠시 서로를 마주 보는 채로 침묵이 흘렀다. 그 가운데, 나는 다른 이들의 시선이 호기심을 담고 내게로 향한 것을 느낄 수 있었다. 특히 유천영과 내가 얼마나 친한지 아직은 잘 모르고 있던 김 쌍둥이와 윤정인은 조금 놀란 눈치였다.

잠시 후, 나는 고개를 내저으며 물러났다.

"안 돼, 나 춤 못 춰."

아니, 상식적으로 우리 나이에 학예회 때나 배운 간단하기 짝이 없는 율동 말고 출 수 있는 게 뭐가 있느냐고. 그러나 유천영은 완강했다. 여전히 무표정한 채로 그가 대답했다.

"괜찮아."

아니, 내가 안 괜찮은데…….

"너무 못 춰서 부끄럽단 말이야."

내 대답에 그는 잠깐 눈썹을 찡그리더니, 이윽고 미미하게 웃었다. 옆에서 윤정인이 놀란 숨소리를 냈다.

여전히 웃는 채로, 유천영이 말을 맺었다.

"내가 잘 추니까 괜찮아."

아니…….

벌렸던 입을 다물며 나는 생각했다.

너, 갈수록 은지호 닮아 가는 거, 알고 있니?

그런데도 내 손은 머뭇머뭇 그를 향해 뻗어 갔다. 뺨에 열이 올라 있는 것을 느끼며, 나는 속으로만 투덜거렸다.

적어도 웃지만 않았으면, 저런 어이없는 말에 설득되는 일은 없었을 텐데.

저 살얼음 낀 듯 싸늘한 눈매가 가느스름하게 휘어지고 그 아래 입술에 엷은 미소가 걸리면, 특별히 얼굴 어느 곳이 극적으로 변하는 것도 아닌, 그저 그런 은은한 미소일 뿐인데도 어느새 그가 하자는 대로 하는 내 자신을 발견하고야 만다. 쟤가 저렇게 웃는데 이게 무슨 큰일이라고. 에라 모르겠다, 그냥 해 주자, 하고.

나는 침을 꼴깍 삼키고는 그의 손 위에 내 손을 겹쳐 올렸다. 그대로 유천영이 나를 휙 끌어당기리라 생각했는데, 의외로 그는 내 손바닥을 자신의 손바닥 위에 겹쳐 올린 채로 말이 없었다.

손으로 심장이 옮겨 간 것처럼 맞닿은 손이 온통 흔들거렸다. 유천영은 속눈썹을 길게 내리깔고, 그 아래 푸른 눈으로 맞닿은 손을 바라보는 채로 말이 없었다.

내 귀로 김혜힐과 김혜우의 속삭이는 목소리가 파고든 것은 그때였다.

"오, 잘 어울려, 잘 어울려."

"오~"

아악!

내 뺨이 순식간에 달아올랐다. 옆을 돌아보니 그들은 내 쪽을 바라보며 키들거리고 웃고 있었다.

그런 말을 하려거든 제발 영혼 좀 담아서 말해 줄래? 속으로 투덜거린 나는 다시 앞을 바라보았다.

괜히 손을 붙들고 선 이 순간이 부끄럽기 짝이 없었다. 내가 유천영에게 춤을 추려거든 어서 가자고 말하려던 그 순간이었다.

순식간에 다가온 손이 내 다른 손을 잡아채었다. 옆을 돌아본 나는 눈썹을 찡그리며 물었다.

"너, 뭐 해?"

그에 미소를 지우지 않은 채로 은지호가 대답했다.

"오늘은 내 생일로 쳐 주기로 했잖아."

그게 이 상황과 무슨 관련이 있니?

물으려던 나는 고개를 돌렸다가, 내 손을 쥔 채 어째서인지 서늘한 표정을 짓고 있는 유천영과 눈이 마주쳤다. 그리고 어깨를 흠칫했다.

유천영의 표정은 물론 늘 온도가 낮은 느낌이기는 하지만 지금 이것과는 확연히 달랐다. 내가 생각하는 그동안에도 은지호는 느긋한 어조로 말을 이어 가고 있었다.

"걱정 마, 아까 내가 말하는 거 너도 들었잖아. 그냥 오늘이 내 생일로 치기로 했다고."

그때까지도 딱딱하게 굳어 있던 유천영이 마침내 입술을 떼었다.

"그게 무슨 상관이야?"

그렇게 묻는 유천영의 목소리가 생각했던 것보다도 더욱 낮고 싸늘해서 나는 어깨를 흠칫했다. 그런데도 은지호는 얼굴에서 미소를 지우지 않았다. 웃으며 그가 대답했다.

"생일은 1년에 한 번뿐이잖아."

"그래서?"

"그런데 나는 오늘이 지나면 더는 생일이 없을 예정이라."

"뭐?"

이번에 물은 것은 나였다. 그러자 새카만 눈으로 힐긋 나를 바라본 은지호가 대답했다.

"아니, 죽겠다는 건 아니고, 이제 함단이 너한테는 선물 더 안 받겠다는 얘기야."

유천영의 목소리와 얼굴이 낯설다면, 만만찮게 낯선 것은 이쪽도 마찬가지였다. 나는 또 입을 다물며 생각했다. 도대체 은지호, 아까 제 생일 선언하면서부터 왜 저러는데?

아니 그보다, 나는 내가 은지호의 기분을 충분히 살피지 않았다는 것을 깨달았다.

차라리 나는 차에서 미리 물었어야 했다. 무슨 일이 있느냐고, 오늘 왜 그러냐고. 제가 워낙 티를 내는 것도, 배려받는 것도 싫어서 가만히 두고 있었는데, 그러면 안 되었다.

하지만 이미 너무 늦었나.

웃으며 나를 바라보는 은지호, 입술을 꾹 붙인 채로 말이 없는 유천영, 그 사이에 끼인 채로 내가 입술을 깨물며 끄응, 신음만 흘리는 그때였다.

구원의 손길은 전혀 예상치도 못한 방향에서 뻗어 왔다. 석상처럼 선 두 남자 사이를 희고 예쁜 손이 쫙 갈랐다.

윽. 밀려나서 비틀거리는 그들 사이로 거침없이 성큼성큼 다가온 여령이가 활짝 웃었다.

"단아! 나랑 춤 춰!"

말릴 새도 없었다. 잠깐 멍하니 섰다가, 또 저 두 녀석들이 달려들까 후다닥 그러자고 대답한 나는 여령이의 손을 쫙 붙들었다. 그러자 여령이가 나를 보며 맑은 웃음을 터트렸다.

뒤를 보자, 어느새 둘은 허탈한 표정으로 내 쪽을 보다가는 서로를 돌아보며 쓰게 웃고 있었다.

잠시 멍해 있다가 문득 웃어 버린 나는 다시 여령이의 두 손을 붙잡았다. 우리는 홀의 한가운데로 미끄러지듯 흘러 들어 갔다.

별무리처럼 반짝이는 조명 속에서 반여령과 손을 맞잡을 때만 해도 나는 내가 춤을 출 수 있을까 걱정했지만, 그것은 기우였다.

과연 못하는 게 없는 반여령은 왈츠조차 손쉽게 해냈다. 그녀는 처음에는 내 한 손을 다른 손으로 잡아 길게 뻗고, 내 남은 손을 붙잡아 제 허리에 올렸다. 그러고는 몇 걸음 안 가서 그녀의 허리에 닿아 있는 내 손을 떼더니 그녀의 팔 위에 올리게 했다.

그러더니 조명이 어두워지고, 그 사이로 폭죽 파편 같은 불빛이 무수히 쏟아져 내리기 시작했다. 나는 속눈썹을 연신 깜빡였다. 반여령의 꿈결처럼 환한 얼굴이 비쳤다. 내 손을 잡아 이끌며 반여령이 가볍게 미소 지었다.

나는 새삼 시선을 내려 그녀의 차림을 확인했다. 목의 옷 깃에 큐빅 장식이 된, 허리 아래로 트임이 있는 조금 빳빳한 재질의 검정 민소매 원피스일 뿐이었다. 그런데도 그것을 걸친 반여령은 이곳의 시선을 모두 삼킬 것처럼만 빛났다.

내가 입술을 움직여 무언가 말하자, 이마를 살짝 찡그린 그녀가 고개를 숙이더니 물었다.

"미안. 뭐라고 했어, 단아? 안 들렸어."

"너 오늘 진짜 예뻐."

내가 대단한 비밀 이야기라도 하는 양 진지하게 말하자, 눈을 깜빡인 그녀가 활짝 웃으며 대답했다.

"단이 너도!"

그리고 그녀는 자그맣게 덧붙였다.

"그런데 넌 맨날 예뻐."

나는 웃음을 터트렸다. 아마 내가 남자였다면 반여령한 테 하루에 백 번은 반했을 거라는 생각이 들었다.

다행히도 우리의 모습은 그리 눈에 띄지 않는 모양이었 다. 왈츠를 추는 사이 여자만으로 이루어진 커플 몇몇이 지나갔다. 친한 친구로 보이는 사람들, 혹은 서로의 발을 밟으려고 깔깔대는, 어딜 보아도 자매 같은 사람들, 그리 고 춤이 몸에 완전히 익은 듯 편안한 얼굴로 물 흐르듯 스 텝을 밟아 가는 사람들.

그러다 문득 음악이 바뀌었다.

파트너를 바꿀 구간이었다. 여령이가 미소 지으며 천천 히 내 손을 놓았다. 검은 머리칼이 시야 사이를 부산스럽 게 어지럽히다가는 흩어졌다. 홀로 남겨진 나는 눈만 깜빡 였다.

아니, 대체, 누구랑 춤을 추란 말이야!

뒤에서 튀어나온 손이 내 손을 불쑥 붙든 것은 그때였 다. 고개를 돌린 나는 미소 지었다.

"아, 유천영."

내 손을 붙잡아 제 팔 위에 얹으며 유천영이 마주 웃었 다. 그가 입술을 움직여 무어라고 말했다.

소음 때문에 잘 들리지 않았다.

"뭐라고?"

내가 다시 물었다.

"안 힘들었어?"

아. 나는 입을 딱 붙이고는 웃었다.

그러니까, 오늘 은지호의 옆자리가 지옥 열차 특등석이 되리라는 것은 아무래도 이 자리의 나 빼고는 다 아는 사실이었던 모양이다. 그러지 않고서야 다들 은지호와 함께 온 나를 보자마자 내 안부부터 물을 턱이 있냐고.

은지호, 지옥행 열차라면 지옥행 열차라고 말을 해야지.

나는 웃으며 입을 열었다.

"뭐, 내가 자진해서 오겠다고 한 건데 어떡하겠어."

그리고 나는 다시 말을 이었다.

"사실 힘들 뻔했는데…… 애들 만나서 괜찮았어."

그리고 나는 웃음을 참는 얼굴로 대꾸했다. 왜, 아까 봤잖아, 윤정인이랑 김혜힐이랑 8반 친구들.

그에 유천영이 미간을 미미하게 찌푸리더니 대답했다.

"놀랐어…… 은지호가 둘이라서."

"푸하하!"

나는 그만 또 웃음을 터트렸다. 춤을 추다 말고 웃음을 터트리는 나를 향해 몇몇이 시선을 주었다.

아차. 입술을 잠시 딱 붙였던 나는 그러나, 금세 또 웃고 말았다. 유천영의 팔에 얹은 손을 툭툭 두드리며 내가 물었다.

"야, 그치? 진짜 그냥 둘이 영혼의 쌍둥이 같지? 아니, 솔직히 잘 어울릴 줄은 알았거든? 근데 둘이 진짜 잘 놀아. 오늘 처음 만난 거 아닌 것 같아."

"그러게."

유천영조차 웃음을 미미하게 눌러 참는 얼굴로 대꾸했다. 나는 신이 나서 계속 말을 이었다.

그치, 진짜 웃겨. 둘이 아까 말하는 거 봤어? 계속 서로한테 닮았다고 하지 말라면서 화내는 거. 진짜 웃겨…….

내 말과 음악 소리를 가르고 유천영의 목소리가 조용히 울린 것은 그때였다.

"나도 빨리 올걸."

"응?"

"여기."

하필이면 얼굴을 가까이 붙이는 구간이었던 터라, 유천영의 얼굴은 내 거의 바로 앞에 있었다.

혼잡한 음악과 소음을 뚫고도 그의 숨소리가 들릴 것만 같았다. 잠시 눈을 내리깔고 있다가, 나는 천천히 시선을 들었다.

마주한 그 눈이 너무나 진지해서 일순 숨이 막혔다. 표정을 굳혔다가, 가볍게 웃은 내가 조심스러운 투로 말했다.

"너, 이런 자리 싫어하잖아."

"그래도."

"응?"

눈을 내리깔며 유천영이 늘 그렇듯 아무렇지도 않은 목소리로 대답했다.

"네가 있잖아."

"……."

"나도 빨리 왔으면…… 함단이?"

유천영이 부르는 것도 무시하고, 나는 후다닥 그의 손을 놓았다. 마침 음악이 바뀌어서 다행이었다. 또다시 다른 파트너를 찾을 차례였다.

그러는 와중에도 나는 필사적으로 유천영과는 눈을 마주치지 않도록 노력했다. 어차피 그를 노리는 사람들이야 이 주변에 수도 없이 많을 테니 곧 붙들려 사라졌겠지만, 그래도, 만에 하나라도!

그러는 한편 나는 손을 들어 붉어진 볼을 감쌌다.

"나빴어, 진짜."

그렇게 중얼거린 나는 속으로 되뇌었다.

그래, 나빴다. 어떻게 저런 말을 저렇게나 아무렇지도 않은 얼굴로, 표정으로 하느냐고!

내가 사람들 사이에 끼어서 얼굴이 붉어진 채로 아무것도 못하고 있는 그때, 또 누군가 내 손을 붙들었다. 아까에 비해서 조금 작은 손이었다.

혹시 모르는 사람인가 싶어 고개를 들었던 나는, 그가 춤추기도 전에 꺼안자마자 정체를 깨달았다. 귀에 익은 목소리가 쨍쨍하게 울렸다.

"엄마!"

"주인아!"

나도 반가워서 따라서 외치고 말았다.

내게서 떨어져 나오며 여느 때처럼 소년같이 씩 웃은 그가 문득 안색을 조금 어둡게 하더니 말했다.

"휴우, 춤추느라 어두워진 틈에 겨우겨우 빠져나왔어."

"아."

"엄마, 나 오늘 힘들었어. 정말⋯⋯."

한숨 섞인 목소리로 그렇게 말한 그가 위로를 바라는 강아지 같은 눈빛으로 나를 바라보기에, 키득키득 웃은 나는 그의 머리칼을 매만져 주며 말했다.

"수고했어."

그러고는 이렇게 어두워서 나는 어떻게 찾았어? 하고 내가 물은 말에, 생긋 웃은 그가 대답했다.

"엄마, 오늘 너무 예뻐서 찾기 쉬웠는걸!"

"아."

나는 잠깐 굳어졌다가는 슬며시 미소를 떠올렸다. 주인이가 의아한 듯 고개를 기웃거리며 되물었다.

"왜, 엄마?"

"방금, 괜히 아들 데리고 재혼 자리에 나가는 어머니가 된 기분이었어⋯⋯."

내 대답을 들은 주인이가 키득키득 웃어 댔다. 따라서 웃는 한편, 쑥스러워진 내가 말을 이었다.

"오늘 예쁘다는 말 듣는 날인가 봐."

"응?"

"다들 예쁘다고 해 줘서."

"부담스러워?"

"응?"

"혹시, 놀리는 것처럼 느껴졌어?"

아, 잠깐 놀라서 눈을 깜빡이던 나는 미미하게 웃었다.

지금까지 아무도 묻지 않았던 말을, 주인이만이 내게 물었다. 그럼으로써 나는 깨닫게 되고는 한다. 이 애가 얼마나 상처를 안고 살아왔는지, 이러한 통찰력은 그런 상처를 안지 않고서는 도저히 가질 수 없는 것이니까.

상처를 보는 눈. 남의 상처를 살피는 조심스럽고도 다정한 눈길.

흔들리는 조명 속에서 우리의 시선이 맞닿았다. 불을 밝힌 것처럼 환한 호박색 눈은 대답을 기다리듯 나를 계속 응시했다. 그 눈을 한참이나 마주 보다가, 나는 웃으며 입술을 떼었다.

"처음에는."

"아하."

은지호가 그렇게 말했을 때는 반어법인 줄 알았어.

어깨를 조금 늘어트리며 내가 내놓은 말에 주인이는 웃지 않았다. 그는 다만 눈을 내리깔며 말했다.

"엄마."

"응."

나를 올려다본 주인이가 또렷한 발음으로 말했다.

"그거, 반어법 아니었을 거야."

잠깐 머뭇거리던 나는 다시 고개를 들고 물었다.

"그래?"

"응, 절대로."

그렇게 대답하는 주인이의 목소리에는 여전히 흔들림이 없었다. 그리고 씩 웃은 내가 대답했다.

"고마워. 그리고 주인아."

"응, 엄마?"

"너는 오늘도 진짜진짜 착하고 다정해."

그렇게 말하며 나는 주인이와 맞잡은 채, 오른쪽으로 쭉 당겨 뻗은 손에 힘을 주었다. 그의 손을 꾹 잡으며 나는 생각했다. 그 여자의 말 따위는 네 머릿속에서 지워졌으면 좋겠다는 내 말뜻이 그에게 전해졌기를.

아마 알아차렸을 것이다, 영민한 그니까.

그의 손을 조금 더 꽉 쥐며 나는 중얼거렸다.

만약 너희가 나더러 예쁘다고 말해 주는 게, 움츠러들어 있는 나를 위로해 주기 위해서라면, 그래서 내 안의 겁을 차근차근 지워 나가기 위해서라면, 네게도 그런 일이 일어났으면 좋겠어.

내가 매일 그에게 다정하다고 착하다고 말해서 네 마음속에 새겨진 그 여자의 말을 지워 낼 수 있다면, 제발 그렇게 되기를 나는 간절히 바랐다.

내가 눈을 내리깔며 생각하는 그때, 주인이의 호박색 눈이 조금 휘어졌다.

"엄마, 그러지 마. 언젠가는 엄마가 날더러 거짓말쟁이라고 할까 봐 겁나."

나는 손끝을 움찔거렸다.

내가 잘못 말한 걸까? 하필이면 그의 가장 좋은 순간을 내가 망쳐 버린 걸까?

내가 그에게 또 상처 주었을까 겁이 났다.

하필이면 음악이 끝날 무렵이었다. 이제 한 번만 더 방향을 바꾸어 돌고 나면 우리는 헤어지게 될 터였다.

내가 어쩔 줄 모르고 입술을 달싹이는 찰나였다. 빙긋 웃은 주인이가 말을 이었다.

"그럴 때마다 정말 겁나는데, 그런데 좋아. 진심이라는 거 아니까."

"……."

"그러니까 계속 그렇게 말해 줘야 해, 엄마. 알았지?"

말을 잃고 선 내게 웃음기 섞인 목소리로 이따가 봐, 하고 마지막으로 속삭인 주인이 내 손을 놓고 멀어졌다.

어둠 사이로 천천히 멀어지는 그의 금색 머리칼을 보다가 나는 못내 울 듯이 웃음을 터트리고 말았다.

그런 나를 붙들어 온 것은 은형이었다. 내게 손을 내밀고, 한 곡 할까? 하고 중세 신사처럼 그렇게 묻던 그는 내 표정을 보고 눈을 동그랗게 떴다.

그가 금세 얼굴을 굳히고 무슨 일 있느냐고 묻는 말에, 나는 고개를 털어 내고는 웃으며 말했다. 아니, 그냥, 좀…….

"이런 게 부모의 마음인 걸까?"

"단아, 너 아프구나."

은형이가 정색을 하고 그렇게 말하는 바람에 나는 킥킥 웃어 버렸다. 그리고 그가 나를 몹시 안타깝다는 듯 보면서 덧붙인 말에 나는 그만 웃음을 참을 수 없게 되어 버렸다.

"하기는, 지호랑 정인이 사이에 우리가 올 때까지 끼어 있었으니, 멀쩡한 사람도 아파질 만해…….."

더 아프면 말해, 하는 말에 나는 그의 팔에 기대며 웃었다. 이윽고 다시 고개를 들어 바라본 은형이의 얼굴이 웃고 있어서, 그가 농담을 했다는 것을 그제야 알 수 있었다.

부드럽게 반짝이는 그의 녹색 눈을 보면서 나는 생각했다. 참, 안 그래 보이는데 의외로 농담 잘해.

은형이와 나는 빙글빙글 돌면서 몇 가지 한담을 나누다

가 헤어졌다.

파트너를 바꾸는 대목에서 은형이의 손을 놓고는, 그가 남기고 간, '반여령의 사랑의 커피' 이야기 때문에 정신없이 웃고 있던 나를 이번에는 김 쌍둥이가 양옆에서 붙들었다.

나는 놀란 눈을 깜빡이다가 또 한 번 웃어 버렸다. 셋이 춤추는 건 너무 이상하잖아!

"우리 셋이 춤춰도 돼?"

내가 웃으며 물은 말에 먼저 대답한 것은 김혜힐이었다. 그녀는 늘 그렇듯 무표정한 얼굴이라 그것이 나를 더욱 웃겼다.

"쌍둥이니까 한 사람이라고 쳐."

"맞아, 맞아."

그러더니 그들은 일제히 눈썹을 찡그리고는 동시에 말했다.

"'아니, 생각해 보니까 저 녀석이랑 한 사람이라니, 기분 나빠.'"

그리고 그들은 네가 놓지? 네가 놓지그래? 따위의 유치한 말싸움을 이어 가다가는, 결국 셋이서 왈츠라기보다는 강강술래에 가까운 어정쩡한 춤을 추고 말았다.

휴. 김 쌍둥이와의 춤까지 마친 나는 인적이 드문 기둥 옆에 서서 손부채질을 했다. 그러면서 나는 중얼거렸다.

"김 쌍둥이, 체력이 왜 이렇게 좋나 했더니……."

그들은 애초에 춤판에 낄 생각이 전혀 없었던 모양이다. 지금까지 구석에 서서 우리가 하는 양을 가만히 지켜보다가, 내가 혼자가 되자 잽싸게 와서 잡아채 나하고만 춤을 춘 것이라 했다. 어쩐지 사람을 빙글빙글 돌려 대더라.

그러더니 내가 어지럼증을 호소하자, 좋은 것을 알았다는 듯 머리 위에 전구를 띄우고는 윤정인이랑 춤춰야겠다며 가 버렸다.

휴우, 은근히 마이 페이스라니까.

연신 목덜미에 손부채로 바람을 불어넣던 나는 문득 조금 멀리로 시선을 던졌다가, 그만 웃음이 터져 버렸다. 다름이 아니라 김 쌍둥이가 윤정인을 가운데에 두고는 거의 탈수기 돌리듯 돌리고 있었던 것이다.

그쪽을 둘러싼 사람들이 사물놀이 패를 보는 듯한 시선을 던지고 있었다. 실제로 모양이 그리 다르지도 않았다. 두 사람이 각각 윤정인의 팔 하나씩을 잡고 빙글빙글 도는데, 가운데 낀 윤정인의 표정은 롤러코스터를 연속으로 열 번은 탄 사람 같았다.

무릎을 때려 가며 나는 계속 웃었다. 아하, 아하하! 진짜 웃기네, 저게 뭐야!

나는 클러치에서 휴대전화를 꺼내어 동영상을 찍으려다가, 주변이 어두워 잘 보이지 않자 포기하기로 하고는 도로 가방에 넣었다.

그러고 나자 드디어 조금 쉬고 싶은 마음이 들었다.

아, 그러고 보니……. 나는 계단 위를 바라보았다. 의자가 없는 이곳에서 사람들이 쉴 수 있도록 따로 마련된 장소, 계단 위의 룸. 나는 계단 위를 힐끗거렸다. 여전히 룸으로 통하는 복도는 직원들에 의해 철통처럼 보호되고 있었다.

그곳을 빤히 바라보며 나는 이루다에 대해 생각했다.

루다는 그곳에 들어가서 다시 나오긴 한 건가? 아니면…….

나는 고개를 기울였다.

사실은 정말 다른 사람이고, 내가 잘못 본 것뿐이고, 제 집에서 밤에 나를 만나기를 기다리고 있으려나?

거기까지 생각한 나는 휴대전화를 꺼내어 문자를 입력하기 시작했다. 수신인은 물론 이루다였다.

수신인 : 이루다

루다야 대박! 여기 지금 애들 거의 다 있어. 신서현 빼고 전부. 루다 너도 있었으면 좋았을 텐데.

거기까지 입력한 나는 입술을 깨물며 잠깐 고민했다.

음, 으음, 으으음…….

다른 사람이라면 모를까, 나는 이루다를 쫓던 검은 양복 무리들과 직접 맞닥뜨린 적도 있고, 아무튼 그녀의 특수한 사정을 아는 유일한 사람에 가깝다. 그러니만큼 몸을 숨겨야 하는 그녀가 이런 곳에 올 수는 없다는 것도 잘 알고 있는데, 이런 문자를 보내는 건, 놀리는 걸로만 들릴 것도 같았다.

입술을 어물거리며 나는 생각을 이었다. 아니, 하지만, '너도 있었으면 좋았을걸' 하는 그 단순한 말을 그녀에게 전하고 싶었다.

문득 은지호네 아버지의 말이 떠오른 것은 그때였다.

"금세 사라지고 말 것들을 소중히 여기렴."
"중요한 건 바로 그 순간이란다."

이 말은 이 순간이 아니면 할 수 없다든가, 이 순간에 해야만 한다는 식의 순수에 가까운 직관.

왜냐하면 이 순간이라는 것은 다시 오지 않고, 우리는 다시 오지 않을 오늘을 살고 있기 때문에.

그렇기 때문에, 지금 하고 싶은 말은 지금 하지 않으면 사라져 버리고 만다.

나는 그것을 비로소 조금씩이나마 깨닫기 시작했다.

그러나 잠시 고민하던 나는, 결국 문자를 전송하지 못하고 휴대전화 화면을 끄고 말았다.

나는 한숨을 내쉬며 머리를 매만지고는 중얼거렸다.

"나중에 만날 텐데, 뭐. 직접 말해 줘야지."

그러다 갑자기 조명이 환해지기에, 나는 고개를 들었다. 짧았던 댄스 타임이 끝나고, 조명이 다시 원래의 밝기로 돌아오고 있었다.

목을 젖히고 천장 까마득한 곳에 달려 있는 샹들리에를 바라보던 나는 다시 고개를 바로 했다.

멀리서 윤정인과 강강수월래…… 아니, 왈츠를 춰서 기분이 좋아진 듯 개운한 미소를 매단 김 쌍둥이들이 내게로 다가오고 있었다. 그들이 다가오며 한쪽씩 손을 뻗기에, 잠시 의아해 하던 나는 이윽고 손을 뻗어 들어 올렸다.

짝! 경쾌하게 손바닥을 맞부딪힌 그들이 저마다 이마를 닦으며 숨을 내쉬었다.

"아, 너무 힘들었어."

그리고 그들이 내놓은 말에 나는 김이 빠졌다.

"좋아, 잘 놀았다, 이제 갈래."

"뭐?"

내가 서운한 눈으로 그들을 번갈아 보자, 당황한 듯 눈을 크게 뜬 그들은 이윽고 킥킥 웃으며 내 머리칼을 쓰다듬기 시작했다. 그러면서 김혜힐이 말했다.

"뭐, 춤을 춘 다음에는 파티의 2부나 다름없어서. 우리는 이제 가 봐도 돼."

엥, 그래도.

아쉬운 기색을 감추지 못하고 그들을 바라보던 나는, 김혜우의 말에 표정을 풀었다.

"뭐가 문제야? 은지호한테 룸 번호 알려 달라고 해서 그냥 쉬다가 집에 가."

아, 그렇지. 룸이 있었지. 내가 고개를 끄덕이자, 다시 한 번 웃은 그들이 잘 있으라며 인사를 건네었다.

다른 이들에게도 인사 전해 달라고 말하던 그들은, 이윽고 윤정인이 멀리서 분노한 표정으로 달려오자 킥킥 웃고는, 그럼 이만, 하며 급하게 사라져 버렸다.

우아한 걸음으로 용케도 무척 빨리 걷는 그들의 뒷모습을 바라보던 내게로, 이번에는 윤정인이 걸어왔다.

그가 몹시 다급한 어조로 물었다.

"야, 아까 걔들 어디 간대!?"

나는 심드렁하니 대답했다. 응, 집 간다던데.

그러자 윤정인이 신음하며 제 뒷목을 잡았다.

"아으윽……."

나는 그의 등을 두드려 주는 한편, 그가 중얼거리는 소리에 귀를 기울였다.

"내가 어쩌자고 저런 악마들이랑 같은 중학교를 나오고 친구가 돼서, 아오……."

그러다 문득 그가 손을 들어 제 입을 불쑥 막기에, 나는 당황했다.

큭, 커헉. 헛구역질을 몇 번 하던 그가, 창백해진 얼굴로 나를 돌아보더니 말했다.

"야, 나, 토할 것 같아서, 화장실 좀 들렀다가…… 먼저 간다."

"아, 응."

"헉, 뒤지겠네, 진짜…… 아오, 그 쌍둥이 악마들."

고작 몇 분 새 노인처럼 바싹 늙어 버린 윤정인이 허리를 구부정하게 하고는 주춤주춤 걷기 시작했다. 그쪽을 황당한 얼굴로 바라보던 나는 곧 제 풀에 웃어 버렸다.

흠흠. 한참 후에야 웃음을 추스른 나는 마침내 내게로 다가온 이들을 맞이했다. 그런 나를 희한하다는 얼굴로 바라본 은지호가 물었다.

"야, 혼자 왜 그렇게 웃고 있어?"

아, 아니, 아무것도 아냐.

그렇게 대답하는 한편 나는 슬쩍 눈을 들어 그와 함께 내게 다가온 유천영의 표정을 살폈다.

그는 아무렇지도 않아 보이는 것이, 방금 은지호와 냉전을 치른 것은 어느새 잊어버린 듯했다.

그런 내 옆에서 은형이가 물어 왔다.

"정인이랑, 다른 애들은?"

내가 대답했다.

"김 쌍둥이는 잘 놀았다고 만족했다며 가 버리고, 윤정인은…… 속이 많이 안 좋다고 집에 간대."

“아…….”

잠시 입을 벌리며 안타깝다는 듯한 표정을 짓는 은형이의 뒤로 반여령이 중얼거렸다. 아, 그거 대단했지.

주인이도 따라서 고개를 끄덕였다. 응, 그거 대단했지, 진짜…….

아무래도 세 사람의 강강수월래는 나뿐만이 아니라 모두가 유심히 지켜본 모양이었다. 그리고 은지호가 내놓은 말에 나는 반색했다.

“야, 그럼, 우리 이제 방으로 올라갈래? 좀 쉬자.”

앗, 드디어 앉을 수 있어. 열렬히 고개를 끄덕인 나는 반여령과 손을 잡고 파티장을 가로질러 걸어갔다.

은지호를 필두로 계단을 올라가자, 복도를 막고 있던 안내원은, 우리를 보고도 검사조차 하지 않았다.

은지호의 얼굴을 힐끗 보는 것만으로도 모든 확인 절차를 끝마친 것처럼 카드를 건네주며, 안내원이 말했다.

“109호 방입니다.”

“기억해, 109호.”

이쪽을 돌아보며 못 박은 은지호가, 다시 뒤돌아 복도 안으로 향했다. 비로소 눈앞에 드러난 복도의 모습에, 나는 감탄하기보다는 조금 질리는 기분이었다.

솔직히 엄중히 지켜지는 것 같기에 조금 호화로운 모습을 기대한 것이 사실이었다. 그런데 호화스럽기는 무슨,

다갈색과 베이지색이 어우러진 벽이 일색으로 이어지고, 문 색은 다 같은 검은색인 복도는 차라리 미로 같았다.

109호는 첫 번째 복도 끝에 있었는데, 모서리를 몇 번 도는 바람에, 은지호가 잘 기억하라고 했지만 도무지 기억할 수 없을 것 같았다.

은지호가 길 안 어렵지? 하고 묻다 말고 나를 바라보는 바람에 속마음을 들킨 것처럼 흠칫 놀랐다. 나를 찬찬히 뜯어보던 은지호가 고개를 숙이며 물었다.

"안 어렵지? 길, 기억하겠지, 함단이?"

"그, 그럼."

"그럼 됐어. 여기 다 똑같아서."

고개를 돌리며 대답한 그가 문고리에 카드를 대자, 삑 소리와 함께 문고리 위에 초록 불이 들어왔다. 안으로 들어가자마자 환한 빛이 우리를 반겼다.

앞서 설명을 들은 대로 호텔 방이나 다름없었다. 그러나 나는 방금 앉을 자리도 없는 파티장을 한참이나 헤매고 온 입장, 게다가 학생 입장에서 호텔 방을 가 볼 일이 얼마나 있겠는가. 이 정도면 내게는 충분히 호화스러운 휴식처였다.

방 안에는 냉장고와 텔레비전, 소파와 침대가 있었다. 신발을 벗은 나는 나도 모르게 으아아, 소리를 내며 소파 위로 털썩 무너졌다.

그런 내 옆으로 반여령이 다가와 바짝 붙었다. 파티장에서의 완벽하게 아름다운 모습은 어디로 가고, 그녀는 마치 우리 집에서처럼 익숙하게 응석을 부리기 시작했다.

그녀가 말했다.

"부인, 너무 힘들구려. 부인의 무릎베개가 필요하오."

더없이 진지한 얼굴로 그렇게 말하는 그녀에게 나는 짐짓 무릎을 가리켜 보이며 말했다.

"누우시오, 부인."

그러자 정색한 반여령이 되물었다.

"아니, 왜 내가 부인이오? 더 예쁜 사람이 부인 해야 하오, 부인."

나도 지지 않고 대꾸했다.

"그렇다면 당신이 부인이오."

그 모습을 지켜보던 은지호가 맞은편에 털썩 앉으며 중얼거렸다.

"놀고 있네……."

"뭐?"

고개를 획 들고 그쪽을 나란히 쏘아보는 것도 잠시, 문득 눈이 마주치자 나와 반여령은 수상쩍게 웃기 시작했다.

그런 우리를 은지호가 불안한 눈으로 번갈아 보았다.

"뭐야? 뭔데?"

되묻는 그에게 히죽 웃은 우리가 차례로 말했다.

"자, 부인도 이리 오시오. 부인도 참 예쁘오."

"그럼, 예쁘지, 그럼."

능청스러운 반여령에 이어, 내가 소파 팔걸이에 몸을 기대며 대꾸하는 말에 은지호의 얼굴이 빨갛게 달아올랐다.

"야!"

득달같이 외치는 은지호의 옆에서 우주인이 기대어 앉으며 중얼거렸다.

"그러게 이기지도 못할 걸 왜 덤벼, 덤비기를."

이윽고 냉장고를 뒤져 보고 있던 은형이가 자연스레 생수를 꺼내서는 우리에게 물었다. 마실 사람?

대답한 것은 유천영이었다. 나, 하는 말에 유천영에게 생수통을 넘겨준 그가 우리 근처에 자리를 잡고 앉았다.

다행히 소파는 여섯 명이 앉기에도 충분했다. 어차피 사인 기준인 우리 집 소파에도 여섯 명이서 잘만 앉는 우리였다.

그러나 앉아서 얘기를 하는 것도 잠시, 얼마 안 가 반여령이 너무 졸려서 안 되겠다며 내 무릎에 털썩 머리를 기대고 누웠다. 은형이가 난감해 하는 기색으로 담요를 가져와 반여령의 다리를 가려 주었다.

고맙다고 웅얼거리며 대꾸한 반여령이 잠에 빠져들었다. 그런 반여령의 머리칼을 부드럽게 쓸어 주던 것도 잠시, 금세 피곤해진 것은 나도 마찬가지였다.

고개를 돌려 바라보니, 사대천왕은 어느새 텔레비전을

보며 얘기를 나누고 있었다. 유천영은 또 소파에 길게 누워 있었다.

요즘도 바쁘다더니, 피곤한가 보네.

그를 빤히 보던 나는 문득 이루다에 생각이 미쳤다. 유천영과 이루다는 어느새 내 머릿속에서 세트처럼 묶여 버린 모양이었다.

시각은 어느새 밤 열두 시가 가까이 되어 가고 있었다. 나는 잠시 고민했다. 이루다에게 전화나 해 볼까?

잠시 주춤거리고 있으려니 은지호가 물었다.

"일어나게?"

"아, 응. 반여령, 일어나 봐, 반여령."

나는 반여령을 흔들어 깨웠다. 으음, 졸린 눈을 비비며 일어난 그녀가 웅얼거리듯 물었다. 왜?

나는 바깥을 가리켰다.

"나 잠깐 전화 좀 하고 올게."

"응, 다녀와."

대답한 그녀는 조금 정신이 맑아졌는지, 눈을 또랑또랑하게 뜨고는 휘적거리며 은지호에게로 걸어갔다.

휘적휘적 걸어간 그녀가 은지호를 툭 치며, 야, 룸서비스 시켜도 돼? 하고 묻는 것을 들으며 나는 방을 나왔다.

＊　＊　＊

나는 109호 문 앞에서 잠깐 고민하다가, 전화 하러 가는 김에 화장실도 가야지, 하고 생각하며 걸음을 옮겼다.

그러고 보니, 아까 파티장에서 음료수를 이것저것 주워 마시기는 했다.

끝도 없는 복도를 바라보며 나는 생각했다. 나, 길 잘 찾을 수 있겠지? 잘 찾을 수 있을 거야.

그리고 잠시 후, 나는 그것이 헛된 꿈이었음을 깨달았다. 사방으로 뻗은 복도의 십자로에서 서성이며 나는 중얼거렸다. 하, 하하.

"길을 잃었다…… 빠밤 빠밤 빰."

어딜 가야 할까…… 빠밤 빠밤 빰.

괜히 아련하게 노래 가사를 중얼거리며 나는 사방을 살폈다. 아닌 게 아니라, 모든 길이 정말로 똑같이 보였다.

으윽. 내가 신음하며 머리를 감싸 쥐는 그때였다. 문득, 멀리 벽에 기대어 선 그림자를 발견한 나는 퍼뜩 달려가서 외쳤다.

"아, 저기!"

그가 고개를 돌렸다.

나는 놀라서 눈을 크게 떴다. 남자는, 복도에서 그냥 우연히 마주쳤다기에 는 믿을 수 없을 정도로 미남이었다.

연예인인가? 나는 눈을 깜빡였다. 보험 회사 광고에서 그 비슷한 얼굴을 본 것도 같았다.

빛이 곱고 수려한 흰 얼굴에, 단정한 이목구비를 갖고 있었다. 잘 손질된 검은 머리칼이나, 몸에 걸친 부드러운 감색 정장도 그의 그런 분위기에 한몫했다.

믿을 수 있는, 신뢰할 수 있는 분위기. 처음 보았는데도 그러한 느낌을 안겨 주는 희한한 남자였다.

내가 눈을 깜빡이는 채로 아무 말도 않고 있자, 부드럽게 웃은 그가 되물었다.

"무슨 일이지요?"

잠시 머뭇거리던 나는 물었다.

"저기, 화장실 어디인지 아세요?"

그러자 빙긋 웃은 그가 복도 저편을 가리켰다.

"저기 복도에서 오른쪽으로 두 번 꺾은 다음, 왼쪽으로 꺾어서 비상계단 표시된 곳 바로 옆에 보시면 나와요. 된다면 바래다 드릴 텐데, 제가 누구를 좀 기다리는 중이라서."

"아, 아니에요. 감사합니다."

그러면서 고개를 꾸벅 숙인 나는, 그의 말이 잊히기 전에 얼른 걸음을 옮기며 중얼거렸다.

저쪽 복도 끝에서, 오른쪽, 아니, 왼쪽이던가, 두 번, 아니, 세 번이던가……? 비상계단이 아니라 소화기던가?

그리고 잠시 후, 나는 다시 그 남자를 마주칠 수 있었다.

그는 내가 보았던 그대로, 문 옆에 기대어 서서 있다가는 나와 눈이 마주치자 생긋 웃었다.

그가 친절한 목소리로 되물었다.

"또 보네요. 돌아가는 길인 거죠?"

나이가 많아 보이지는 않지만, 아무튼 스물 초입 정도의 성인인데도, 학생 티가 완연한 내게 꼬박꼬박 존댓말이었다.

괜히 간지러운 기분에 얼굴을 붉히는 것도 잠시, 나는 어색하게 웃으며 대답했다.

"아, 아니요……."

"……."

잠시 고개를 돌렸던 그가, 갑자기 품을 뒤져 뭔가를 꺼내기에 나는 흠칫 놀랐다.

주머니 뒤에 꽂아 두었던 얇은 지갑을 꺼낸 그가, 거기서 빳빳한 재질의 종이 하나를 꺼내더니 정장 앞주머니에서 만년필까지 꺼내 무어라 적기 시작했다.

나는 정장 가슴 주머니에 만년필을 꽂고 다니는 사람은 영화에만 있다고 생각해 왔는데, 벽에 대고 뭔가를 적은 그가 내게로 그것을 내밀었다.

"여기요."

쭈뼛거리며 다가간 나는 종이를 받고는 꾸벅 고개를 숙였다.

"감사합니다."

웅얼거리듯 말하고는 고개를 들자, 빙긋 웃어 보인 그가 대답했다.

"아니에요, 바래다주지 못해서 미안해요."

"아, 아니에요! 정말 감사합니다!"

다시 한 번 고개를 꾸벅 숙이는 한편, 나는 명함을 바라보았다. 복도에서 오른쪽으로 두 번 꺾은 다음, 왼쪽으로 꺾어서 비상계단 표시된 곳 바로 옆문.

좋아, 이 명함을 갖고도 길을 잃어버리면 정말 멍청이다.

나는 중얼거리며 걸음을 옮기다가, 문득 떠오른 생각에 나는 명함을 뒤집어 보았다.

반짝이는 은색 소재의 빳빳한 종이 위에, 검은색으로 새겨진 두 글자가 가장 먼저 눈에 박혀 들었다.

유건

유건? 어디서 많이 들어 본 이름인데…….

고개를 기울이던 나는 걸음을 옮겼다. 그리고 잠시 후, 나는 깨달았다.

……나는 진짜 멍청이다.

벽에 기대어 있던 남자, 그러니까 유건이 문득 인기척을 느꼈는지, 이쪽을 돌아보았다가 난감한 얼굴을 했다. 눈이 마주치자 나는 배시시 웃었다.

그런 내게 한숨을 내쉰 그가 손을 내밀며 말했다.

"데려다 드릴게요."

"아, 네……."

거절하지 못하는 내가 슬펐다. 나는 울음을 삼키며 그의 뒤를 따랐다.

나를 안내한 유건은 화장실 문까지 친절하게 열어 주고 나서야 도로 자리를 떠났다.

＊　＊　＊

화장실 안은 과연 호텔답게 깨끗했다. 손을 씻은 다음, 젖은 손을 털어 낸 나는 문득 주머니에서 명함을 도로 꺼내었다.

유건, 이름자를 한 바퀴 입에 굴린 나는 그제야 유천영 형제에 대한 일을 떠올렸다.

"맞다, 유건."

유천영 첫째 형 이름이 유건이었잖아? 왜 기억을 못 했지? 그토록 들어왔는데.

그것을 생각하고 나니, 그제야 유건의 출중한 외모에 대해서도 그럭저럭 이해가 갔다.

게다가 조명 빛을 받으면 푸른빛이 도는 검은 머리칼은

확실히 한국에서는 찾아보기 힘든 것이었다. 그러니까 인터넷 소설의 등장인물을 제외하고서는 말이다.

하필이면 다른 누구도 아니고 유천영의 형에게 부끄러운 모습을 보이다니, 돌아가는 길에는 그쪽은 절대로 가지 말아야지.

훌쩍이는 한편, 나는 다시 방으로 돌아가기 위해 걸음을 옮기며 휴대전화를 꺼냈다.

이루다에게 전화를 걸어 보았지만 받지 않았다. 두 번, 세 번 걸어 봐도 안 받는 것은 여전했다. 또 바깥에서 쫓기고 있으려나, 내가 중얼거리는 그때였다.

문득 벨소리가 들리는 것을 알아차린 나는 눈썹을 찡그렸다.

어라? 나는 휴대전화를 탁 접었다. 그러기가 무섭게 들리던 전화 벨소리가 끊겼다.

응? 나는 다시 번호를 꾹꾹 눌렀다. 우연이겠거니 싶지만, 나는 일단 통화 버튼을 눌렀다. 그러기가 무섭게, 다시 벨소리가 들렸다. 복도 건너편에서였다.

"아……."

나는 마른침을 꿀꺽 삼켰다. 그런 다음, 첩보원처럼 신중한 자세로 복도 모서리에 바짝 붙어 섰다.

정말로 여기 있는 거야, 루다? 그것도 여자 차림으로?

한참이나 숨을 내쉬며 긴장을 다지던 내가, 마침내 불쑥 바깥을 바라본 그때였다. 얼어붙을 듯 싸늘한, 그러나 한 번쯤은 들어 본 목소리가 들렸다.

복도를 바라본 나는 숨을 삼켰다.

잘 빗어 넘긴 머리칼, 감색 정장, 익숙한 뒷모습이었다.

분명히 방금까지만 해도 나를 다정하게 바래다준, 바로 그 유건이었다. 그러나 모습만은 딴판이었다.

방금까지만 해도 그는 유능한 판매 직원 혹은 안내원 같았는데, 자비를 베푸는 왕처럼 느긋하게 웃은 그가 마침내 입술을 떼었다.

"그 안에 있는 남자는 지금 쓰러져 자고 있겠지?"

"……."

그와 마주 보고 선 여자아이는 그를 사납게 노려보기만 할 뿐, 대답하지 않았다.

여전히 부드러운 목소리로 유건이 말을 이었다.

"하여간, 미국에서나 한국에서나 손버릇은 달라진 게 없구나. 안 잡혀 들어가게 조심하렴."

친한 동생에게나 그러하듯 상냥한 목소리였는데도, 내용은 별로 그렇지 않은 것 같았다. 내가 어깨를 움츠리는 그때, 마침내 그에 응하는 신경질적인 목소리가 들려왔다.

"그러는 너는 미국에서나 한국에서나 재수 없는 건 달라진 게 없네. 하기는, 그게 어디 국경선 좀 넘는다고 달라지겠어?"

나는 가만히 손을 들어 입을 감싸며, 그렇게 빈정거린 상
대방의 얼굴을 응시했다.

유난히 예쁜 빛의 금색 머리카락이 날개 뼈 부근에서 찰
랑거렸다. 화장을 한 듯 눈썹은 평소보다 정돈되어 있었
고, 속눈썹은 길고 풍성했다.

거기까지 바라본 나는 고개를 주억거렸다. 그래, 정말
예쁜데, 그런데…….

방금 그렇게 빈정거리는 목소리는 분명히 이루다의 것이
었다. 게다가 가까이서 바라본 그녀의 얼굴은 더욱, 이루
다를 닮아 있었다.

유건은 이루다와 잘 아는 사이인 듯싶었다. 여전히 웃는
얼굴로 그가 대답했다.

"한국어 많이 늘었네. 특히 빈정거리는 게."

"그래, 네 면전에 대고 빈정거려 주려고 그것부터 배웠
거든."

그렇게 말하며 신경질적으로 웃는 이루다의 폼은, 마치
맹수와도 같았다. 지금까지는 어느 한쪽이 승기를 가졌다
고 말할 수 없는, 실로 팽팽한 싸움이었다. 느닷없는 맹수
들의 싸움이 지금 여기, 이 좁은 복도에서 이루어지고 있
었다.

내가 그렇게 생각하며 몸을 조금 더 숙이는 그때였다.

돌연 유건이 낯선 이름을 꺼내었다. 그리고 이루다의 얼

굴이 싸늘하게 굳는 것은 순식간이었다.

"제니는 너 이러고 다니는 거, 알아?"

"……젠장."

"모른다는 얘기군."

유건이 즐거운 듯 눈을 내리깔고는 말했다.

"나는 네가 솔직한 게 참 좋아. 약점을 이렇게나 쉽게 알려 주잖아."

그리고 잠시 뜸 들인 그가 말을 이었다.

"여자 차림은 질색하는 줄 알았더니, 그런 것도 아닌 모양이지?"

그때까지도 입을 부득부득 갈고 있던 이루다가 대답했다.

"썅, 닥쳐. 누가 좋아서 이러고 있는 줄 알아?"

그때까지도 두 사람은 내 존재를 알아차리지 못한 모양이었다.

천천히 두 손을 주머니에 넣고는, 고개를 비스듬히 들며 유건이 다시 입을 떼었다.

"음, 꽤 놀랐어. 제니한테서 도망쳤다는 거야 알고 있었지만, 설마 하니 제니의 모국인 한국에서, 그것도 이런 차림으로 만날 줄이야."

그리고 그가 고개를 조금 뒤로 빼며, 품평하듯 뭐, 잘 어울리기는 하는데, 하고 중얼거린 말에 이루다가 인상을 쓰며 대답했다.

"닥쳐."

"애초에 여기는 왜 온 거야? 경호원들이 사방에 깔려 있는데, Reed 기업의 손이 닿지 않은 사람이 대체 그중에 몇이나 있을 거라고 생각해?"

정신없이 이어지는 대화를 들으며 나는 생각에 잠겼다.

제니? 제니의 모국? 그러니까, 저 둘의 대화에 등장하는 '제니'라는 사람이 한국 출신인 것은 알겠는데, 그 사람과 이루다가 도대체 어떤 관계인지는 짐작이 가지 않았다.

아니, 그보다……

나는 눈썹을 슬그머니 찡그렸다. 도망쳐 나와?

이루다가, 제니로부터? 그러니까, 이루다가 검은 양복들과 매일같이 추격전을 벌이던 게, 전부 그 사람 때문이라는 건가?

이루다의 날 선 목소리가 들려온 것은 그때였다.

"이건 갑자기 웬 형 노릇이야? 참견 마. 그럴 일이 있었어."

그러자 여유롭게 웃은 유건이 대답했다.

"형 노릇? 하하, 설마. 내가 네 형 노릇 따위를 하자는 걸로 보여?"

그의 목소리에 나는 흠칫했다.

이루다의 목소리가 대놓고 가시를 빳빳이 세운 고슴도치 쪽이었다면, 이쪽은 이빨을 감추고 품위 있게 으르렁거리는 사자였다.

무서워. 어깨를 움츠리는 내 귀로 그의 말이 이어졌다.

"천영이한테 들었어. 너, 학교에서 그쪽 애들이랑 제법 어울린다며? 반은 다르지만."

"그게 왜?"

"네가 이제니에게 꼬리를 흘리기라도 하면, 이제니가 네 위치를 캐려고 어디부터 찌를지, 파악이 안 돼?"

잠깐 입을 다물었던 이루다가 곧 신경질적으로 웃었다.

그녀가 대답했다.

"아하, 어쩐지, 천하의 유건이 나를 걱정해 주기에 곧 죽으려나 했더니, 결국 그런 문제였군. 끔찍하게 아끼는 제 막냇동생 문제였어."

"내가 널 걱정하다니, 그거야말로 정말 곧 죽어도 이상하지 않을 일이지."

나는 눈을 크게 떴다. 예상한 바였지만, 그는 정말로 유천영의 형이었던 모양이었다. 막냇동생, 천영이, 하는 익숙한 이름이 그것을 증명했다.

그리고 나는 생각했다. 저렇게 무서운 사람일 줄은 전혀 예상치도 못했는데, 대체 인터넷 소설 주요 인물인 유천영보다 그 형이 수백 배는 무서워야 할 이유가 대체 뭘까?

그리고 나는 이어지는 말에 숨을 들이켰다.

"그리고 너, 그 애랑 같은 반이라며."

"누구?"

"함단이."

아무렇지도 않게 흘러나온 내 이름에 나는 입술을 꾹 다물었다. 이루다가 짐짓 태연하게 되물었다.

"그게 뭐?"

"천영이랑 그 애, 천영이가 말은 안 했지만 막상 와서 보니까 무척 친한 것 같던데."

"무슨 말을 하고 싶은 건데?"

깔끔한 대답이 돌아왔다.

"함단이랑 가깝게 지내지 마."

잠시 침묵이 흘렀다. 그 가운데 이루다가, 그 예쁜 차림새와는 전혀 어울리지 않게도 가운데 손가락을 그에게로 들어 보였다.

옅은 빛 아래 그녀의 예쁜 얼굴은 맹수처럼 사납게 일렁이고 있었다. 한쪽 입꼬리를 비틀어 올린 그녀가 말했다.

"지랄 마. 참견에도 정도가 있어. 내 문제는 내가 알아서 해."

그러나 그 태도도 잠시였다. 날아온 말에 그의 표정이 곧바로 흐트러졌다.

"그 애가 불쌍하지도 않아?"

"뭐?"

"아무것도 모르다가 너 때문에 검은 양복들한테 같이 쫓기기라도 하면, 그 애는 네가 이렇게 위험한 상황에 놓여 있다는 거, 알기는 알아?"

유건이 팔짱을 끼고 느긋한 투로, 그러나 단호한 목소리로 내놓는 말에 이루다는 슬쩍 입술을 깨물었다.

거기까지 들은 나는 안절부절못하고 눈만 굴렸다. 슬그머니 손을 들어 기도하듯 맞잡은 나는 중얼거렸다. 이제 됐다, 나는 도저히 이거 감당 못 하겠다.

그렇게 생각하며 내가 슬쩍 옆으로 게걸음을 옮기는 바로 그때였다.

높은 굽의 샌들에 익숙하지 않던 것이 문제였다. 내 발목이 불쑥 비틀렸다.

끼엑! 이상한 소리를 내며 고꾸라지는 내 쪽으로 이윽고 빠른 발소리가 들려왔다. 모퉁이를 돌아 나타난 두 사람의 표정이 나를 발견하고는 급속도로 허물어졌다.

"함단이!?"

그렇게 외치며 한달음에 달려온 이루다가 순식간에 나를 안아 들었다. 그녀의 품은 날씬한 와중에도 평소와 같이 대단한 안정감이 있었다.

"아, 고마워. 루다야……."

무심결에 그녀의 이름을 덧붙이다가 문득 고개를 든 나는, 굳어진 채로 나를 내려다보는 이루다의 예쁘장한 얼굴을 보고는 중얼거렸다.

아, 망했군.

내게만은 성별 인식 장애가 없다는 것을, 여장남자가 알아 버렸어…….

아니, 그런데 모르는 게 이상한 거 아니야?

그때였다. 그녀의 등 뒤로 조심스레 걸어온 남자, 유건이 내게로 손을 내밀었다.

여전히 단정하고 신뢰 가는 얼굴이었다. 옅게 웃으며 묻는 목소리 또한 귀가 녹아내릴 만큼 부드러웠다.

"함단이?"

그가 묻는 말에 나는 고개를 끄덕였다. 네가 함단이냐는 뜻이겠지?

그러자 그의 미소가 짙어졌다. 동생 친구라서 잘해 주겠다는 건가? 내게로 손을 내민 그가 물었다.

"괜찮니?"

"아, 네."

그렇게 대답하며 고개를 끄덕인 나는, 그의 눈을 보고는 흠칫했다.

방금까지만 해도 그는 저 웃는 얼굴 그대로 이루다를 가차 없이 몰아붙였다. 무섭다. 그의 손을 잡는 내 손끝이 조금 움츠러들었다.

그렇게 이루다가 부축하고, 유건이 손을 잡아 줘서 내가 자리에서 일어나자마자 우리 사이에는 침묵만이 흘렀다.

나는 슬그머니 눈을 굴려, 자괴감이 가득한 이루다의 얼굴을 바라보았다. 다음으로 나는 아무렇지도 않은 듯 웃는 유건을 바라보았다.

먼저 입을 뗀 것은 이루다였다.

"저기, 그러니까, 이건."

"아, 응?"

"이 차림은…… 아아, 젠장."

말을 잇지 못한 채로 이루다가 고개를 돌렸다. 내게 얼굴
도 보여 주기 싫다는 듯, 손을 들어 얼굴을 가리는 그 모습
에 나는 자그맣게 말했다.

"아, 아냐, 잘 어울리는데."

그러자마자 고개를 든 이루다가 빽 외쳤다.

"그거, 칭찬 아니야!"

"그, 그래? 미안."

"아, 아니야. 소리 질러서 미안해. 아, 아악, 젠장……."

그리고 또 이루다는 두 손으로 거푸 마른세수를 하며 한
동안 대답이 없었다.

음, 그래도. 진짜 예쁜데. 남장여자들은 여자 차림이었
을 때 예쁘다고 하면, 얼굴 붉히면서 좋아한다거나 설레어
하지 않나?

내가 그녀의 옆얼굴을 빤히 보는 그때였다. 앞에서 들려
오는 목소리에 나는 고개를 돌렸다. 아무렇지도 않은 목소
리로, 유건이 묻고 있었다.

"어디서부터 어디까지 들었어?"

"네?"

"우리 얘기."

"아……."

눈을 굴리던 나는 우물쭈물 대답했다.

"그, 제니라는 사람이 이루다를 찾고 있다고……."

나는 그가 왜 나더러, 몰래 들었느냐고 화라도 낼 줄 알았다. 그런데 아니었다. 오히려 그는 만족스러운 듯 웃기까지 했다.

엥? 당황스러워 하는 내게 유건의 물음이 닿았다.

"그럼 이제, 어떻게 하고 싶어?"

"네?"

느긋하게 웃는 얼굴로 내 뒤를 턱짓하며 그가 말했다.

"저 녀석이랑 친구 하는 일 말이야."

"아."

"어떻게 하겠느냐고."

아, 나는 그제야 그의 말뜻을 이해했다. 동시에, 나는 그가 어째서 얘기를 엿들은 내게 화내지 않는지를 깨달았다.

그는 지금, 굳이 이루다를 통해 손쓰지 않더라도 나와 이루다 사이를 갈라놓을 기회를 얻은 것이었다.

잠깐 굳어진 채로 있다가, 나는 기름칠 안 된 로봇처럼 삐거덕거리는 몸을 돌려 이루다를 바라보았다.

이루다의 두 뺨은 창백하게 얼어 있었다. 그녀는 경직된 눈으로 나를 보았다가, 눈이 마주치자마자 슬그머니 시선을 피했다. 그러더니 그녀가 입술을 깨물며, 무어라 말하려는 그때였다.

나는 손을 내밀어 그녀의 손을 붙들었다.

고개를 퍼뜩 든 그녀가 물었다.

"뭐, 뭐야?"

그녀의 손이 내 두 손 안에서 놀란 새처럼 파드득거렸다.

그 손이 빠져나가지 못하도록, 힘주어 움켜쥐며 나는 뒤를 돌아보았다. 유건은 여전히 흥미롭다는 얼굴로 우리를 바라보고 있었다.

숨을 한 번 크게 들이쉰 내가 말했다.

"저, 루다가 쫓겨 다니는 거, 원래부터 알고 있었어요. 아니, 그거 사실 우리 반 애들 전부 다 알아요."

"그래?"

"네. 그래서, 저는……."

그리고 나는 고개를 돌려, 그때까지도 굳어 있던 이루다의 얼굴을 보았다. 눈이 마주친 그녀의 푸른 눈이 조금 흐린 빛을 띠었다.

다시 유건을 돌아본 내가 대답했다.

"저는 루다랑 계속 친구 할 거예요."

흐음.

유건이 묘한 얼굴로 웃었다. 다시 고개를 돌린 나는 루다를 똑바로 올려다보며 또박또박 내뱉었다.

"루다는, 제가 고등학교 와서 처음으로 저한테 친구 하자고 말해 준 사람이거든요."

"그렇구나."

"네."

그렇게 말한 다음에 나는 유건을 향해 고개를 꾸벅 숙였다.

"걱정해 주셔서 감사합니다."

굳어진 목소리로 덧붙이는 한편, 나는 슬그머니 고개를 들어 유건의 반응을 살폈다.

나는 그가 분명히 화낼 것이라 생각했다. 당연하지, 자기 동생 곁에 수상쩍은 애랑 어울려 다니는 이상한 여자애가 더 늘어나게 되는 셈인데.

그런데 그는 전혀 기분 상한 얼굴이 아니었다.

눈을 깜빡이며 나를 빤히 보던 그는, 잠시 후 고개를 기울이며 입속으로 중얼거렸다.

"이것도 괜찮은 것 같은데."

네? 내가 되물으려는 그때였다.

나와 눈을 마주친 유건이 부드럽게 웃었다. 그것은 아까, 내가 복도에서 그와 처음 마주쳤을 때 그가 보여 주었던 바로 그 미소라서 나는 조금 당황했다.

의아해하는 내게, 유건은 여전히 웃는 얼굴로 말을 이었다.

"너는 천영이에게도 상처 주지 않을 것 같구나."

"네?"

그러자 유건이 씩 웃었다. 나는 그가 처음으로, 무서운 사람이 아니라 유천영의 형으로 느껴졌다.

"천영이가 좋은 친구를 사귄 것 같다는 얘기야."

부드러운 목소리로 그렇게 말한 그가 내 등 뒤의 이루다를 보더니 말했다.

"그렇다고 네 존재가 용납된다는 뜻은 아니야."

"얼씨구?"

"아무튼 친구를 사귀는 건, 단이의 의사니까 존중해 주겠다는 것뿐이지."

어느새 호칭은 함단이에서 단이가 되어 있었다.

내가 도대체 뭘 한 거지? 내가 고개를 기울이는 그때, 유건이 다시 한 번 내게 상냥한 눈빛을 보내며 말했다.

"그럼, 만나서 즐거웠다. 또 보자."

"아, 네!"

그리고 눈을 들어 이루다를 턱짓한 그가 말을 이었다.

"그리고 저 녀석은, 딱 나만큼 위험한 녀석이니까 너무 믿지 않는 게 좋아."

이것도 친구 형으로서의 충고인가. 나는 묘한 얼굴로 고개를 끄덕였다.

뒤에서 이루다가 외치는 것이 들렸다.

"야, 너만큼? 웃기지 마, 누가 너만큼이야!?"

말없이 웃은 유건이 돌아섰다. 발악하는 것도 잠시, 이루다는 나와 같이 말이 없어진 채로 그의 멀어지는 모습을 응시했다.

그러다가 옆에서 들리는 한숨 소리에 나는 고개를 돌렸다. 어느새 다리에 힘이 풀린 듯, M자 다리를 하고 자리에 웅크려 앉은 이루다가 다리 사이로 두 팔을 늘어트린 채 숨을 내쉬고 있었다.

악! 그녀의 정체를 맞혀 버려서 어쩌지, 걱정하던 것도 잊고, 그녀를 따라 황급히 주저앉은 내가 외쳤다.

"루다야, 너 치마 입었잖아! 그렇게 앉으면 안 돼!"

"아, 안에 바지."

그렇게 말하며 냉큼 자줏빛 치마를 걷어 보이는 이루다의 행동에 나는 할 말을 잃었다.

다음으로 자줏빛 드레스를 아예 허리까지 걷어 올려, 자줏빛 나시에 검은 반바지를 걸친 것 같은 모습이 된 이루다는 하늘을 올려다보더니 천천히 한숨을 토해 내었다. 후우우.

그리고 나를 돌아본 그녀가 물었다.

"안 놀라?"

"응?"

"예쁘다, 가 끝이야?"

그렇게 말한 이루다가 제 소매를 들어 올리며 덧붙였다.

"이 모습에 대한 감상 말이야."

아, 그제야 나는 느릿느릿 고개를 끄덕였다.

안 놀랐냐고 말한다면 물론 거짓말이겠지만, 너무 예뻐서 놀란 것뿐이지, 그녀가 여자 차림을 하고 있거나 해서 놀란 것은 전혀 아니었다.

나는 다시 이루다의 모습을 찬찬히 훑어보았다.

검은 반바지 아래 맨다리를 훤히 드러내고, 엉덩이를 바닥에 대고 주저앉아 있는 이루다의 모습은 평소보다 묘하게 퇴폐적으로 보였다.

그녀의 금색 머리칼이 어깨 위에서 흔들거렸다. 손을 뻗어 무심코 그녀의 길어진 머리칼을 만져 보자, 그녀는 흠칫 놀랐다가는 그냥 내가 그러도록 두었다.

그녀가 불쑥 물었다.

"신기해?"

"응."

"부분 가발이야."

그녀는 이미, 이 일에 대해 설명하는 것은 반쯤 포기한 눈치였다. 다 포기한 얼굴로 말하는 그녀에게 눈을 깜박인 내가 되물었다.

"미용실에서 했어?"

"아니, 내가 직접."

"우와."

"화장도."

아, 그거 굉장한데.

화장은 솔직히 말해서, 나로서는 부러운 게 아니었지만.

내가 부러운 눈으로 그녀를 힐긋거리자, 이내 긴장이 풀렸는지, 이루다는 한결 풀어진 표정을 했다.

무릎 위에 팔꿈치를 올려놓고는 턱을 괸 그녀가 말했다.

"나, 여자 목소리도 낼 수 있어."

"정말?"

"아, 안 돼, 지금은. 오늘 너무 많이 썼단 말이야. 더 썼다가는 토할 것 같아."

그렇게 말하는 그녀의 얼굴에 평소와 같이 유쾌한 기운이 흐르기 시작해서, 나도 마음이 조금 놓였다. 그러나 그것도 잠시였다. 그녀는 금세 얼굴을 우울하게 바꾸었다.

내가 물었다.

"루다야?"

"다 우리 어머니가 가르친 거야."

내게서 다시 시선을 떼며 그녀는 중얼거렸다.

"어머니?"

"이제니."

"아."

눈을 내리깔며 나는 생각했다. 아까 그토록 언급되었던

제니라는 사람, 이루다의 어머니였구나. 그녀는 어머니로부터 도망쳐 나온 거였어.

예상했던 바이기는 했지만, 막상 사실이라는 것을 알고 나니 입맛이 썼다. 이루다의 목소리가 다시 들려온 것은 그때였다.

나는 고개를 들었다. 내리깔린 이루다의 긴 속눈썹 끝이 불빛에 반짝거렸다.

"나는 정작, 절대로 어머니 같은 사람이 되지 않겠다고 도망쳐 나온 건데 말이야. 어머니에게 도망치기 위해서 쓰는 게 전부 어머니에게서 배운 것뿐이네."

"……."

"오늘만 해도 그래. 이런 걸 배우지 않았더라면 결코 이렇게 감쪽같이 이곳에 숨어들 수는 없었겠지. 나는 이런 곳에 와서는 안 되는 사람이니까……."

그렇게 말하는 그녀는 이상할 정도로 기분이 저조해 보였다.

내가 망설이다가, 그녀의 한쪽 어깨에 손을 얹으려는 그때, 고개를 불쑥 든 그녀가 말했다.

"너희를 봤어."

"응?"

"너랑 윤정인이랑 김 쌍둥이 온 거……."

아.

나는 고개를 끄덕였다.

그러고 보니 그랬다. 이루다가 계단을 올라와 이곳으로 들어온 것이, 내가 세 사람을 만나고 난 다음이었으니, 그녀가 그 전에 연회장을 둘러보았다면 우리 세 사람을 보았을 확률이 높았다.

나는 문득, 왜 말 안 걸었어, 하고 말하려다가 아차 싶어 입을 다물었다. 학교에서는 어디까지나 남학생인 이루다의 여자 차림이라니, 절대로 안 될 말이지.

그녀의 대답이 돌아온 것은 그때였다.

나는 눈을 들었다.

"내가 너무 한심하더라."

"응?"

주저앉아 바닥을 내려다보다가, 가만히 고개를 비틀어 머리카락을 흘러내리도록 한 그녀가 말을 이었다.

"사람은 배운 대로 살 수밖에 없지 않느냐고, 온통 거짓으로 나를 점철하고는 그렇게 속으로 핑계를 댔어. 교실에서나, 이곳 파티장에서나 늘. 솔직히 말하자면 이곳 파티장에 들어서면서 조금 안심했어. 여기에는 나 말고도 온통 평소와는 다르게 행동하는 사람들, 그러니까 거짓되게 행동하는 사람들뿐이겠지 하면서. 그러다가 너희를 봤는데……."

그리고 괴로운 듯 얼굴을 일그러뜨린 이루다가 두 손을 들어 얼굴을 가렸다. 그녀가 중얼거렸다.

"그런데, 너희는 언제나 너희 그대로의 모습인 거야. 교실에서나 이곳에서나……."

"……."

"어차피 이런 차림이니 말을 걸 수는 없었겠지만, 설령, 내가 남자 모습을 하고 있었다고 해도 말을 걸 수는 없었을 거야."

나는 다시 한 번 중얼거렸다. 이루다…….

그러자 잠시 어깨를 움츠린 그녀가 고개를 들었다. 어느새 그녀의 눈가는 울 듯이 벌게져 있었다. 쑥스러운 듯 시선을 피한 그녀가 말을 이었다.

"나는 너희와 어울리지도 않고, 게다가 너희를 위험하게 할 사람이야. 어쩌면 유건, 그 인간 말이 맞을지도 몰라. 아니, 애초에 내가 왜 여기를 왜 왔는지 모르겠어."

그녀는 슬픈 얘기를 하고 있었다. 분명히 슬픈 얘기를 하고 있는데도 그녀는 오히려 웃고 있었다. 그렇게 말하는 제 자신이 우습다는 듯이.

나는 문득 깨달았다. 이 어설프게 웃는 얼굴로 상처를 무마해 버리려는 모습이, 이루다의 본질에 가장 가까울지도 모른다는 것을.

문득 나는, 우주인이 이루다를 이상할 정도로 따르던 것을 떠올렸다. 형이니, 어쩌니 하면서. 어쩌면 그는 이루다의 이런 점을, 그 예리한 눈으로, 가장 먼저 꿰뚫어 보았던 게 아닐까? 늘 남의 상처를 가장 먼저 알아차리는 그이니 말이다.

그리고, 상처받았거나 곤경에 처했거나 혹은, 분노했을 때 웃는 것은, 다름 아닌 주인이의 방식이었으니까. 그가 그때부터 동류를 알아보았다고 한다면…….

내가 생각하는 그때, 이루다가 불쑥 몸을 일으켰다. 자주색 원피스를 탈탈 털어 대충 정리하고는 머리 모양을 매만진 그녀가 나를 돌아보았다.

그녀는 어느새 아까와 같이, 완벽한 숙녀의 차림새를 하고 있었다. 그리고 내게로 손을 뻗은 그녀가 말했다.

"자, 잡고 일어나."

머뭇거리다가 나도 그녀의 손을 잡고 자리에서 일어났다. 맞잡은 손은 단단했다.

나는 무슨 말인가를 더 하고 싶었지만, 그녀는 어서 이 자리를 피하고 싶은 눈치였다.

웃음기 담긴 청록색 눈으로 나를 빤히 보다가, 그녀가 천천히 돌아서며 말했다.

"오늘 예쁘다, 단아."

"아."

오늘 수도 없이 들어온 말을, 이루다에게서 또 듣게 될 줄은 몰랐다.

잠시 얼굴을 붉히는 나를 빤히 보던 이루다는 평소보다

빠른 목소리로 덧붙였다.

"뭐, 네 모습 봤으니까, 이걸로 됐다고 칠래…… 진짜 전대미문의 바보짓이었지만."

그리고 그녀가 시선을 떨어트리며, 위험할 것 같아서 와 봤지만 파티장은 지나치게 안전해 보이고……, 하고 말하던 그 순간이었다. 손을 뻗은 나는 그녀의 손을 와락 붙잡았다.

그녀가 어리둥절한 듯 나를 바라보았다. 숨을 한 번 들이쉰 나는 말을 이었다.

"루다야."

"응?"

"너는 네가 왜 여기 왔는지 모르겠다고 말했지만, 나는 네가 여기 와서 좋았어."

잠시 침묵이 흘렀다. 당황해서 눈만 깜빡이던 그녀가 이윽고 되물었다.

"응?"

"나는 네가 여기 와서 정말 좋았다니까."

그러자 그녀가 또다시 쓰게 웃었다. 내 손을 천천히 떼어 내며 그녀가 말을 이었다.

"아니, 좋아할 일이 아니라니까? 아까 유건 말, 못 들었어?"

그리고 짧게 한숨 쉰 그녀가 말을 이었다.

"내 정체가 들키면, 내 일에 너희가 휘말리지 않는다는 보장이 없어. 바보 같은 짓이었어. 정말로 바보 같은―"

그녀의 말을 자르고 내가 말했다.

"그래도 나는 오늘 계속 생각했단 말이야……. 너 여기 있었으면 좋겠다고."

이루다의 눈이 커졌다.

그녀의 눈을 빤히 바라보다가 나는 천천히 말을 꺼냈다. 그녀를 만나기 전부터 만난 지금까지도, 내가 생각하고 있던 것.

"애들 다 있으니까 너 계속 생각나더라. 그런데 지금 너 봐서 정말 좋아."

"……."

"아마 다른 애들도 좋아할 거야."

그리고 그녀를 훑어보는 시늉을 한 내가, 음, 윤정인은 좀 다른 의미로 좋아할지도 모르겠다, 하고 덧붙이자 잠시 눈썹을 찡그린 이루다가 이윽고 피식 웃었다.

손을 뻗어 내 볼을 가볍게 꼬집은 그녀가 말했다.

"마지막 말은 안 하는 게 나을 뻔했어."

"응, 나도 알아."

"알면서 왜 해?"

그러면서 내 볼을 가볍게 흔들었다가 놓은 그녀가 중얼거렸다. 그녀는 한결 맥이 빠진 듯한 모습이었다.

"그러고 보면, 너, 용케 유건 앞에서 당당하게 말했네.

나랑 계속 친구 하겠다고."

"응?"

"그 인간 엄청 무서워서 눈앞에서 대놓고 거절하고 그러는 사람 잘 없거든."

그렇게 말하며 천천히 고개를 흔든 이루다가 말을 이었다.

"아까 봤지? 그 인간 얼굴은 단정하기 짝이 없어서는 눈빛은 살얼음판인 거."

아.

그제야 나는 천천히 고개를 끄덕였다.

맞아, 진짜 무서웠다. 특히 이루다와 유건이 대화하는 모습을 보았기에 더욱더.

눈썹을 조금 찡그리며 이루다가 말을 이었다.

"그냥 알겠다고 대답해도 됐는데. 그 인간 뒤끝이 은근히 길어서……"

이어지는 말을 듣고 있던 나는 가만히 고개를 흔들었다. 물론 나도 그 생각을 하지 않은 것은 아니었다. 사실 이제야 말하는 거지만, 유건, 진짜 무서웠다고. 그가 웃으며 비밀을 털어놓으라고 하면 없던 비밀도 만들어서 털어놓게 될 것만 같았다.

그러니 이루다의 말도 분명 일리가 있다. 그것은 좋은 처세술이었다.

그건 그렇지만. 어설프게 웃은 나는 대답했다.

"그건 그런데, 그…… 그건 그때 말해야 할 것 같았어."

눈을 깜빡인 이루다가 고개를 기울였다.

"응?"

나는 자그맣게 말을 이었다.

"어떤 말들은, 그 말 자체보다도 말하는 순간이 중요할 지도 모른다는 생각을 이제야 했어."

그러면서 나는 자그마한 목소리로 덧붙였다. 특히 오늘, 자주. 우리는 삶의 단 한 순간으로 평생을 버티기도 하니까.

나는 말을 이었다.

"내가 너라면, 만약 그때, 그렇게 말했으면 상처받았을 것 같아서. 아무리 그냥 겁먹어서 둘러댄 거라는 거, 알기 는 알아도."

"……."

"그래서 그냥 솔직하게 말한 거야……."

말하고 보니 조금 이상해 보이는 것도 같았다. 꼭, 사랑 은 타이밍이라든가 뭐라든가, 그런 노래에 나오는 노래 가 사인 것 같았다.

잠시 손을 꼼지락거리던 나는 고개를 들었다. 머뭇거리 다가 몇 마디 덧붙이려는 것도 잠시, 나는 마주친 이루다 의 눈가가 잔뜩 붉어져 있는 것에 당황했다.

발그레해진 눈으로 나를 올려다보는 이루다는 심장이 떨 어지게 예뻤다. 심장이 쿵 떨어졌다.

그러다가 황급히 도리질 친 나는 가까스로 마음을 다잡았다. 안 돼, 애는 나와 같은 여자애라고.

심지어 지금은 여자애 차림이기까지 하잖아. 대체 심장이 떨어지기는 왜 떨어지는 거야.

그때였다. 이루다의 입술이 달싹였다.

"너, 왜, 대답 안 해 줘?"

흘러나오는 목소리는 잔뜩 잠겨 있었다.

"응?"

내가 묻자, 시선을 천천히 떨구며 이루다가 말을 이었다. 세상에, 내리깔린 속눈썹조차 예뻤다.

"그때……. 수련회에서, 내가 네 볼에 키스했을 때."

"아."

"왜 대답 안 해 줘?"

그리고 내 소매를 붙잡아 오며, 그녀가 잔뜩 잠긴 목소리로 말을 이었다.

"네가, 말 않길래, 나는, 네가 날 싫어하는 줄 알고…… 그런데 이제 와서 이런 말을 하면 어떡해."

"응?"

"치사하잖아."

거기까지 말하고 고개를 푹 떨군 그녀가 중얼거렸다.

"치사해, 너무."

눈을 굴리던 나는 그녀에게로 고개를 숙였다.

그녀가 고개를 들고 내게로 얼굴을 가까이 붙인 것이 그 때였다.

순식간에 이루다의 얼굴을 코앞에서 바라보게 된 나는 숨을 들이켰다. 그리고 그녀가 눈을 깜빡이다가는, 마침내 결심한 듯한 표정으로 무엇인가 말하려는 바로 그때였다.

요란한 벨소리가 우리 사이로 파고들었다.

"아악!"

이상하게도 나보다 놀란 것은 이루다였다.

그녀는 꼭, 찬송가를 들은 뱀파이어처럼 파르르 경기를 일으키더니 내게서 후다닥 떨어져 나갔다. 그러고는 쿵쾅 거리는 심장께를 부여잡았다.

그녀를 빤히 보던 나는 조용히 휴대전화 폴더를 열었다.

"어, 여보세요?"

[어디냐?]

아아, 은지호였다.

왜 안 부르나 했네. 뒷머리를 긁적인 내가 대답했다. 여기, 음, 여기……

"복도……"

[아, 너 또 길 잃었지?]

그가 너무 당연한 듯 물어 오는 바람에 나는 가만히 인상을 썼다.

아닌데, 길 안 잃었는데……

그러다가 주변을 둘러본 나는 대답했다.

"응."

하하, 또 어디인지 모르겠네.

흐뭇하게 웃은 나는 은지호의 대답을 기다렸다.

[그래, 그럴 줄 알았다. 방 명패는 보여? 거기 어디야?]

"응, 잠시만."

주변을 둘러보려던 나는, 이루다가 손짓하는 것을 보고는 휴대전화를 내려놓았다.

그녀가 속삭였다.

"내가 데려다줄게."

"아, 응."

고개를 끄덕인 나는 말을 이었다.

"아, 아니다, 갈 수 있겠다. 내가 알아서 갈게."

[응?]

미심쩍다는 투로 대꾸한 은지호가 잠시 후 말을 이었다. 그래, 뭐…….

[별로 믿어지지는 않지만 알았다. 또 모르겠으면 헤매지 말고 전화하고. 아니면 사람들한테 물어봐.]

"네네, 이따 봐."

그렇게 말하고 전화를 끊은 나는 잠시 입을 삐죽였다.

믿음이 가지는 않는다니, 뭐, 나도 그렇기는 하지만.

그리고 고개를 들어 앞을 바라본 내가 씩 웃자, 이루다도 따라서 웃었다. 그리고 그녀는 내게 손짓하며 뒤돌아 걷기 시작했다.

* * *

"엥? 나 때문에 온 거라고?"

그에 거침없이 고개를 끄덕인 이루다가 입을 열었다. 그러면서 그녀는 조금 짓궂은 표정으로 내 이마를 밀었다.

"네, 그렇다니까요, 아가씨. 도대체 무슨 짓을 하고 다녔길래 이상한 사람이 꼬인 거야?"

그러면서 그녀는 도서관에서 나를 봤다는 이야기, 내가 받지 않은 음료수 캔에 대한 얘기를 했다.

혹시 누구 잘못 본 거 아니냐고 내가 물었더니, 묘한 표정을 한 이루다가 대답했다.

"은지호랑 유천영을 잘못 볼 수 있을 것 같아?"

"아."

"그리고 그놈들 반응이 워낙 가관이었어야지."

아. 나는 그에, 내게 음료수를 내밀었던 남자에게 두 사람이 동시에 내놓았던 반응을 떠올렸다.

참, 타이밍도 안 맞지……

둘이 동시에 내 남자 친구라고 선언하다니, 누가 보면 막장 드라마 여주인공인 줄 알겠네.

내가 허공을 보며 아련한 표정을 짓고 있으려니, 이루다가 중얼거렸다.

"나도 거기 있었는데."

내가 대답했다.

"응, 아까 있었다며."

그러자 이루다는 아니라는 듯 인상을 쓰며 고개를 내저었다. 그러더니 문득 고개를 든 그녀가 말을 이었다.

"아, 아무튼, 그래서 네 곁에 무슨 이상한 일이 일어난다 싶었던 거야. 그래서 일부러 이런 차림까지 하면서 와 본 거고."

"응? 누굴 만나러 온 게 아니라 그럼……."

"이런 차림을 하고 내가 누굴 만나? 원래는 네 눈에도 띄지 않을 생각이었어."

그렇게 말한 이루다는 문득 우울한 표정을 지으며 고개를 내젓더니 중얼거렸다.

"아, 젠장, 망해도 단단히 망했지."

"아, 미, 미안……."

정말로 이건, 알아봐서 미안하다고 말해야 하는 타이밍인 걸까? 나는 묘한 얼굴을 하며 그녀의 마른 등을 토닥였다.

그러고 보니 문득 기분이 조금 나아졌다. 그녀의 옆얼굴을 바라보며 나는 빙그레 웃었다.

역시, 그 자리에서 유건에게 이루다랑 친구 안 한다고 했으면 정말 미안할 뻔했어. 이렇게 멋진 친구인데. 날 위해서 이렇게까지 해 주다니…….

나는 솔직히 말해서 그녀가 소설상의 중요한 일 때문에 이곳에 온 것인 줄 알았는데 말이다. 내가 흐뭇한 표정을 짓고 있자니 문득 내 얼굴을 바라본 이루다가 어이없다는 듯 중얼거렸다.

"웃지만 말고 경각심 좀 가져, 단아. 내가 오죽하면 여기까지 왔겠어?"

그렇게 말한 그녀가 인상을 쓰며 덧붙였다.

"여기, 이제니 앞마당인데 말이야."

나는 눈을 크게 떴다.

이제니가 한울 그룹과 모종의 관련이 있는 건가? 내가 그것에 대해 물어보려 할 때, 이루다가 먼저 입을 여는 바람에 나는 입을 다물었다.

그녀는 주저하는 듯 시선을 여기저기 옮기다가는 입을 열었다.

"아, 있잖아. 너 혹시 오늘 최……."

"응?"

내가 고개를 들며 되물은 바로 그때였다.

말을 멈춘 이루다가 갑자기 우뚝 멈춰 서더니 내 팔을 잡아끌었다. 응?

눈을 크게 뜨는 나를 벽에 붙어 서게 한 이루다가, 따라서 벽에 붙고는 모서리 건너편을 힐긋 보았다.

우리의 목적지였던 109호. 그 앞에서 익숙한 두 사람이 얘기를 나누고 있었다.

하나는 은지호, 다른 하나는 방금 우리와 헤어진 유건이었다. 예상치 못한 조합에 당황하는 것도 잠시였다. 하기는, 집안끼리 익히 알고 지내 온 사이일 테니, 은지호가 오랜만에 귀국한 유천영의 형과 얘기를 주고받는 것은 전혀 이상한 일이 아니다.

유건을 물끄러미 바라보며 나는 생각했다. 겉으로 보기에는 정말 조용하고, 단정한 인상인데 말이야.

그리고 방금 이루다를 거침없이 몰아붙이던 그의 모습을 떠올린 나는 어깨를 조금 떨었다. 티 나는 강함보다, 티 나지 않는 강함이 더 무섭다는 것을 나는 이제야 알겠다.

그래도 다행인 것은, 은지호와 유건은 퍽 평온한 대화를 나누고 있는 것 같다는 사실이었다.

"……초등학교 때가 애들이 휙휙 달라질 시기기는 하지만, 오랜만에 돌아와서 많이 놀랐어. 다들 생각 이상으로 많이 달라진 것 같아서."

그렇게 말하던 유건의 시선이 은지호를 느릿하게 훑었다. 유건이 여전히 느긋한 투로 말한 바로 그때였다.

"너도 많이 변했구나."

나는 은지호가 긴장한 듯 턱을 당기는 것을 보았다. 그의 뻣뻣하게 치켜든 뒷목, 경직된 어깨가 그제야 눈에 들어왔다.

세상에. 나는 이제 무서운 것을 넘어서 감탄이 나올 지경이었다. 이루다에 이어 저 은지호마저도 유건을 두려워하다니.

이어, 픽 웃어 보인 유건이 은지호의 어깨를 툭 치고는 말을 이었다. 그리고 나는 경악할 수밖에 없었다.

"나를 쫓아오겠다더니, 안 본 새에 더 멀어진 느낌인데. 이제 다 포기한 거야?"

고개를 조금 숙이고 그답지 않게 표정 없는 얼굴로 바닥만을 노려보는 은지호의 모습에서, 나는 이제껏 한 번도 보지 못한 것을 읽었다.

열등감이었다.

자부심, 타고난 재능, 빛나는 성과 아래 감춰진, 자기 자신에 대한 가혹한 채찍질.

그런 은지호가 열등감을 느끼고, 쫓아야 할 대상으로 여기는 사람이…… 다름 아닌 유건이라니.

은지호는 한동안 목이 졸린 사람처럼 희게 질린 얼굴로 굳어져서 말이 없었다. 유건의 말투는 내내 나긋나긋한데도 그랬다.

그리고 유건이 은지호의 어깨를 툭 치며 말하는 그때였다.

"그럼 또 보자."

은지호가 입을 연 것은 그때였다.

"……저기, 건이 형."

"응?"

대꾸하는 유건의 목소리는 아까 혹독하게 몰아붙이던 사람답지 않게 나직하고 부드러웠다. 입술을 질근 깨문 은지호가 대답했다.

"저, 최근에 이해가 안 가던 얘기가 있어서요. 질문 좀 해도 됩니까."

"응, 물어봐. 뭔데?"

유건이 유하게 웃는 낯으로 물었다. 잠시 소리 없이 달싹이던 은지호의 입술이 열렸다. 그의 목소리는 고요한 복도에 반사되어 이쪽까지 메아리쳤다.

"그러니까…… 한 사람이 있어요. 자기 자신에게 무척 엄격하게 살아온 사람이."

뜸을 들이다가 얘기를 꺼내는 것은, 확실히 은지호답지 않은 화법이었다. 같은 생각을 했는지, 은지호의 얼굴을 바라보는 유건의 눈이 묘한 빛으로 물들어 있었다.

조금 묘하게 웃은 그가 되물었다.

"그래서?"

은지호가 말을 이었다. 여전히 목소리는 젖은 바위처럼 푹 가라앉아 있었다.

"그 사람은 언제나 미래를 생각하면서 살아왔어요. 보다 더 나은 미래를 위해서라면 현재의 고통을 얼마든지 견뎌

낼 수 있는 그런 사람이에요."

"흐음."

"현재의 고통 따위는 그에게 별로 중요한 것도 아니에
요. 순간의 욕심으로 전체의 그림을 어그러트리는 거, 그
에게는 상상도 못 할 일이에요. 선택의 순간이 찾아올 때,
그는 언제나 현재의 욕망 대신에 더 나은 미래를 택해야만
했어요."

"그래서?"

"그리고, 그 사람이 그 아들에게 똑같은 것을 가르쳤다
고 해 봐요."

은지호가 그렇게 말했을 때에야, 나는 그것이 무엇에 대
한 이야기인지를 알아차렸다.

바로 은한수 회장과 은지호, 그 둘에 대한 이야기였다.

유건의 낯빛은 더욱 묘해졌다. 느른하게 기대선 그가 대
답했다.

"그래. 그 사람은 그 아들에게 똑같은 것을 가르쳤어. 그
래서?"

"그 아들은 그 사람을 세상에서 가장 존경해요. 당연히
한 치의 의심도 없이 그대로 따랐어요. 왜냐하면, 그가 내
내 닮고 싶어 한 바로 그 사람의 말이니까."

"그래."

"그런데 어느 날 그가 갑자기 말하는 거예요. 순간을 소

중히 하라고. 어느 날, 갑자기. 그런 말 지금까지 한 번도 해 본 적도 없으면서."

흐음.

유건은 다만 고개를 비틀며 그렇게 말했다. 그 가운데, 은지호가 주먹을 꽉 쥐었다. 복도의 불빛 아래, 은지호의 낯빛이 새하얗게 질리는 것을 본 나는 가만히 숨을 죽였다.

일그러진 얼굴로 바닥을 잠자코 내려다보던 은지호가 조용히 입술을 떼었다.

"건이 형, 저는 지금까지, 하나…… 정말, 단 하나 갖고 싶었던 게 있어요."

유건은 대답하지 않았다. 그는 새로운 샘플을 대하는 과학자처럼, 그런 은지호의 모습을 생경한 듯 바라보고 있을 뿐이었다.

숨을 내쉰 은지호가 말을 이었다.

"저는 한 번도 순간의 욕심으로 손 내밀어 본적이 없어요. 단 한 번도. 그런데…… 순간의 욕심일 뿐이라고, 지나갈 거라고, 다른 모든 순간처럼 그렇게. 그렇게 되뇌고, 또 되뇌었는데…… 그래도 사라지지 않는 게 있어요."

단 하나. 그가 끓어오른 목소리로 덧붙였다.

가라앉은 눈으로 바닥을 내려다보던 은지호가 말을 이었다.

"이 순간을 바쳐서 단 하나만 얻는다면 앞으로 모두 걸어도 괜찮다고 생각한 게 단 하나 있는데……."

"응."

"미친 짓인가요?"

은지호가 고개를 들었다. 그의 목소리는 전에 없이 혼란스러워 보였다. 유건을 마주 본 그가 창백하게 질린 얼굴로 웃었다. 그가 반복했다.

"미친 짓일까요? 제가 그걸, 원한다면."

무거운 침묵이 흘렀다. 숨소리조차 들릴 것 같은 침묵이었다. 나는 어느새 옆에 선 이루다의 존재마저 잊고 있었다.

문득 옆을 돌아본 나는 은지호를 바라보는 이루다의 눈이 조금의 빈정거리는 기미도 없이, 다만 일말의 동정이 깃든 것을 보았다. 그것은 또한 같은 처지의 사람에게 보내는 공감의 시선이기도 했다.

침묵 속에서 우리는 유건의 대답을 기다렸다.

그리고 마침내 유건의 목소리가 울리는 순간, 나는 조용히 참았던 숨을 터트렸다.

"지금까지 한 번도 뭘 선택해 본 적이 없는 네가, 처음 선택을 한다고 칠 때."

그리고 한 박자 쉰 유건은 말을 이었다.

"그 선택이 네 삶을 어떻게 바꿔 놓을지, 그 결정이 초래한 무질서에 대해서, 네가 정말 감당할 수 있을 것 같으니? 지금까지 아버지가 닦아 놓은 길만 그대로 밟아 가던 네가?"

유건의 마지막 말이 허공에 맺혔다.

"살던 대로 살아. 지호야. 그게 내 대답이야."

듣고 있던 나조차도 숨이 턱 막히는 듯한 대답이었다. 이루다가 옆에서 창백한 얼굴로 괴로운 듯 숨을 몰아쉬었다.

보는 사람이 다 아플 정도로 창백한 얼굴이기는 은지호도 마찬가지였다. 그러나 은지호는 늘 그렇듯 익숙하게 동요를 감추었다.

잠깐 눈을 질끈 감았다가, 뜬 것만으로 그는 평소의 얼굴로 돌아왔다. 그가 차분한 목소리로 대답했다.

"조언, 감사합니다."

"그래."

나긋하게 대꾸한 유건이 웃으며 말을 이었다.

"지호, 네게는 기대가 커."

은지호는 대답하는 대신, 묵묵히 바닥을 내려다보고 있을 뿐이었다. 그리고 그들은 인사를 나누었다. 짧은 대담이 드디어 끝이 난 모양이었다.

나는 벽에서 손을 떼며 찬찬히 한숨을 내쉬었다. 유건과 이야기를 마친 은지호는 방 안으로 들어가지 않고 문 앞에 기대어 서 있었다.

문득 유건이 이쪽으로 오려나 싶어, 그를 바라보니 그는 다행히도 복도 반대편으로 멀어지고 있었다. 안도의 한숨을 내쉰 나는 옆을 보았다.

이루다는 뜻밖에도 무척 진지한 얼굴로 은지호를 바라보고 있었다. 그녀의 눈은 무언가 안쓰러운 동물을 바라보듯 그렇게 은지호를 보고 있었다.

이루다는 은한수 회장과 은지호의 일을 잘 알지 못할 텐데. 그런데도 저런 얼굴을 하고 있는 것을 보면, 그녀도 은지호의 얘기에서 무슨 공감 가는 바가 있는 걸까?

하기는, 그녀도 어쨌든 자유를 찾아 부모님에게서 도망쳐 온 입장이었으니 말이다. 그런 그녀의 입장에서는 자신과 전혀 다른 길로 가는 은지호의 행보가 보기에 안쓰러울 수도 있다.

그건 그거고, 나는 속으로만 한숨을 내쉬었다.

방금 그 대화를 통해 나는 알 수 있었다. 만약에 순간과 미래를 고를 수 있다고 할 때, 그 갈림길에서 은지호는 또 한 번 미래를 선택하고 말았다는 것을.

그리고 방금 은지호의 단단한 이성을 둘러친 성벽이 지금 또 하나 세워지는 것만 같은 기분이 들었다.

거기까지 생각한 그때, 루다가 나를 돌아보았다. 그녀는 눈이 마주치자마자 왜인지 당황한 표정부터 지었다.

어라? 왜 그러지? 나는 손을 들어 뺨을 천천히 쓸어 보았다.

루다가 입술을 달싹이다가, 휴대전화를 꺼내어 급하게 두드리기에 나는 멀뚱히 기다렸다. 그러고 있으려니 그녀가 휴대전화 화면을 내 코앞으로 척 내밀었다.

수신인 : 함단이
너 왜 표정이 그래?

나는 입을 열었다가 다물었다가, 그냥 말없이 고개를 내저었다. 데려다줘서 고맙다고 말해야 하는데, 생각하면서도 입이 잘 떨어지지 않았다.

은지호가 문득 고개를 들어 이쪽을 바라본 것은 그때였다.

헉, 나는 어깨를 움츠렸다. 오는 건가?

그러기가 무섭게 그가 걸음을 옮겨 이리로 다가오기 시작했다.

잠시 당황해 있던 이루다는 빠르게 내 손을 놓고는 돌아섰다. 돌아서며 그녀가 말했다.

"잘 가요. 다시는 길 잃지 말고."

세상에, 방금까지 우울해 있던 것도 잊고, 복도의 환한 공기를 가르고 나지막이 떨어지는 낭랑한 미성에 나는 입을 벌렸다.

여자 목소리를 낼 수 있다던 이루다의 말은 진짜였다.

그녀의 목소리는 심지어 반여령과 맞먹게 예뻤다. 그야, 평소에 내는 목소리 쪽이 가짜인 거겠지만.

벌어진 입을 한동안 다물지 못하고 있던 나는 문득 정신을 차리고는 그제야 대답했다.

"아, 네, 가, 감사합니다."

이렇게 대답하는 게 맞겠지? 그러자 잘했다는 듯, 푸른 눈을 휘며 웃은 그녀가 몹시 우아한 투로 대답했다.

"별말씀을요."

그리고 그녀는 뒤돌아 복도 저편으로 가로질러 걷기 시작했다.

모퉁이를 불쑥 돌아온 은지호가 내 앞에 나타난 것은 그 직후였다. 그는 눈을 크게 뜨고는 나와 멀어져 가는 이루다의 날씬한 뒤태를 번갈아 보더니 씩 웃었다.

그가 말했다.

"오, 잘 찾아왔네. 도움은 좀 받은 것 같지만, 모르는 사람한테 길도 물어보고."

그러면서 그가 손을 뻗어 으레 하듯 내 머리칼을 쓰다듬으려 했다. 잘했어, 잘했어, 하면서.

나는 그런 그를 물끄러미 올려다보다가는, 뒤로 한 발자국 물러나며 그의 손을 휙 피했다. 은지호가 조금 떨떠름한 얼굴로 나를 응시했다.

그의 그 태도에서 느꼈다. 뭔지는 몰라도, 아무튼 열두 시는 지났다. 그리고 그가 정했던 그의 자칭 '생일'은 끝났다.

하루 동안 하자는 대로 해 줬으니, 나도 이제는 내 기분대로 좀 해도 되겠지.

왜인지는 모르겠지만, 아니, 사실은 알 것 같지만, 갑자기 기분이 푹 꺼지는 듯했다. 나는 아직도 가만히 선 은지호를 피해 종종걸음으로 방으로 가면서 말했다.

"나 이제 슬슬 가 볼게."

"아, 그럴래? 오늘 고마웠다."

그렇게 대답하는 은지호의 태도에서 어제, 아니, 유건과 대화할 때까지만 해도 남아 있던 혼란의 잔재는 조금도 찾아볼 수 없었다.

나는 비로소 은지호의 오늘 내내 불안해 하던 듯 보이던 그 불안정한 태도가, 그의 진실 된 마음에서 비롯된 것이라는 것을 깨달았다.

어쩌면 그는 오늘 하루 그가 하고 싶은 대로 한 것이다. 미래를 생각하지 않고 하고 싶은 대로.

문득 걸음을 멈춘 나는 복도 가운데 멈춰 선 은지호를 빤히 보았다. 은색 머리칼이 조명 아래서 별처럼 빛났다.

눈이 마주치자 고개를 기울인 그가, 왜 그러는데? 하며 산뜻한 목소리로 물어 왔다. 나는 그런 그를 뚱한 얼굴로 바라보다가는 고개를 돌렸다.

"아니, 아무것도……."

넌 그게 되는구나. 나는 중얼거렸다.

나는 미래를 생각하면, 너희와 더는 가까이 지내서는 안 되는데. 그건 내가 몇 년이 지나도 이 세계에 남아 있는다는, 근거도 없는 희망에 기반한 것인데.

　몇 년 뒤 내 곁에는 아무것도 남지 않을지도 모른다. 나는 그것을 알고도 미련이 남아서.

　네가 소중해서.

　그런데 은지호 너는, 그게 쉽게 되는구나. 잠시 망설이다가도 유건의 조언 하나로 조금의 주저도 없이 미련을 끊어 내는 게, 그게 너는 되는구나.

　그게 바로 너와 나의 차이겠지.

　갑자기 조금 울컥하는 기분이었다.

　은지호가 그런 내 표정을 눈치챈 듯, 야, 왜 그래? 하는 것도 무시하고 돌아선 나는 문고리를 잡고 덜컹거렸다.

　생각해 보니 우리는 들어올 때 카드를 하나밖에 받지 않았고, 그것은 은지호에게 있으니 문을 열 수 있을 리 없었다.

　그런데도 나는 문을 열고 싶었다. 지금 은지호와 마주 보지 않을 수 있다면 차라리 그냥 이곳을 나가고 싶었다.

　은지호가 뒤에서 내 어깨에 조심스레 손을 얹어 오는 것도 무시하고 문을 두어 번 두드리는데, 갑자기 문이 벌컥 열리며 반여령의 얼굴이 쏟아지듯 시야에 나타났다. 그 순간 나는 반여령이 그렇게 예뻐 보일 수가 없었다.

　반여령이 내 표정을 보더니 놀라서 물었다.

　"단아, 왜 그래? 무슨 일 있었어, 밖에서?"

　"아, 아니. 너무 졸려서."

어색하게 웃은 내가 말을 이었다.

"우리, 이제 가자."

반여령의 뒤에서 소파에 앉아 있던 유천영이나 침대에 누워 있던 주인이 차례로 내 쪽을 바라보았다.

마지막으로 은형이가 눈을 크게 뜨면서, 왜 그래? 무슨 일이야? 하고 묻기가 무섭게, 내게 고개를 끄덕인 반여령이 뒤를 돌아보더니 말했다.

"우리 갈게."

"응?"

조금 당황한 듯 그렇게 물었던 은형이가, 반여령의 어깨 너머로 내 얼굴을 내다보고는 침묵했다.

한편 조용해지기는 우주인도 마찬가지였다. 나와 눈이 마주치자 그는, 조용히 휴대전화를 들어 보이더니 흔들었다. 연락해, 그의 입모양을 어렵지 않게 알아들은 나는 고개를 미미하게 끄덕였다. 그렇다고 해도 연락하게 되는 것이 오늘은 아닐 것 같았다.

지금의 내 울적함은 비단 은지호에게서만 비롯된 건 아니었다. 세계가 바뀌었을 때 내가 잃어버리는 것은 은지호뿐만이 아니니까.

은지호가 마침내 나를 뒤돌려 세웠다. 방금까지의 산뜻하던 얼굴은 어디로 가고, 그는 갑자기 조금 굳어진 낯을 하고 있었다. 아마 그는 내가 화장실에서 마주친 누군가에게 욕이라도 듣고 왔다고 생각하는 것 같았다.

그가 물었다.

"무슨 일인데?"

"아무 일 없었어. 그냥 피곤해서 이런다니까."

그러자 기가 막힌다는 표정을 지은 은지호가 입을 열었다.

"야, 넌 그게 피곤한 표정……."

뒤에서 불쑥 뻗어 온 손 하나가 내 어깨에 얹힌 것은 그 때였다. 나는 뒤를 돌아보았다.

키가 커서, 내게로 오던 불빛이 거의 가려져 있었다.

나는 입을 열었다.

"유천영."

"로비까지 데려다줄게."

헝클어진 머리칼을 정돈하지도 않은 그가, 새파란 눈으로 은지호를 힐긋 보더니 말했다.

"그냥 나만 다녀올게. 있어."

"……그래."

눈썹 끝을 조금 구긴 은지호가 그렇게 대답하고는 신발을 벗고 방으로 들어갔다. 그러다 말고 그는 문득 검은 눈을 들어 내게로 시선을 던졌다.

그는 내가 이러는 원인이 스스로에게 있을지도 모른다는 것을 이제야 생각하기 시작한 것 같았다.

그리고 그는 추측을 시작하겠지. 하지만 설령 그가, 유건과 그가 나눈 대화를 내가 들었다는 사실을 눈치챘다고 해도 그는 내가 뭣 때문에 이러는 것인지를 알 수 없을 것이다.

나는 그게 다행이라고 여겼다.

그러나 말이 없는 유천영, 그와 같이 말이 없는 반여령을 따라 복도를 지나고, 계단을 내려가는 그 무렵이 되어 나는 생각을 바꾸고 말았다.

내가 한 손을 들어 이마에 대자, 옆에서 반여령이 내 어깨를 다정히 안으며 말했다.

"단아, 왜 그래? 말해 봐."

나는 입을 달싹이다가, 입을 다물고는, 다시 걸음을 옮겼다. 나는 속으로만 생각했다.

아무도 이해하지 못할 고민을 품고 있는 것은 아무도 눈치챌 일 없어서 좋다기보다는 역시 비참한 쪽이 아닌가 하고.

은지호에게, 다른 애들에게도 이해받지 못한다. 나는 그 명제가 진저리 나도록 슬펐다.

내가 입을 열지 않자, 유천영도, 반여령도 끝내 말이 없었다. 그런 우리 앞에서 엘리베이터 안내원은 몇 층을 눌러야 하는지 묻는 것조차 망설이는 것 같았다.

유천영이 담담한 목소리로, 로비 층이요, 하고 말하고 나서도 엘리베이터 안의 공기는 전혀 가벼워지지 않았다.

질식할 것 같은 침묵 속에 엘리베이터가 로비 층에 도착했다. 나는 걸음을 옮겨 바깥으로 나서는 우리 뒤에서, 안내원이 크게 숨을 내쉬는 것을 들었다.

바깥은 정말로 밤이었다. 새까만 어둠이 창문과 가로등 불빛이 닿지 않는 모든 부분을 촘촘하게 감싼 가운데, 초고층 빌딩들 사이로 까마득히 먼 하늘은 여전히 먼지구름 덮인 검붉은 색이었다.

유천영은 발레파킹이라고 적힌, 작은 경비실 같은 건물로 가더니 무슨 말인가를 하는 것 같았다.

이윽고 이리로 돌아온 그가 말했다.

"기다리면 차 올 거야."

그리고 그는 잠깐 눈 좀 붙였다고 그새 잠긴 목소리로 덧붙였다.

"너희 타는 거 보고 갈게."

나와 반여령은 눈이 마주치자 짠 듯이 고개를 내저었다. 반여령이 웃는 얼굴로 먼저 입을 열었다.

"너 집에서부터 계속 좀 좀비 같은 얼굴이었어. 그냥 가서 잠이나 더 자."

"내 말이."

내가 말했다. 두 사람의 의견이니 들어 줄 만도 한데, 유천영은 다만 우리 둘을 표정 없는 눈으로 물끄러미 보다가 고집스레 고개를 내저었다.

방금까지 냉방이 잘된 곳에 있어서인지, 여름밤의 공기가 유독 후덥지근하게 느껴졌다. 내가 손을 들어 목깃을 조금 늘리는 그때였다.

나를 빤히 보던 유천영이 입을 떼었다.

"함단이."

"응."

"아까 그거."

유천영이 특유의 느릿느릿한 속도로 말을 이었다.

"무슨 일이었는지, 물어보면……."

"응."

"안 돼?"

그렇게 말하는 유천영의 어조는 평소보다도 더 조심스러웠다.

아. 나는 잠시 입술을 벌렸다가, 닫았다. 말을 마친 유천영은 나를 물끄러미 내려다보았다.

그의 시선을 차분하게 받으면서, 나는 되뇌었다.

되냐고 묻지 않았다. 안 되냐고 물었다.

'응, 안 돼'라고 말하는 것이 '아니, 안 돼'라고 말하는 것보다는 훨씬 쉽다.

그 사소한 배려조차 순간 크게 와 닿다니, 대체 내 기분은 지금 얼마나 어이없을 정도로 궁지에 몰려 있는가 싶어서, 나는 괜히 웃음이 나왔다.

나는 입꼬리를 올리며 웃었다가 곧바로 표정을 일그러트렸다.

유천영의 옆에서, 반여령 또한 특유의 맑은 눈으로 나를 향해 걱정스러운 시선을 보내고 있었다. 그녀도 대답이 기다려지기는 유천영과 마찬가지인 듯했다.

그 둘을 번갈아 보다가, 나는 두 손을 들어 얼굴을 가렸다. 내 표정이 너무 형편없을 것 같아서였다.

볼이 따끔따끔할 정도로 시선이 느껴지는 가운데, 나는 떨리는 입술을 떼었다.

"아니, 그냥, 별거 아닌데. 진짜 별거 아닌데…… 그냥 오랜만에, 한동안 잊고 있던 생각이 떠올라서."

"무슨……?"

반여령이 떨리는 목소리로 되물었다. 나는 입술을 꾹 깨물었다가는 말을 이었다.

"왜 하필 세계가 바뀌는 사람이 나일까, 하는 생각."

"……."

"그냥, 또 한동안 잊고 있었는데, 갑자기……."

어색하게 웃으며 말을 잇는 것도 잠시, 나는 결국 손을 들어 내 눈두덩이를 꾹 누르고 말았다.

반여령과 유천영은 한동안 말이 없었다. 우리는 침묵 속에 한동안 서 있었다. 그 가운데, 나는 홀로 눈을 가리며 중얼거렸다.

아, 젠장. 얼른 진정하고 다시 말해야 하는데. 그렇다고 해서 너희랑 멀어질 생각은 전혀 없다고.

애초에 고등학교에 들어오면서, 이들과 함께 고등학교 생활을 하기로 하면서부터 나는 각오했었다. 이들에게 훗일 잊히는 일이 있더라도, 나만 기억하고 있게 되더라도, 그래도 나는 그들과 같이 있겠다고.

그러니까 오해하지 말라고, 괜찮다고, 너희가 날 잊어버려도 상관없으니 계속 내 곁에 있어 달라고 말해야 하는데.

다음 순간 내 입에서 툭 굴러떨어진 것은 나조차도 예상하지 못한 말이었다.

"나도, 좋아서 사라지는 건 아닌데. 나라고 좋아서, 잊혀지는 것도 아니고."

"단아."

여령이가 나직이 속삭였다. 나는 두 손을 들어, 다시 한 번 얼굴을 가리면서 말을 이었다. 내 목소리는 엉망진창으로 떨리고 있었다.

"내가 너희를 잊겠다는 것도 아니고, 잊히는 건 어차피 나인데, 너희는 내가 사라져도 아무렇지도 않을 텐데…….
내가 뭐, 기억해 달라고 한 것도 아니고, 내가 사라지면 내가 사라진 줄 알고 아파해 달라고 한 적도 없는데."

나도 네 미래에 남지 않고 싶어서 남지 않는 건 아니란 말야, 은지호.

그 말은 끝내 입 밖으로 튀어나오지 않고 입속으로 부서졌다.

난 결국 웅크려 앉아 버리고 말았다. 반여령과 유천영이 황급히 내게로 몇 걸음 다가왔다. 그들 앞에서 나는 고개를 푹 숙인 채로 무릎 위에 얼굴을 파묻었다.

물론 은지호가 나와 더 이상 친구하지 않겠다고 한 적은 없다. 그건 안다.

하지만 은지호는 분명히 더 나은 미래를 위한 선택만을 하겠다고 했으니, 그는 점점 필요 없는 것을 잘라 내고 필요한 것만을 얻어 낼 것이다. 미래에 그에게 무언가를 가져다줄 만한 것들을.

그렇다면 언젠가 조금의 흔적도 없이 사라져 버릴 나는, 그 필요 없는 것들에 영원히 속하지 않으리란 보장이 있는가?

나는 그게 너무 두려웠다.

은지호가 나와 여섯 시간을 함께해도 그 여섯 시간이 그의 기억에서 흔적도 없이 사라진다면, 그는 그 시간만큼을 인생에서 낭비하는 셈이다. 은지호를 비롯한 사대천왕과 반여령 모두가.

새삼 내가 그들에게, 미래에 무언가 한 조각이라도 남겨 주겠다 보장조차 하지 못한다는 것을 깨달았다.

그래도 나는 중얼거렸다.

"아무것도 남겨 주지 못해도, 여기 있는 만큼은 너희랑 있고 싶으면 너무 이기적인 건가?"

"단아."

반여령이 당황하다가 웅크려 앉아 나와 시선을 맞추었다.

그녀의 고운 손이 내 두 귀에 와 닿는 것이 느껴졌다. 그래도 나는 고개를 들지 않았다. 나는 여전히 이마를 무릎에 붙인 채로 가만히 있었다.

또 다른 발소리가 들린 것은 그때였다. 발소리는 느릿하게 다가와서 내 바로 앞에서 멎었다. 반여령은 그때까지도 내 양 귀를 가만히 감싸 쥐고 있었다.

머리 위로 목소리가 떨어졌다.

"누가 뭘 남겨 달래, 너한테?"

나는 대답하지 않았다. 그리고 유천영의 다음 말이 이어지는 그 순간이었다.

나도, 반여령도, 자존심 상하게도 우리는 입술 새를 비집고 나오는 웃음을 참지 못했다.

"네가 주식도 아니고……."

"프흡."

"풋."

젠장. 나는 결국, 웃음의 여파로 웅크려 앉은 자세에서 균형을 잃는 바람에 앞으로 쓰러지고 말았다.

옆에서 웃는 것도 잠시, 그런 나를 부축하며 여령이가 다급하게 말했다.

"단아, 괜찮아!?"

"아, 아니."

나는 대답했다. 괜찮지 않았다. 넘어질 뻔한 것 때문이 아니라, 순전히 내 고민에 대한 유천영의 저 어처구니없는, 하지만 너무나 그다운 반응 때문에.

갑자기 혀가 기름칠한 듯 매끄럽게 돌아가는 기분이었다. 고개를 들어, 방금 들은 주식 발언은 조금도 상상 못할 정도로 멀끔해 보이는 얼굴로 나를 내려다보고 있는 유천영을 힐긋 바라본 나는 말을 이었다.

"비유 봐, 미쳤다……."

"아까부터 네가 자꾸 뭘 남기니 뭐니 해서 그렇잖아."

뚱하니 대답한 유천영이 덧붙인 말에, 나는 다시 한 번 휘청였다. 유천영이 덧붙였다.

"첫째 형, 주식 잘하는데."

"뭐?"

"건이 형. 유건."

치마를 탈탈 털고, 반여령과 서로 부축해 가며 몸을 일으키면서 나는 생각했다. 그래, 유건, 그분 주식 잘하시는구나. 그래, 잘하실 것 같더라.

그리고 나는 이어지는 유천영의 말에 고개를 들었다.

"너랑 같이 있어서 우리한테 뭐가 남을지 남지 않을지, 그런 거 신경 쓸 필요 없어. 우리도 그걸 신경 안 쓰는데 네가 왜."

어찌 보면 매정하게 느껴지기까지 할 정도로 깔끔한 의견 정리였다.

유천영은 언제나 스스로 옳다고 믿는 부분에 있어서는 말을 더하는 일도, 빼는 일도 없이 그대로 말했다.

신경 안, 쓴다고. 잠시 입술을 붙였다가 뗀 내가 조금 수그러든 목소리로 대답했다.

"그래도, 나한테는 기억이라도 남잖아……."

유천영이 고개를 끄덕이자 나는 말을 이었다.

"그런데, 너희는 기억조차 안 남고."

"네가 원해서 그런 것도 아닌데, 왜."

유천영의 대답은 여전히 너무 건조하고 간결해서, 나는 이제 조금 멍해질 지경이었다. 어둠 속에서 호텔 불빛에 비쳐 보인 유천영의 얼굴은 여전히 얼음으로 빚은 듯 온도가 없었다.

아니, 그렇기는 한데, 딱히 내가 원한 게 아니라고는 해도……. 신음을 삼킨 내가 입을 열었다. 나는 이 일에 대해 조금 더 자세히 설명할 필요성을 느꼈다.

한 걸음 다가서서 유천영을 가까이서 바라보며, 내가 말을 이었다.

"그러니까, 무슨 얘기냐면. 너랑 내가 단둘이 보낸 시간이 뭐, 4년 동안 합쳐서…… 몰라, 몇백 시간은 되겠지."

"응."

"그 시간들이 네 인생에서 송두리째 사라지는 거야."

"……."

"아니, 그 경우에는 아무것도 안 남기는 게 아니라, 오히려 뭔가를 갖고 간다는 편이 맞겠다, 내가."

나는 씁쓸한 목소리로 덧붙였다.

"내가 잃어버리게 하는 거잖아, 네 시간을."

그리고 말을 마친 나는 눈을 힐끗 돌려 옆의 반여령을 바라보았다.

그녀는 조금 충격받은 듯 창백한 얼굴로 내 팔을 조금 더 힘주어 잡았다.

그러나 그녀는 무슨 말을 해야 할지 충분히 정리되지 않은 모양이었다. 그녀가 입술을 달싹이는 그때였다.

유천영의 물음이 날아왔다.

"그게, 왜 사라지는 건데?"

나와 반여령은 동시에 앞을 보았다.

유천영의 얼굴은 여전히 건조하고 표정이 없어서, 잠시 바라보던 나는 그가 내 말을 전혀 이해하지 못했다는 결론에 도달했다.

그렇다면 그것 참 추상적인 영역은 도무지 생각하지 않는 유천영다운 일이로군. 나는 그렇게 이해해 버리기로 하고는 고개를 내저었다.

바로 그때였다. 유천영이 다시 말을 이었다.

"기억하지 못한다고 해서, 사라지는 건 아니잖아."

"뭐?"

내가 나도 모르게 되물은 소리에, 잠시 입술을 다물었다가 도로 연 유천영이 느릿느릿 말을 이었다.

그는 손을 들어 올려 한쪽 손목에 차고 있던 시계를 매만졌다. 시계의 매끈한 유리판이 반짝 희미한 불빛을 반사해냈다.

"어차피 기억이라는 건, 그때그때 떠올릴 때마다 바뀌는 거잖아."

"……."

"예를 들면…… 예전에 내가 좋아했던 걸, 지금의 나는 싫어할 수도 있겠지."

나는 고개를 끄덕였다. 다시 한 번 시계를 매만진 유천영이 말을 이었다.

"그렇다면 내가 좋아하는 것과 함께 했던 기억은, 지금의 내가 떠올리기에는 끔찍한 기억이 될 수도 있겠지. 전혀 이해 안 되는 것일 수도 있고…… 없느니만 못한 것으로 여겨질지도 모르지."

"응."

나는 다시 고개를 끄덕였다. 그러자 눈을 들어, 내 눈을 바라본 유천영이 물었다.

"그렇다고 내가 그때 기뻐했던 게 없던 게 되는 건 아니잖아. 그때 내 감정이, 내 마음이."

"……."

"오늘 하고 싶은 걸 내일 하고 싶어지지 않을지도 모른다면, 난 그걸 오늘 해야 한다고 생각해. 그러니까……."

잠시 말을 멈춘 유천영이 느릿느릿 말을 이었다.

"난 기억이 남든 말든 그런 건 신경 안 쓰기로 정했으니까…… 너는 그냥 너 하고 싶은 대로 해. 그럼 나도 내가 하고 싶은 대로 할 테니."

눈을 내리깔며 유천영은 말을 이었다.

"네가, 내가 널 잊어버릴지도 모른다는 게 두려워서 같이 못 있겠다면, 난 너한테 어떻게 못해. 우리가 기억을 잊어버리는 건, 너나 나나, 누구도 어떻게 할 수 있는 게 아니니까."

"응."

가만히 있다가 나는 잠긴 목소리로 그렇게 대답했다.

그 새파란 눈동자로, 다소 집요하게 느껴질 정도로 길게 시선을 마주치면서, 유천영은 천천히 말을 이었다.

"그리고 만약 네가, 내가 기억을 잊어버려도 상관없다면."

숨을 고른 그가 말했다.

"난 네 곁에 있을 거야. 그게 지금 내가 하고 싶은 거니까."

그 말을 끝으로 잠시 침묵이 흘렀다. 나는 유천영을 한동안 가만히 올려다보기만 했다.

그는 내가 무슨 말을 하는지 전부 이해하고 있었구나.

그러다가 나는 고개를 내저었다. 아니.

"난 기억이 남든 말든 그런 건 신경 안 쓰기로 정했으니까……
너 하고 싶은 대로 해."

아까 분명 유천영은 그렇게 말했다.

그 말은, 어쩌면…….

나는 입술을 깨물었다. 내가 예전에, 그들이 후일 나를
잊어버릴지라도 그들과 함께 있기를 택했을 때, 그도 이미
정해 놓고 있었던 게 아닐까.

어쩌면 그도 한 번의 결심을 넘어서서 지금 이 자리에,
내 곁에 있겠다고 생각해 준 게 아닐까.

나는 유천영의 눈을 내내 마주 보고 있다가, 슬그머니 시
선을 피했다.

그 새파란 눈과 시선을 마주친 시간이 너무 길었더니 내
눈이 타 버릴 것 같은 착각마저 들었다. 그런데 내가 눈을
피하자, 유천영이 한 걸음 앞으로 다가왔다.

아니, 왜 오는 거야! 내가 뒤로 더욱 물러서는 그때였다.

옆에서 낭랑한 목소리가 파고들었다. 나는 그제야 반여
령이 곁에 있었음을 기억해 냈다.

"유천영 너……."

"응."

반여령을 바라본 유천영이 잠시 후, 대답하며 고개를 멀뚱히 기울였다.

그녀는 조금 창백한 얼굴을 하고 있었다. 내가 반여령에게, 왜 그러느냐 물으려는 바로 그때였다.

주먹을 꽉 쥔 반여령이 대답했다.

"너…… 방학 때 토론 학원 다닌 거야? 너 지금 그래서 그렇게 말 잘해?"

"……."

싸늘한 침묵이 흘렀다.

유천영은 물론이고 나조차 말없이 반여령을 잠자코 바라보는 그때, 그녀가 입술을 질끈 깨물더니 외쳤다.

"나, 나도 아르바이트 그만하고 학원 다닐 거니까, 두고 봐!"

"아, 아니, 진정해. 여령아."

"방금 유천영, 혀는 유천영 아니었잖아!"

아니, 어떻게 그런 막말을.

내가 반여령을 말리는 한편 슬쩍 옆을 바라보니, 유천영도 조금쯤 상처를 받은 눈치였다.

그가 미간에 주름을 잡았다가, 이윽고 풀면서 반여령에게 뭐라 운을 떼는 그때, 어둠을 가로질러 온 검은 차 한 대가 우리 앞에서 미끄러지듯 멈춰 섰다.

그 차를 바라본 유천영이 말했다.

"아…… 늦었네."

그러더니 그는 조금 이상하다는 듯, 눈썹을 찡그렸다가
는 곧 폈다. 그것도 잠시, 세단에서 내린 운전기사가 우리
에게 문을 열어 주었다.

잠시 시선을 교환한 반여령과 나는 차례로 걸음을 떼어
놓으며 말했다.

"유천영, 그럼 나중에 봐."

"좀 자고."

나에 이어 반여령이 덧붙인 말에 미미하게 웃은 유천영
이 고개를 끄덕였다.

반여령이 먼저 들어가고, 그다음이 나였다. 전조등이 검
은 길 위로 흰빛을 반사시켜, 눈앞이 조금 희게 번졌다.

내가 허리를 숙이려는 그때, 유천영이 갑자기 내게로 다
가왔다.

"잠깐만."

"응?"

"나, 아까 하고 싶은 대로 한다고 그랬잖아."

그랬나?

잠시 고개를 기울이던 나는 이내 고개를 끄덕였다.

그랬지. 정확히는 '너도 너 하고 싶은 대로 해, 나도 나
하고 싶은 대로 할 테니까' 정도였지만.

어찌 보면 제일 공평하다고 할 수 있겠다.

그런데 그렇게 말하는 유천영의 목소리가, 아주 조금이나마 응석을 부리듯 들렸다면 착각일까. 혹은 약속되지 않은 선물을 조르는 어린애의 말투처럼.

내가 고개를 끄덕이는 것을 본 유천영의 입술에 미미한 미소가 떠올랐다. 그리고 그가 다시 물었다.

"그럼 나 지금 하고 싶은 거, 하나 있는데."

"응."

"해도 돼?"

"어……."

내가 대답 않고, 침묵만이 길어지자, 호선을 그리던 유천영의 입술은 점차 제 모습을 찾았다. 그 가운데 반여령이 뒤에서, 단아, 안 와? 하고 물었다.

"응, 갈게."

그리고 내가 입을 열려는 그때였다.

"은지호는 오늘 생일인 걸로 쳐 줬다며."

"아, 그건."

"나는 1초면 되는데."

윽. 그렇게 말하니 할 말이 없었다.

게다가 1초라니 뭐, 나는 고개를 끄덕였다. 그러다 말고 문득 떠오르는 것이 있었다. 어두운 밤에 이렇듯 가까이서 보는 유천영의 얼굴이 익숙하다는 사실 말이다.

깨닫고 보니 유천영은 한 손은 차 문에 기대고, 다른 손으로는 내 등 뒤 어느 곳을 짚은 채, 흡사 나를 제 팔에 가두기라도 한 듯한 자세였다.

차 문 앞에서 그런 모습으로 있으니 당연히 우리 둘의 얼굴은 무척 가까이 붙어 있을 수밖에 없었다.

여령이가 넓은 차 안 깊숙한 곳에 들어가 있어, 우리의 이런 모습이 안 보이리라는 것이 다행이라면 다행일까.

그때, 차에서 다시 한 번 반여령이 부르는 소리가 났다. 내가 대답하려는 그때였다.

또 한 번 뺨에 부드러운 감촉이 스쳤다가는 사라졌다. 그야말로 순식간이었다.

그리고 고개를 획 든 나는 소리쳤다.

"야! 너 진짜 이러기야!?"

"고마워."

냉큼 그렇게 말한 그가 돌아서더니 빠른 걸음으로 멀어졌다.

나는 그런 그를 허탈하게 바라보다가는 허, 입을 벌리고 한숨을 토해 냈다.

어둠 속에 총총 사라지는 그의 뒷모습을 보다가 나는 중얼거렸다.

"그나마 이번엔, 설레느니 안 설레느니 안 물어본 걸 다행이라고 여겨야 하나……."

나는 뺨을 매만지다가는 차에 올라탔다.

반여령이 유천영과 무슨 얘기를 했기에 이렇게 오래 걸렸냐 묻는 말에, 나는 사실대로 대답했다가는 유천영을 이세상에서 다시는 볼 수 없으리라는 것을 예감하고는 적당히 둘러댔다.

그리고 나서 마침내 진이 다 빠질 대로 빠진 채로, 하루의 끝을 예감하며 창문에 이마를 기대다가 나는 문득 중얼거렸다.

아, 그리고 보니.

"나, 기분 괜찮아졌잖아?"

유천영과 있던 시간은 불과 몇 분도 안 되는데. 나는 중얼거렸다.

그리고 하나 더 희한한 사실은…… 나는 손을 들어, 이때까지도 희미한 열감이 남아 있는 듯한 뺨을 매만졌다.

"기분, 안 나쁘네……."

이상한 일이었다.

분명히 수련회 날 밤에는 대체, 이게 뭐 하는 짓이냐며 유천영을 주먹으로 한 대 때려 놓고도 분이 풀리지 않아 씩씩거렸는데. 그뿐인가, 먹은 거 토하고 난리도 아니었다.

그런데 지금은 괜찮았다. 아니, 오히려, 아무렇지도 않은가…….

나는 고개를 기울였다.

유천영이 내 뺨에 키스한 것에 대해서는 여전히 의미를

모르겠지만, 하나 확실한 것은.

어쩌면 내가 이 말도 안 되는 일에 벌써부터 적응하기 시작한 걸지도 모르겠다.

그러다 피식 웃은 나는 고개를 내젓고는 중얼거렸다.

"아니, 대체 무슨 소리야. 적응하기 시작했다니."

그렇게 말하면 꼭 다음도 있을 것 같지 않은가.

나는 그렇게 생각하고는 차창 너머를 향해 시선을 옮겼다.

* * *

파티장으로 내려온 유건은 천천히 사방을 훑어보았다. 파티는 거의 파장 분위기였다.

잠시 배회하며 아는 인물들에게 느긋하게 인사를 건넨 유건은 잠시 후 와인 잔을 들고는 야외 테라스로 향했다.

난간에 기대어 선 그가 익숙한 서울의 야경을 바라보며 와인 한 잔을 거의 비워 갈 즈음이었다.

기척도 없이 나타난 한 사람이 불쑥 다가와 섰다. 여유롭게 와인 한 잔을 입에 머금으며 옆을 바라본 그는 곧 미소 지었다.

고급 와인을 연상시키는 붉은 머리칼이 샹들리에 빛을 받아 반짝 빛났다. 벨벳 같은 부드러운 색감의 회녹색 눈동자.

유건이 웃자, 권은형도 따라서 웃었다. 마주 보고 느긋하게 웃는 두 사람의 표정은 마치 형제처럼 닮아 있었다.

권은형을 바라보며, 유건은 새삼 생각했다.

은지호를 볼 때도 그랬지만, 권은형을 볼 때도 자신의 동생이라면 사실은 이쪽이 더 잘 어울리지 않나 하고 생각하게 된다. 자신과는 조금도 닮은 게 없는 막내 유천영보다는.

권은형의 부드럽게 웃는 낯을 보면서, 유건은 권은형이 처음 자신의 집으로 들어오던 일을 생각했다.

일곱 살이던 그때부터 그는 별다른 좋은 일도 없는데 웃고 있었다. 예의 바르고 싹싹하게 굴고, 무슨 일에도 '감사합니다' 한마디를 빼먹지 않았다. 오히려 그 지나치게 싹싹한 태도가 고용인들의 반감을 샀다.

그들은 말했다.

'애가 울지도 않고.'

객관적으로 봤을 때 당시 권은형의 삶에 웃을 일이라고는 하나도 없었다. 어머니가 돌아가셨고 가족은 단숨에 생계의 위기에 내몰렸으며 낯선 사람들이 가득한 저택으로 홀로 떨어져 들어왔다.

그런데도 그는 불안한 기색 없이, 우울한 기색 하나 없이 그저 웃었다. 웃으면 아무도 그를 얕보지 않으리라고 누가 가르쳐 주기라도 한 것처럼.

도대체 저 애는 어린애가 배우지 않아야 할 것만 배워서는.

그리고 그 모습은, 또한 자신을 떠올리게 했다. 이미 어린 나이에 단지 장남이라는 이유만으로 너무 많은 것을 배워야 했던 자신과 닮아 있었다.

임시로 떠맡게 된 어린애 따위 어찌 되어도 좋았던 유건이 권은형을 그토록 살뜰하게 챙긴 것은 그러한 이유 때문이었다.

그리고 그것은 은지호에 대해서도 마찬가지였다.

그 꼬맹이는 어려서부터 아버지의 말에 도통 반항이라는 것을 하지 않았다. 저도 눈이 있으니 다른 아이들의 삶을 보았을 것이다. 자신이 요구받는 모든 것이 다른 아이들에 비해 너무 가혹하다는 것을 잘 알고 있었을 텐데도 그는 한 번의 불평불만 없이 그 일을 해냈다. 도저히 자신이 선택권이라던가, 다른 길은 생각도 못하겠다는 듯한 그 생기 없는 눈이 유건의 동정심과 짜증을 동시에 부추겼다.

그런데 오랜만에 한국에 돌아와서 본 그 둘은 부쩍 달라져 있었다.

유건은 새삼 옆에 선 권은형을 찬찬히 훑어보았다.

제게 꽂혀 있는 시선을 아는지 모르는지 눈을 내리깐 권은형이 천천히 입을 떼었다.

"건이 형, 천영이 말이에요, 파티에 나오지 않은 거 너무 뭐라고 하지는 말아 주세요. 그거 저 때문이거든요……."

고개를 돌리며 잠시 말을 쉰 권은형이 말을 이었다.

"제가 여기서 사람들한테 별로 좋은 소리는 못 듣는다는 거, 천영이가 알고 있으니까요. 아마 그것 때문일 거예요……. 천영이, 사람들 분위기 읽는 감은 타고났잖아요."

유건은 천천히 고개를 끄덕였다. 그 말에 틀린 것은 없었다.

이 파티 사람들에게 있어서 권은형의 존재는, 유천영의 들러리, 유씨 집안에 더부살이 하는 막내아들 친구 정도에 불과했다. 그러니 좋은 소리가 나오려고 해도 나올 수가 없는 것이다.

그것을 알고 있을 텐데도 권은형은 파티 자리에서 미소를 잃지 않았다. 늘 그랬다.

아니…… 유건은 권은형의 미소가 평소와는 다르다는 것을 알아차렸다.

평소에는 자신을 지키고 약한 모습을 드러내지 않기 위한 갑옷 같은 미소였다면, 지금은 한결 편안한 미소였다. 마음에 걸리는 것은 조금도 없다는 듯이.

잠깐 침묵하던 유건이 입을 열었다.

"너도 많이 변했구나. 아까 지호도 그렇더니."

"음, 네. 아마도요."

권은형은 듣는 사람이 시원해질 정도로 간단히 수긍했다. 조금 웃은 유건이 대답했다.

"마지막으로 본 지 얼마 되지도 않았는데."

"좋은 사람들을 많이 만나서요……."

대답하는 소리 끝이 흐려졌다. 녹색 눈은 어느새 조금 먼 곳을 향해 있었다.

권은형이 말을 이었다.

"사람이 사람을 만나서 변한다는 건, 신기해요."

"그래?"

"네. 분명히 싫은 자리였는데 이런 파티 같은 건."

그렇게 솔직하게 말하는 권은형의 모습도 오랜만이었다. 유건은 눈을 조금 크게 뜨며 그의 다음 말에 귀를 기울였다.

"그런데…… 누군가 한마디 말로 인해 그 생각이 완전히 바뀌어 버리게 된다는 게 참 이상해요."

유건은 눈썹 끝을 조금 가라앉혔다.

부드럽게 웃는 얼굴로 권은형은 말을 이었다.

"괴로웠던 시간은 몇 년이에요. 그 말을 듣는 데 걸린 시간은 1, 2분, 어쩌면 1분도 안 됐을지도 몰라요. 그런데……."

"그런데?"

"이 애들을 만나지 않았을 때의 나는 저렇게 괴로웠지, 하는 생각을 기억을 되살릴 때마다 해요. 그런데 그게 괴롭지가 않아요. 오히려 이제 만났으니 되었지 않느냐고. 지금이 그 세월들의 보상인 것처럼 느껴져서."

유건은 그렇게 말하는 권은형의 얼굴을 바라보았다.

이 동생을 알아 온 지 어언 10년이 가까워 간다. 충분히 알 만큼 알았다고 생각했는데, 애들의 성장이란 무섭다.

이렇듯 몇 달 안 본 새에 전혀 처음 보는 얼굴을 하고 불쑥 눈앞에 나타난다.

조금 전 은지호도 그랬다.

권은형이 말을 이었다. 건이 형, 저는, 그래서.

"처음으로 그런 생각이 들었어요……. 세상 모든 빛나고 행복한 것들이 반드시, 사라져 버리지는 않을 거라고."

"……."

"그대로 흘러가 버리고 흩어져 버리는 게 아니라 세상 어딘가에는 남아 있을 것 같다는 생각이, 처음으로 들었어요……. 정작 그 애는 저한테 괜찮아, 라든가, 그런 건 사라져 버리지 않아, 라고 말해 준 적이 없는데."

그때까지도 아이들 무리를 바라보던 유건이 불쑥 내뱉었다.

"좋은 걸 배웠구나."

권은형은 고개를 끄덕였다.

아이들은 변한다. 유건은 새삼 그 명제를 사무치게 깨달았다.

그냥 변하는 것이 아니다.

벌레가 그러하듯, 천천히, 먹는 양만큼, 살아온 날에 비례하여 몸집을 부풀리는 것이 아니라, 나비 애벌레가 그러하듯 자라다가 어느 순간 번데기가 되어 버린다.

그러고는 갑자기 눈부신 나비가 되어 나타난다.

도저히 예측할 수 없는 변화가, 삶의 어느 기점에 폭발적으로 이루어진다.

유건은 이들이 그러한 과정의 한가운데에 있음을 비로소 깨달았다.

자신에게도 이러한 시기가 없었느냐고 하면, 그렇지 않았다. 분명히 있었을 것이다. 하지만 이들처럼 격정적이지는 않았을 것이다. 자신은 한 번도, 정해진 길에서 벗어난 적이 없었으니까.

그는 늘 모범생이었고, 주어진 길 이상의 것을 바라본 적도, 상상해 본 적도 없다.

그러다 문득, 유건은 쓴웃음을 떠올렸다.

그가 중얼거렸다.

"아. 아까, 실언을 해 버렸어."

권은형이 옆에서 의아한 듯 눈을 동그랗게 뜨며 되물었다.

"네?"

"지호한테."

당황한 것은 언제냐는 듯, 느긋하게 두 손을 주머니로 찔러 넣으며 유건이 대답했다.

"지호 그 애 말이야. 오랜만에 말 좀 나눠 볼까 싶었는데 한참을 버벅거리질 않나, 말에 논리라고는 없고, 표정은 왔다갔다 제 속이 다 보이지, 대체 이게 뭔가 싶었어."

"……."

권은형은 말없이 곤란한 듯한 미소를 지었다. 그는 유건

과 은지호가 대치했을 때의 분위기를 머릿속으로나마 사실
과 가깝게 짐작한 것이 틀림없었다.

유건은 웃으며 말을 이었다.

"솔직히 좀 실망스럽더군. 그도 그럴 게, 은지호는 유일
하게 나한테 기죽지 않은 애인 동시에, 나를 언젠가 뛰어
넘겠다고 선전포고를 한 애란 말이야. 내가 그 애한테 기
대한 건 당연하지. 뭐, 동생처럼 생각하고 있었기도 해. 그
애는 나를 어떻게 생각할지 모르겠지만."

"동생, 이요……."

대답하는 권은형의 목소리에 한숨이 섞여 들어갔다. 조
금 어이없어 하는 것도 같았다.

아랑곳 않고 빙긋 웃은 유건이 말을 이었다.

"그 애가 퇴보했다고 생각했어. 날 뛰어넘기는커녕, 나
보다 한참 더 낮은 곳으로 가 버렸다고 생각했지. 그래서
더 야박하게 군 것이기도 해……. 그런데 그게 아니었다는
걸 이제야 알겠어."

"네?"

권은형의 눈이 조금 크게 뜨였다.

유건은 위를 올려다보았다.

흰 원피스 차림의 소녀와 은색 머리칼을 한 소년의 곧은
뒤태가, 머릿속에 스치듯 떠올랐다가는 사라졌다.

유건은 말을 이었다.

"저 애는 그냥, 저 애 나름의 방식으로 허물을 벗고 있었던 거구나."

"……."

"그래서였는지, 생전 처음 들어 보는 질문을 하더군. 조금 미리 알았으면 좋았을 텐데."

유건의 말을 들은 권은형은 눈을 조금 더 크게 떴다. 유건이 이렇듯 무언가를 후회해 본 것은, 또한 후회하는 것을 남들 앞에서 말한 것은 오랜만이라서였을 것이다.

유건은 말을 이었다.

"누군가 저 애를 바꿔 놓았겠지. 은형이 네가 누군가에 의해서 바뀌었듯이."

그리고 유건은 이제 그것이 누구인지 알 것만 같았다.

자신과 닮은, 그래서 정이 가고, 그래서 연민이 가던 은지호. 그를 필사적으로 달리던 길에서 간단히 내려놓은 그것이 누구인지를.

그리고 유건은 미소 지었다.

공교롭게도 그 애는 은지호와 어려서부터 함께한 우주인도, 혹은 유천영이나 권은형도, 다른 누군가도 아니었다. 귀국하기 전까지는 이름조차 들어 본 일이 없던 여자애였다.

"함단이. 그 애가 지호를 바꿔 놓은 거구나."

권은형은 눈을 크게 떴다. 그 눈을 마주하며 유건은 담담히 미소 지었다. 그가 덧붙였다.

"지호가 함단이, 그 애를 좋아하는 거지?"

"네……."

잠깐 머뭇거리던 권은형이 곧 흐릿한 미소를 띠며 대꾸했다.

"본인은 포기했다고 하지만요."

"아까 순간 어쩌고 떠들 때부터 알아봤어. 반여령이랑 지호랑 같이 있는 것도 봤는데, 그쪽은 도저히 아닌 것 같았으니."

그러고는 고개를 내저은 유건이 말을 이었다.

"그런 소리를 할 거면, 그 전에 거울이나 보고 오라지."

풋, 권은형은 웃음을 터트렸다. 방금까지의 가라앉아 있던 분위기와는 전혀 어울리지 않는, 드물게 소년 같은 웃음이었다.

유건은 미소를 띠고 그런 권은형의 웃는 모습을 지켜보다가 고개를 돌렸다.

그리고 유건은 은지호와 같이, 생각지도 못한 모습을 보여 준 또 한 사람을 생각했다.

그의 막냇동생, 유천영.

그는 난간에 팔꿈치를 올려놓고는 턱을 괴며 그 아래를 바라보았다. 권은형이 따라서 아래로 시선을 던졌다.

잠시 망설이던 유건은 다시 입을 열었다.

"은형아."

"네."

"천영이는 다른 얘기에 대해서는 대담하다가도 함단이에 대해서는 워낙 말을 안 하기에 좋아하는 거 티 내지 않고 싶어서 그러는 게 아닌가 했는데."

"네."

"아닌 거겠지?"

바깥쪽을 보고 난간에 나란히 기대어 잠시 침묵이 흘렀다. 잠시 후, 권은형의 녹색 눈이 유건을 향했다.

그가 고개를 기울이며 물었다.

"형이 보시기에는 그런 것 같나요?"

"나는 천영이가 여친 못 사귈 거라고 걱정한 적은 없어. 좋으면 좋아한다고 분명히 고백할 테니까."

잠시 생각하던 권은형은 고개를 끄덕였다. 유건은 말을 이었다.

"거절당할까 봐, 뭐 그런 걱정 자체도 안 하는 애잖아."

"네."

"그런데 전혀 그런 기색도 없어 보이고, 잘 지내는 것 같아서…… 감이 틀렸나 보다, 하고."

그의 말에 잠시 눈을 깜빡이던 권은형은 도로 앞으로 고개를 돌렸다. 호텔 아래 정원 쪽에 어른거리는 불빛을 바라보던 권은형이 나지막이 불렀다.

"건이 형."

유건이 쳐다보자, 권은형이 말을 이었다.

"형, 만약에 천영이가 얻고 싶은 게 있는데, 그게 너무 큰 벽 너머에 있으면 어떨 거 같아요?"

유건은 눈을 깜빡였다.

"큰 벽?"

"네."

"걔한테 그런 벽이 있기나 할까?"

권은형은 그의 말에 진지한 표정이던 것도 잠시, 조금 쓰게 웃고 말았다.

자신도 그렇게 생각하던 때가, 분명 한때 있었음을 권은형은 속으로나마 인정했다.

그도 예상치 못했다. 설마 그런 엄청난 비밀을 가진 친구를 사귀게 될 줄이야. 그리고 그 애를, 다름 아닌 유천영이 좋아하게 될 것이라고는.

유건의 대답이 돌아온 것은 그때였다. 권은형은 고개를 돌렸다.

유건의 옆얼굴이 밤하늘을 배경으로 흐릿한 옆선을 덧그렸다. 그의 눈은 생각에 잠긴 듯 하늘을 향한 채였다.

"글쎄……. 일단 그런 게 있다고 하면 천영이가 고백하지 않은 것도 이해는 가."

"윽."

권은형은 눈을 깜빡이다가는 이내 웃어 버렸다. 역시,

유건답게 자신이 언급을 피하고자 했던 주제를 쉽게도 파악해 냈다.

"큰 벽, 큰 벽이라…….."

홀로 입속으로 되뇌어 보던 유건이 이윽고 담담하게 말을 이었다.

"그래, 이해는 가. 왜냐하면 그 애, 일단은 우리 막냇동생이잖아."

"네? 네."

권은형은 그 말이 왜 나오는지를 알 수 없었다. 그러다가 이윽고 쓰게 웃은 그는 입속으로 중얼거렸다. 설마.

그런 그를 바라보며 빙긋 웃은 유건이 대답했다.

"어쩌면 천영이 고백하지 않는 건, 고백하지 않는 게 차라리 나을지도 모른다는 걸 알아서일지도 몰라."

"네?"

고백하지 않는 게 답이라니.

잠시 말을 멈추었던 유건은 이내 미소를 떠올렸다. 권은형은 나긋하게 이어지는 유건의 말에 귀를 기울였다.

"왜, 우리가 아는 천영이는 늘 반쯤은 직관으로 살아가고, 복잡한 생각이나 추상적인 영역에 대한 생각은 거의 하지 않는 애잖아. 하고 싶은 게 있으면 충동적으로 해 버리고 말지. 앞뒤 생각하지 않고."

"네…….."

권은형은 잠시 고민했지만 부정할 말이 하나도 없었다.

그나마 머리는 잘 돌아가는 편에, 직관으로 거의 모든 정답을 찾아 맞히는 데다가, 깊이 생각하지 않아서인지 누구를 속이는 일도 없어서 믿음이 가기도 한다는 점 정도를 장점으로 덧붙일 수는 있겠으나, 결국에는 그 또한 유천영의 직관으로 살아가는 부분을 대변하는 증거에 불과했다. 권은형은 속으로 한숨을 내쉬었다.

유건이 말을 이은 것은 그때였다.

"천영이는 어쩌면 단이 그 애를 통해 이성을 배우게 될지도 모르겠어."

"네?"

"생각해 봐. 천영이가 지금까지 누구 기분을 맞춰 주려는 시도를 해 본 적이 있었는지."

잠시 생각하던 권은형은 고개를 내저었다. 그 말대로였다. 고개를 끄덕인 유건이 말을 받았다.

"그래, 뭔가를 원한다거나 해도 사실 물질이든 사람이든 그 애가 공 들여서 얻어야 할 만한 건 없었잖아? 그런 그 애가, 누군가와의 관계를 의식적으로 바꿔 보려고 하는 건 이번이 처음 아니야?"

"아."

"어쩌면 천영이는 이번에 자기한테 필요한 게 뭔지 조금씩 깨달아 가고 있을지도 몰라."

"……."

권은형이 말이 없자, 그런 그를 힐끗 보았다가 멀리 내다본 유건이 덧붙였다. 이를테면, 아까 내가 말한 이성이라든가.

"또는 인내심이라든가, 계획성. 원하는 무엇인가를 자각하고, 끈기 있게 기다려 천천히 물길의 방향을 바꾸는 일, 결코 강제하지 않는 척하면서 원하는 방향으로 돛단배를 몰고 오는 일."

"그럼……."

난간 위에 두 팔을 겹쳐 놓고 그 위에 턱을 붙인 유건이 느긋하게 말을 이었다.

"일단 확실한 건, 우리 형제들은 뭐 하나 좋아하면, 원래 좀 끝까지 좋아해. 절대로 싫어하게 되는 일 없어."

"아, 네……."

"벽이 있건 말건 그런 건 상관없을걸. 중요한 건, 그 애가 드디어 원하는 게 생겼다면 불가능을 따져야 한다든가 하는 생각은 절대로 안 할걸. 시간이 얼마나 걸리느냐도. 그런 건 정말 신경 쓸 바조차 못 되거든."

"……."

"이번 일을 계기로 그 애가 우리 막내가 맞는지 다시 한 번 확인하게 되겠는데."

이런. 권은형은 쓰게 웃었다. 솔직히 말하자면, 유건과 유신의 막내로 보일 만한 유천영이라니, 대체 그건 어떤 사람일지 권은형은 상상도 잘 되지 않았다.

그가 걱정을 떨쳐 내려고 고개를 내젓는 그때, 주머니에서 휴대전화 벨이 울렸다.

권은형이 휴대전화를 꺼내고 유건을 흘깃 보자, 그가 전혀 신경 쓰지 말라는 뜻으로 손을 휘휘 내저었다. 권은형은 폴더를 열었다.

그때까지만 해도 그는 전화에 대해 돌아오라는 내용이겠거니, 생각하고 있었다.

그러나 전화를 받은 그를 반긴 것은, 전혀 예상치도 못한 내용이었다.

잠시 눈썹을 찡그리고 있던 그는 되물었다.

"그게 등록된 차가 아니라고? 잠깐, 무슨 소리야? 그럼 단이랑 여령이는?"

제22조. 여주인공이라면 납치는 필수 코스 아닌가요?(상)

결국 집으로 출발할 무렵에 이미 시각은 2시가 넘어 있었다.

돌아오면서 나는 이루다에게 몇 번 전화를 걸었지만, 왜인지 신호가 전혀 가지 않았다. 문자를 보내 보았지만, 이상하게도 그조차 전송이 되지 않았다.

이상하다. 나는 고개를 기울였다. 전파가 안 터지는 곳으로 왔나? 도심인데, 그럴 리 없는데.

휴대전화가 고장 난 거겠지. 대수롭지 않게 넘겨 버리기로 한 나는 고개를 돌렸다.

낮부터 아르바이트를 하느라 이미 체력이 떨어져 있었을 반여령은 내 어깨에 뺨을 기대고 곯아떨어진 지 오래였다.

차창 바깥으로 스치는 흰빛에 반여령의 얼굴이 간혹 흰

빛을 입는 것을 오래오래 바라보다가 나는 창 바깥으로 시선을 돌렸다.

등을 좌석에 기대고 앉아 반여령의 머리칼을 매만지며, 나는 오늘 새로 알게 된 사실에 대해 정리했다.

사소하게는 우리나라와 우리혼이 친척이라는 것, 둘이 우주인을 가운데 끼우고는 싸우던 모습을 떠올린 나는 그만 풋 웃고 말았다. 그리고 고개를 내저은 나는 생각을 이어나갔다. 그래, 윤정인이나, 김 쌍둥이가 모두 재벌가 자식들이었다는 것도 오늘 새로이 안 사실 중의 하나였다. 하하, 인터넷 소설에서는 스치는 인물도 재벌 2세라더니, 그 말이 맞구나. 허탈하게 웃은 나는 손가락을 차례로 접었다.

또 유천영의 형, 유건. 그는 정말 무서웠지. 그리고 은지호는 그런 그를 존경하고 있다……. 문득 그들의 대화가 떠오른 탓에 나는 가만히 인상을 쓰고 말았다.

아.

"이 순간을 바쳐서 단 하나만 얻는다면, 앞으로 모두 걸어도 괜찮다고 생각한 게 단 하나 있는데……."

"미친 짓인가요?"

"미친 짓일까요? 제가 원한다면."

나는 지그시 눈을 내리깔았다.

그들의 대화를 들었던 그때는, 은지호가 언젠가 다가올 미래에 나를 버리게 될 지도 모른다는 그 생각에 사로잡혀서, 그가 원한다는 그것에 대해서는 신경 쓸 겨를이 없었다. 그리고 유천영의 도움으로, 아니, 나는 표정을 묘하게 바꾸었다. 유천영의…… 도움 아닌 도움으로, 마음의 여유가 생기고 나서야 나는 그때 그렇게 말하던 그의 태도를 곱씹게 되었다.

유건에게 말하던 때의 그, 곧 죽는다 해도 믿을 만큼 창백하게 질려 있던 은지호의 얼굴. 주먹을 꽉 쥔 손. 떨리던 목소리. 그런 것을 가만히 되짚다가, 나는 중얼거렸다.

"……은지호한테 그런 것도 있구나."

자제력 하면 가장 먼저 떠오르는 사람은 그였다. 이성, 이라든가, 냉철함이라고 해도 가장 먼저 떠오르는 사람이 바로 그였다.

그런 그가, 그토록 바랐던 것이라니. 그것도 우리에게는 한마디 말도 해 주지 않고.

뭐, 내가 그의 모든 것을 알 권리는 당연히 없지만 말이다. 그것도, 그들의 일상에 휘말려 버렸다는 단순한 이유로는. 우리가 알아야 할 일이라면 언젠가는 말해 줄 것이다. 그렇게 생각하기로 하고 나는 다음 것으로 넘어가기로 했다.

그래, 마지막이 나의 신변에 관한 이루다의 이야기였다. 수상한 사람이 약을 탄 캔 음료를 굳이 준비해서까지 나를 노리고 있었다니, 대체 뭐지?

역시 제일 의문은 이거네. 대체 엑스트라인 나를 누가? 반여령이라면 모를까. 알 수 없는 어둠의 손길이란 인터넷 소설 여주인공에게는 늘 필수이니 말이다.

그때, 반여령이 눈을 깜빡이더니 초점이 흐릿한 눈을 움직여 나를 보았다. 언뜻 스치는 불빛에 반여령 눈 안의 동공이 우주처럼 비쳤다.

아차. 나는 그녀의 머리를 토닥이며 말했다.

"미안, 깨웠네."

그러자 눈을 천천히 깜빡인 그녀가 작게 도리질 쳤다. 발음이 흐릿한 목소리가 그녀의 입술 사이로 새어 나왔다.

"다 왔어, 우리……?"

"아니, 더 자."

그러자 반여령은 정말로 내 어깨에 도로 고개를 파묻고는 곤하게 자기 시작했다. 그런 그녀를 내려다보던 나도 곧 반여령에게 기대어 잠에 빠졌다. 너무 피곤했다.

내가 다시 눈을 뜬 것은 한 시간 무렵이 지나서였다.

조용히 눈만 뜬 내가 차 앞에 달린 시계를 확인하니, 시간은 이미 새벽 3시를 향해 달려가고 있었다. 비몽사몽간에 눈을 깜빡인 채로 나는 계산했다.

아마, 종각 근처의 호텔에서 우리 집까지가 차로 30분, 아니, 20분도 안 걸릴 텐데…….

그제야 나는 뭔가 이상하다는 것을 알았다. 화들짝 놀란 나는 사방을 훑어보았으나, 이미 차는 휘황찬란한 불빛이 번지는 거리를 지나 황량한 고속도로 위를 달리고 있었다.

어쩌지? 나는 쿵쾅거리는 심장께를 부여잡았다.

식은땀이 이마를 타고 턱 아래로, 손목 아래로 흘러내렸다. 나는 일단 반여령을 흔들어 깨우기로 했다.

반여령은 어지간히 피곤했는지, 아직도 곤히 자고 있었다. 작게 몇 번 흔들자 반여령이 눈을 몇 번 깜빡이더니 의아한 얼굴을 했다.

그녀가 잠이 덜 깬 목소리로 속삭였다.

"단아?"

침을 꼴깍 삼킨 내가 그녀에게로 얼굴을 바싹 붙였다. 최대한 백미러 쪽에는 대화하는 것처럼 보이지 않도록 신경 쓰면서, 나는 입술을 떼었다.

"여령아, 우리 지금……."

거기까지밖에 말하지 않았는데도 여령이의 눈이 커졌다. 이어 그녀가 손을 들어 내 손목을 붙들었다.

차창 너머를 바라보는 그녀의 눈이 미세하게 떨리고 있었다. 이미 우리가 어떤 상황에 처했는지는 대략 계산이 끝난 듯싶었다.

"……단아, 우리."

눈을 몇 번 깜빡인 그녀가 다시 내게로 고개를 숙였다.

그녀가 빠른 속도로 속삭였다.

"단아, 너라도 도망쳐."

상황을 이해하자마자 그녀의 입에서 튀어나온 첫 말이었다. 차 안의 정적 속에서 나는 잠자코 입술만 깨물었다.

너무 반여령다워서, 내가 예상한 것 이상으로 반여령다워서 웃음도 나오지 않았다.

내 손목을 붙든 반여령의 얼굴을 빤히 내려다보면서 나는 생각했다. 내가 언젠가 이런 상황이 올 거라고 상상하지 않은 적이 있는가?

답은 금세 흘러나왔다.

아니. 이 정도 상황쯤은 언제나 예상하고 있었다.

인터넷 소설의 여주인공인데, 납치 한 번쯤은 당해 줘야지. 아마 아까부터 내 전화도 터지지 않았던 것을 생각하면 이 상황이 전부 계획된 것이리라.

생각에 잠긴 내가 고개를 내젓자, 나를 본 반여령의 눈매가 사나워졌다.

"단아, 가."

나는 다시 고개를 내저었다.

"인질이 두 사람이어서 어쩌자는 거야. 구하러 온 사람들한테도 도움 안 돼. 내가 시간을 벌게."

나는 망연히 그렇게 말하는 반여령을 응시했다. 반여령의 눈은, 이제껏 내가 보아 온 눈빛 중에 가장 절박했다.

그녀의 눈을 빤히 마주 보다가, 나는 속으로만 중얼거렸다.

반여령, 대체 누가.

대체 어느 여주인공이 납치당할 위기에서 친구더러 먼저 가라는 소리를 해? 게다가 네가 시간을 벌겠다니.

나는 입꼬리를 파들거리다가 입술을 꾹 깨물었다.

확실히 반여령이라면 시간을 버는 것 따위야 쉽게 해낼 수 있을 것이었다.

여령이의 오빠, 반여단은 간혹 여령이가 걱정된다는 이유로 호신술 동작을 보여 주고는 했는데, 이 남매의 웃긴 점이 있다면 가르치는 쪽도, 배우는 쪽도 한 번 배운 동작은 그대로 할 수 있는 점이 당연하다고 생각한다는 것이다.

이때까지는 위기에 처할 때마다 소설답게 시기적절하게 사대천왕이 달려와 주었기 때문에, 반여령이 호신술을 써먹을 필요가 없었지만 지금은 다르다. 그리고 나는 반여령이 본신의 힘을 발휘했을 때 이루다만큼은 할 것이라고 믿어 의심치 않는다.

하지만 나는 반여령을 빤히 응시하다가 다시 한 번 고개를 내저었다.

반여령의 얼굴이 있는 대로 일그러졌다.

"왜……!"

반사적으로 소리를 터트렸던 반여령이 흡 하고 제 입을 가리고는 운전석 쪽을 보았다.

이제 보니 이 차는 외국 택시처럼 운전석과 승객석이 완전히 분리되어 있었다. 나는 파티에서 불러 준 고급 차량이니 그러려니 하고 신경 쓰지 않았던 부분이었다. 우리가 운전을 방해하지 못하게 하기 위해서임을 이제야 알겠다.

만약 할 수만 있었다면 핸들을 빼앗을 수는 있었겠지. 오락실에서 운전 게임을 해 보았으니, 브레이크와 엑셀 정도는 알 수 있다.

아무튼 이 수상하기 짝이 없는 운전기사에게 이끌려 모르는 곳으로 가느니 우리가 핸들을 탈취하는 쪽이 백배 낫다. 하지만 지금 우리는 그럴 수도 없다.

반여령이 큰 소리를 낸 자신을 책망하는 듯한 표정으로 제 입을 막았다. 짓눌릴 듯한 정적이 흐르는 차 내에서 운전사는 무표정한 얼굴로 인 이어에 대고 말했다.

"두 사람 모두 깨어났습니다. 다시 잠들 것 같지는 않습니다."

차분하게 그 말만을 한 그는 핸들을 잡고 운전을 계속했다. 차 문을 덜컹거려 봤지만, 역시나 열리지 않았다.

창백한 얼굴로 입술을 악문 반여령이 다시 이쪽을 돌아보았다.

그녀가 외치듯 물었다.

"왜? 단아, 내가 못할까 봐 그래?"

"아니, 그게 아니라."

"나, 할 수 있어! 나 얼마나 체육 잘하는지 알잖아! 나, 달리기로 은지호한테 안 질 자신도 있고……."

울먹이며 이어지던 반여령의 목소리를 뚝 끊고 나는 한숨 섞인 목소리로 말했다.

"아니, 솔직히 말하자면, 차라리 내가 남고 네가 가는 편이 낫겠어."

"절대 안 돼!"

발작하듯 외친 반여령이 돌연 고개를 푹 숙였다. 나는 흠칫하고는 그녀의 이름을 불렀다.

"여령아?"

그러자 그녀는 대답 없이, 눈물만 뚝뚝 흘리기 시작했다. 그녀의 턱 아래로 후드득 방울져 내리는 은방울 같은 눈물을 보다가, 나는 가만히 손을 내밀어 그녀의 볼을 문질러 닦았다.

울면서 그녀는 중얼거렸다.

"왜, 단아…… 제발 가."

내 탓이야, 하는 꺼질 듯한 목소리로 따라붙는 중얼거림이 유독 아프게 들렸다.

왜야, 왜, 하는 그녀의 목소리를 듣다가, 나는 그녀를 꼭 끌어안았다.

왜냐고? 왜 내가 너를 두고 갈 수 없냐고? 나는 그 질문에 소리 내어 대답할 수는 없었다. 그녀의 머리를 힘주어 끌어안은 채로, 나는 속으로만 중얼거렸다.

네가, 네가 너무나 여자주인공 같지 않아서. 그래서야.

차라리 나더러 '이제 우리 어떡하지?'라든가, '애들이 구하러 와 주겠지?' 하는 지극히 평범한 반응을 내놓았다면 내 속이 조금 더 편했을지도 모른다.

그러나 상황을 파악하자마자 그녀는 나에게, 내 도망칠 길 정도는 제가 만들 수 있다며 도망치라고 말했다.

나는 옅은 한숨을 내쉬고는 그만 웃어 버렸다.

웃음도 나오지 않는 상황인 것이 사실인데, 나는 그러지 않고는 배길 수 없었다.

이 얼마나 여 주인공 같지 않은지.

"괜찮을 거야."

나는 중얼거렸다. 그러자 내게 끌어안겨 있던 반여령이 의아한 눈으로 나를 올려다보았다.

나는 하지 못한 뒷말을 그저 삼켰다.

너는 괜찮을 거야, 여주인공이니까.

적어도 네가 살아남기 어려울 만한 행동을 하려고 하면, 내가 옆에서 그것을 말려 줄 수 있을 테니까. 내 별명이 향단이 아니겠냐, 나는 그걸 위해 있는 거라고.

나는 쓴웃음을 지었다.

다만 나를 불안하게 하는 것은 따로 있었다. 납치 이벤트가 일어났을 때, 여주인공의 친구 목숨이 보존되느냐, 그렇지 않느냐인데…….

괜히 서늘한 느낌이 들어 나는 무심코 뒷목을 쓸어내렸다.

이거 왠지 엄청 오랜만에 고민해 보는 듯한 기분인데, 그렇지, 그날 바닷가 이후로.

인소의 법칙 21조, 납치 이벤트가 일어났을 경우 친구 목숨의 행방은 두 가지인데, 첫째, 여주인공 친구의 존재 감이 공기처럼 변해서 한 줄도 언급되지 않는 경우.

흔히들 작가가 극적인 탈출 신을 쓰기 위해 여주인공의 눈물과 남주인공의 등장으로 모든 지면을 할애하는 바람에 한 번도 언급되지 않다가, 탈출하고 나서 정신 차려 보면 옆에 있는 경우.

여주인공 친구는 엔딩에서나 눈물을 글썽글썽하면서 '정말 무서웠어!' 따위의 힘든 척을 한다.

아니, 물론, 진짜로 힘들었겠지만 왠지 납치당해서는 한마디 말도 없다가 갑자기 나타나서 그러니까, 좀…… 납치 당했을 때 구석에서 팝콘이라도 먹고 있을 것 같은 생각이 드는 것은 어쩔 수가 없다.

아, 그래, 어쩌면 나도 그럴 수 있지 않을까? 아무도 나한테 신경 안 쓸지도 몰라.

나는 희망적인 생각을 해 보기로 했다.

그다음, 두 번째는…… 나는 잠시 생각에 빠졌다.

이건 좀 무서운데, 여주인공 친구가 대신 얻어맞아서 여주인공의 각성의 제물로 쓰이는 경우…….

거기까지 생각한 나는 반여령을 복잡한 눈으로 내려다보았다.

눈물 젖은 눈을 깜빡이던 여령이가 되물었다.

"단아, 지금이라도 생각이 바뀌……."

"아니."

"좀 더 생각해 봐!"

내 팔을 붙든 반여령이 박력 넘치게 외쳤다.

"내가 다 없애 줄 수 있어!"

"아니……."

그녀를 빤히 보던 나는 고개를 내저었다.

"역시 내가 옆에 있어야겠다……."

"응?"

"너, 장르 좀 잘못 알고 있는 것 같아."

이거 인터넷 소설이지, 무협이나 판타지 아니거든.

반여령이 조직 폭력배들더러 '대장이 누구냐!' 하고 외치는 것이 실감 나게 다가와 버린 나는 어깨를 부르르 떨었다.

아무튼 내가 이 애의 곁에 있는 편이, 장르도 바뀌지 않고 좋을 것 같다. 그리고 나는 반여령의 머리를 끌어안으며 마지막 걱정거리를 중얼거렸다.

뭐, 일이 잘못되어서 내가 좀 얻어맞는다고 쳐. 좀 이상하게 들리겠지만, 그건 별로 걱정되지 않는다. 왜냐하면 나는 늘 비일상의 파도에 얻어맞고 다니고 있기 때문이다.

다만 내가 걱정되는 것은, 내가 얻어맞고 난 다음의 각성한 반여령이었다.

어깨를 부르르 떤 나는 중얼거렸다.

"대체, 지금도 이렇게 대단한 반여령이 각성하면."

진짜로 제3의 종족, 뭐 그런 걸까? 차라리 내가 존재감이 없어져서 공기가 되는 쪽이 백배는 나을 것 같은데.

그런 생각을 하는 사이, 문득 차가 움직임을 멈추었다. 차가 움직임을 멈추기 전까지 어떠한 기미도 느끼지 못할 만큼 매끄러운 동작이었다.

마찬가지로 차가 멈춘 것을 느낀 반여령이 이것 좀 놓아보라는 듯 내 팔을 붙들었지만 나는 꼼짝도 않았다.

제발 덤비지만 마……! 정적 속에서 마침내 문이 달각 열렸다.

"다 왔습니다, 손님."

웃는 운전기사의 얼굴은 우리를 태울 때와 똑같이 태연한 낯이었다.

나는 한기가 돌기 시작한 팔을 매만지다가 조심스럽게 차 바깥으로 발을 내디뎠다.

동시에 내 손을 콱 소리 나게 쥐었던 반여령이, 주춤거리며 나를 따라 발을 떼었다.

* * *

심심하네.

놀이터에 박힌 타이어에 걸터앉아, 두 다리 사이로 팔을 축 늘어트리고 망연히 하늘을 올려다보며 이루다는 중얼거렸다.

그는 습관적으로 휴대전화를 확인했지만, 전화라고는 한 통도 오는 것이 없었다. 문자를 몇 통 보내 놓았지만, 답신도 오지 않았다.

바쁜가?

그는 손을 들어, 이제 화장기라고는 조금도 남아 있지 않은 얼굴을 매만졌다. 그리고 문득 파티장에서 마지막으로 보았던 함단이의 모습을 떠올렸다.

예뻤는데.

제가 생각해도 낯간지러운 말이 혀끝을 건드리듯 맴돌다가 사라졌다.

물론 이루다는 예쁘다는 말을 자주 하는 편이었다. 특히 같은 반 여자아이들에게 장난삼아서.

그러나 진지하게, 진심으로 그런 말을 해 본 것은 손에 꼽을 정도인데, 오늘따라 그런 말이 잘도 흘러나오는 자신을 발견했다.

이루다는 괜히 붉어진 뺨에 손을 올리고는 중얼거렸다.

"그 음료, 술이라도 들어 있었나."

그러지 않고서야 이렇게 철없이 기분이 방방 들뜰 리가 없는데.

고개를 젖히고 하늘에 둥그렇게 떠오른 달을 바라보며 이루다는 중얼거렸다.

"얼른 왔으면 좋겠다."

지금이라면 당황해서 차마 하지 못했던 말을 할 수 있을 텐데.

자신도 아직 무서운 유건과 마주하고도,

"저는 루다랑 계속 친구 할 거예요."

그런 말을 당당하게 되돌려 준 그녀에게 고맙다고 말하고.

"나는 오늘 너 봐서 좋았어."

그렇게 말하던 그녀에게, 나도 봐서 좋았다는 말을 되돌려 줄 것이다.

이루다는 손등을 들어 입술을 쓸어내렸다. 하고 싶은 말도, 해야 할 말도 많았다.

어디까지나 악당은 유건이 아닌 자신이었다. 유건은 사

랑하는 막냇동생의 친구의 신변을 걱정하는 착한 형, 자신은 정체를 숨기고 다른 사람들을 위험한 일에 끌어들이면서까지 친구를 만들고 싶어 하는 무뢰배.

그런데 함단이는 선선히 제 편을 들어 주었다.

누가 봐도 자신이 나쁘고 함단이는 이상했다. 그런 생각을 하던 이루다는 픽 웃으며 중얼거렸다.

좋은 놈, 나쁜 놈, 이상한 놈이라던가. 그 영화의 제목이 신기할 정도로 들어맞는 그림이었다.

아무래도 상관없어.

손을 쥐었다 펴며 이루다는 중얼거렸다.

이상한 놈은 나쁜 놈의 편을 들어 주었잖아.

하지만 그렇기 때문에, 이루다는 비로소 미루고 있었던 결정을 내릴 수 있었다.

"그만둬야지."

유건의 말대로였다. 이런 식의 위험하기 짝이 없는 유희는 이제 끝낼 때가 됐다.

적어도 이제니의 마수가 주변 사람들에게 뻗치는 것을 막기 위해서는. 함단이에게 안 좋은 일이 일어나는 것을 막기 위해서라면.

차라리 함단이가 그 자리에서, 다른 말을 했더라면 좋았을 것이다. '알겠어요, 걱정해 주셔서 감사해요'라거나, '거리를 둘게요'라거나 하는 말을 했더라면.

그렇다면 좀 더 미련 없이 떠날 수 있었을 텐데.

이루다는 그 점이 못내 아쉬웠지만, 그런 말을 들었더라면, 그것 또한 그것대로 아쉬웠을 것이라고 생각했다.

그러다 이루다는 웃음을 터트렸다.

나 참, 언제부터 누군가에게 이런 걸 기대했다고. 따뜻한 말이나, 호의 따위를……

아.

그는 손을 들어 거칠게 머리칼을 헤집으며 투덜거렸다.

"아무튼 진짜, 나도 다 이상해지는 기분이야."

함단이와 저들의 관계에서 이상한 점을 눈치 챘을 때 그만둬야 했다. 함단이가 힘든 일을 당할 때 그만둬야 했다.

그러나 그만두지 못하고, 그 갈색 눈이 자신을 향할 때면, 발을 돌리고, 발을 돌리고, 또 돌리고……

어느새 그 바보 같은 놀음에 어울리고 말았다.

이루다는 아직도 아무런 연락이 오지 않는 휴대전화를 열어 주소록을 빤히 바라보았다. 윤정인, 신서현, 김혜힐, 김혜우를 비롯한 반 친구들에 이어, 낯선 이름들이 그 아래 추가되었다.

개인적으로는 그중 가장 바보가 아니라고 생각했던 권은형의 번호도 있고, 우주인이 쥐여 준 은지호와 유천영의 번호도 있다. 그리고 우주인……

그는 매끄러운 미간을 흠칫 구겼다. 잠시 후 그의 입에서 나지막한 웃음이 터졌다.

하, 하하.

"하여간, 손은 빨라서."

누가 이딴 식으로 저장해 놓으래.

그는 '동생'이라고 저장된 번호에 대고 수정 버튼을 누르려다 그만두었다. 휴대전화를 힘주어 움켜쥐며 그는 중얼거렸다.

내가 지금 떠난다면, 이딴 바보 같은 것조차 그리워 할 날이 올까?

그는 벌써부터 그 대답을 알고 있는 기분이었고, 그래서 명치 부근이 괜히 답답해 왔다.

"아, 젠장, 다 됐어."

그는 고개를 흔들어 상념들을 털어 내었다. 그다음 그가 휴대전화를 탁 소리 나게 닫는 그 순간이었다.

진동이 있었다. 현재 시각은 새벽 3시 14분. 연락이 올 만한 곳은 단 한 군데밖에 없었다. 너무 반가운 나머지 이름도 확인하지 않고 휴대전화를 귀에 가져가, 여보세요? 하고 이루다가 묻는 바로 그때였다.

기대를 완전히 배반하는 목소리가 돌아온 탓에, 이루다는 금세 이마를 구기고 말았다.

[이루다! 거기 함단이 있어?]

은지호였다.

저보다 감정 조절을 잘하는 것으로 알고 있는데, 그답지 않게 잔뜩 흔들리는 목소리인 것은 둘째치고.

이루다는 미간을 구겼다.

저와 제가 무슨 사이라도 되는 양 전화를 받자마자 이름을 불러 대는 모양새가 맘에 들지 않았다.

차라리 약이나 올려 볼까 싶어졌던 그는, 문득 은지호의 주위가 지나치게 시끄러움을 알아차렸다.

걱정 섞인 목소리가 이곳저곳에서 오가고 있었다.

저런 공개적인 장소에서 쉽게 감정을 드러낼 은지호가 아니다. 대번에 목소리를 낮춘 이루다가 대답했다.

"아니, 나야말로 묻고 싶었는데, 단이 어디 있어? 너희가 제대로 보낸 거 맞아?"

[젠장, 지금 그게 확인이 안 돼!]

"확인이 안 되다니?"

이루다의 목소리가 더욱 날카로워졌다.

수화기 맞은편에서 다시 한 번 젠장, 하고 나지막이 욕하는 소리가 났다.

이어 탁 하는 소리와 함께 수화기가 다른 사람에게로 넘어갔다.

[여보세요?]

침착하게 묻는 목소리는 권은형의 것이었다.

[분명히 차에 태워서 보냈는데, 이제 보니 우리 쪽 차가

아니었어. 등록한 차량만 들어올 수 있도록 되어 있는데, 누군가 차를 들여오기는 했는데, 그게 누구인지는 알 수가 없어.]

"젠장, 그게 말이 돼?"

저도 모르게 욕이 튀어나왔다. 상황이 상황인지라 맞은편의 권은형은 놀라는 기색도 아니었다.

그가 억눌린 목소리로 대꾸했다.

[누군가가 계획한 것 같아. 하지만, 그렇다고 해도 이해가 안 돼.]

"이해가 안 되다니?"

[그렇게 용의주도하게 준비해서 납치하는 대상이, 평범한 고등학생이라니? 그렇잖아? 원한다면 이 자리의 누구라도 납치할 수 있었을 거야. 그런데 그렇게 준비해서 납치하는 게, 단이랑 여령이라니? 이상하잖아.]

하.

이루다는 깊은 한숨을 내쉬었다.

이 상황에서도 이성적이시군. 그는 빈정거리고 싶어서 견딜 수가 없었다.

하지만 화를 가라앉히고 보면, 냉정하게 생각했을 때 권은형의 말에도 일리가 있었다.

재벌가 이세와 삼세가 별처럼 널려 있는 곳에서 굳이 평범한 집의 자식들을 골라서 납치한다니, 돈을 위한 납치였

다면 이만한 실수는 없다. 잘못하면 본전도 못 찾고 수감
되어 들어갈 가능성이 높았다.

턱을 매만지며 이루다는 머리를 굴렸다.

실수? 실수일까? 한울 그룹의 파티에서 납치 따위를 저
지를 정도로 대담한 범인들이 실수를 저질러?

그럴 가능성은 지극히 낮다. 그러면 결국 반여령과 함단
이를 납치한 것은 그들의 의도대로였다고 보는 것이 맞을
것이다.

돈보다는 개인적인 은원 관계에 얽힌 일일 가능성이 높
았다. 그렇다면 대체, 누가?

여기까지 생각하기도 전에 빛처럼 머릿속을 스쳐 지나가
는 이름이 있었다. 이루다는 외치듯 물었다.

"최유리는? 최유리는 거기 있어?"

[뭐?]

수화기 너머에서 당황한 듯한 목소리가 흘러나오더니,
이내 여러 사람의 소리가 다발적으로 터져 나왔다.

뭐래? 최유리가 여기 있냐는데……?

잠시 후에 또 한 번 타닥 소리가 나면서 목소리가 바뀌
었다. 낮고 살벌하게 흘러나오는 목소리는 우주인의 것이
었다.

[없어.]

이제야 그들도 상황을 파악한 모양이었다.

하. 이루다는 쓰게 웃었다.

다른 누구라면 모를까, 최유리의 그 비정상적인 집착을 생각했을 때, 은지호가 아직 자리를 떠나지도 않았는데 최유리가 먼저 그 자리를 떠날 가능성은 지극히 적다.

게다가 방해자인 함단이와 반여령이 사라지고 난 다음에야, 더더욱 자리를 떠날 리가 없다.

그런데 떠났다고? 왜?

분명 더 중요한 일이 있어서. 그리고 그녀에게 은지호보다 더 중요한 일이라면, 함단이에 대한 것일 수밖에 없다.

이루다는 휴대전화를 쥔 채로 침착하게 기다렸다. 다음 말은 들려오지 않았지만, 음질이 좋은 휴대전화 너머로 들려오는 잡음들로 인해 상황은 대충 유추할 수 있었다.

번호판을 통해 차량을 추적하고, 동시에 최유리 선에서 최근에 렌트한 차량이 있는지를 집중적으로 살피겠지. 아니, 하지만…….

이루다는 인상을 썼다.

납치 차량은 분명히 외진 고속도로를 탔을 터였다. 고속도로 CCTV를 받아 봐야 할 텐데, 받아 본다고 해도 그들이 분석하는 데 걸리는 시간이 얼마나 되지?

이루다는 지름길을 알고 있었다.

그의 어머니, 이제니는 말했었다. 정보를 가진 자가 이긴다고.

그리고 그녀는 상냥한 목소리로 물었다.

"그럼 정보를 갖기 위해서는 어떻게 하지?"

그때 자신이 대답을 했던가, 하지 않았던가.

아마도 하지 않았을 것이다. 대신에 고개를 틀며, 부루
퉁하게, 몰라요, 하고 대답했을 것이다. 당시의 자신은 후
계자 수업에 이골이 나 있었다.

그런데도 이제니는 미소를 잃지 않았다. 다만 느긋하게
웃고는 대답했다.

"간단해. 세상 어디에나 눈과 귀를 심어 놓는다."

그딴 게 간단하다고 생각하는 사람은 당신밖에 없을 겁
니다.

이루다는 속으로만 생각했었다.

무엇보다도 어렸을 때부터 제게 비밀 한 조각조차 허락
하지 않던 차가운 눈이, 이루다는 소름 끼치게 싫었다.

저 이제니라는 여자는 자신의 아들조차 머리끝부터 발
끝까지 알지 않고는 견디지 못했다. 사춘기 아이라면 가질
수 있는 흔한 비밀 하나조차 만들 수 없었다.

창백하게 질린 얼굴로 꿇어앉아 있던 이루다에게, 이제

니는 웃으며 말했다.

"그러니 도망갈 생각 따위는 말렴."

네가 어디에 있어도, 나는 찾아낼 수 있으니까.

"—헉."

문득 상념에서 깨어난 이루다는 가슴을 치며 숨을 몰아쉬었다.

그는 중얼거렸다.

"이제 그 여자는 여기 없어."

그게 싫어서 도망쳐 나온 거잖아. 2년 동안이나, 잘 도망쳐 다녔잖아.

돌연 그녀와의 대화를 떠올려 낸 자신을 이루다는 이해할 수 없었다. 아니, 실은 이해할 수 있었다.

눈을 일그러트리며, 이루다는 중얼거렸다.

"내가 어디에 있어도 찾을 수 있댔지……."

그럼 함단이는?

수화기 너머는 아직도 시끄러웠다. 뭔가 일의 경과가 생기면 분명히 제게도 알려 주기로 했었다. 그런데 아직도 알려 주지 못하는 것은, 틀림없이 아직도 일이 제대로 이루어지지 않기 때문이리라.

이루다는 입술을 질근 깨물었다. 한울 그룹의 창립 기념 파티에 유건 유신 형제의 귀국까지 겹쳐, 경호 인원 대부분이 발이 묶인 상태일 터였다.

이루다는 휴대전화를 흘긋거렸다. 1초 1초가 초조하게 흘렀다.

마침내 그는 휴대전화를 들어 올렸다.

하지만 자판을 두드리는 그 순간까지도 고뇌했다. 그는 중얼거렸다.

"젠장. 어떻게, 어떻게 도망쳐 나온 건데……."

저택에서의 악몽 같은 나날들이 눈앞을 스치고 지나갔다. 그것을 거부하기로 결심하기까지도 시간이 걸렸지만, 아버지 이안을 설득하는 데도 상당한 어려움이 따랐다.

그런데 제 발로 그 저택에 다시 걸어 들어간다고? 이안은 자신을 미쳤다고 생각할 것이다.

이안이 다음 탈출 때도 다시 도와줄까?

그의 도움이 없다면 두 번째 탈출은 불가능하다. 어쩌면 다음번에는 그가 도와준다고 해도 탈출할 수 없을지도 몰랐다.

싫어.

이루다는 질끈 눈을 감았다. 여기 오기 전까지는 몰랐던 것들이 눈앞을 스치고 지나갔다.

처음에는 시끄럽다고만 생각했던, 지나치게 시끄럽고 서로가 친밀하던 교실.

한국은 대체로 이런 분위기인가 싶어 저도 최대한 자연스럽게 섞여 들어가기 위해 그들을 따라 했는데, 하필이면 이루다가 제일 먼저 따라 한 한국인은 다름 아닌 윤정인이었다.

나중에야 윤정인이 한국인 표준이 아니라는 것을 알았고, 오히려 무척 시끄러운 편에 속한다는 것을 알았지만, 이미 시작한 연기를 그만둘 수 없었다.

그 낯선 옷이 편해진 것이 언제부터더라? 어느새 자연스럽게 웃고 있던 자신을 발견한 것은.

이루다가 우악스럽게 쥐고 있던 손 안에선 여전히 소란에 가득 찬 소리가 흘러나오고 있었다.

이루다는 스스로에게 물었다.

다 포기할 수 있어? 지금까지 얻은 것들.

다 포기하고, 그 감옥 같은 저택으로 돌아갈 수 있어?

"아니, 절대로 아니."

이루다는 그렇게 중얼거렸다.

그런 다음 그는 통화 종료 버튼을 누르고는, 꾹꾹 번호를 입력했다. 신호음이 가기 시작한 휴대전화를 절망적으로 노려보던 이루다는 천천히 눈을 내리감고 귀에 갖다 대었다.

이 순간을 후회하지 않을 자신이 있느냐고 하면, 당연히 후회할 것이다. 분명히 후회할 것이다. 하지만.

이루다는 결국, 인정할 수밖에 없었다. 자신이 이곳에 와서 얻은 그 모든 즐거운 순간들이, 함단이가 사라진다면 그 의미를 잃어버리고 말 거라는 것을.

마침내 이루다는 입술을 떼었다.

깊은 절망 속에서, 배반적인 후련한 감정에 둘러싸인 채 이루다는 입술을 떼었다.

"저예요…… 어머니."

이루다는 힘겹게 입술을 움직여, 잘 떨어지지 않는, '어머니' 그 한마디를 간신히 내뱉었다. 반응은 생각 이상으로 좋지 않았다.

[어머니라니, 나는 아들 없는데.]

"……."

[내 아들은 2년 전에 나도, 이 집구석도 너무 지긋지긋하다며 전부 때려치우고 나가 버렸지 뭐야. 그래서 죽은 줄로만 알았는데.]

"하."

이루다는 나직이 웃음을 터트렸다.

역시, 불려 본 적 없는, 어머니라는 호칭 정도에 움직이기에는 저 마음은 얼음처럼 차갑고 바위처럼 단단하다. 단검으로 찔러도 흠집 하나 나지 않을 것이다.

목소리를 평소대로 되돌린 이루다는 느긋하게 대답했다.

"좋아요, 나랑 당신 사이에 무슨 가타부타 할 얘기가 있겠어요? 서로 거래하고 원하는 것을 얻으면 그만이지."

[내가 가진 것 중에 네가 원하는 건 전혀 없다고 말하던 게 2년 전의 일인데?]

"당신 것을 갖겠다는 게 아니에요."

[그럼?]

이루다는 혀를 내밀어 입술을 축이고는 천천히 입을 떼었다.

"내가 여기 와서 새로 얻은 게 있는데, 나는 그게 아주 마음에 들어요. 그런데 누가 그걸 훔쳐 갔단 말이야."

[흐음.]

맞은편에서 흘러나오던 목소리에 짙은 흥미가 실렸다.

그녀, 이제니가 되물었다.

[그래서?]

"되찾아 줘요. 당신, 찾는 거 전문이잖아요."

[사람이니?]

"네."

[내가 모르는 새 생긴 '네 것'이, 다른 무엇도 아니고 '사람'이라……]

흥미가 짙어진 목소리로 따라붙는 중얼거림을 이루다는 애써 무시했다.

이제니가 함단이에게 흥미가 생기든 말든, 그것은 다음에 생각할 일이었다. 지금 당장은 함단이의 신변 안전을 확보하는 것이 먼저였다.

안 그래도 자란 데가 자란 데인지라, 이루다의 머릿속에는 온갖 살벌한 상상이 굴러다니고 있었다.

이루다가 땀이 가득 찬 손을 쥐었다 펴는 그때였다.

이제니의 물음이 돌아왔다.

[분명히 '거래'라고 했지? 그런데 지금 가출 소년 신분인 네게 내게 줄 만한 것이 있나? 없는 것 같은데.]

그것은 이루다가 가장 기다리고 있었던 물음이었다. 그래서 그는, 당황하는 대신 평정을 되찾고 웃을 수 있었다.

그가 대답했다.

"왜 없어요? 있잖아요, 가장 바라던 거."

[······.]

이제니가 침묵하는 순간은 많지 않았다.

간신히 얻어 낸 노동의 성과라도 되는 것처럼, 그 침묵을 음미하던 이루다는 다음 순간 씹어뱉듯 내뱉었다.

"나."

[······.]

"데려가요. 가출은 끝났어요."

이제니는 여전히 대답하지 않았다. 이루다는 자리에서 일어나며 대답했다.

"별로 재미없어서, 그만두려고."

침묵이 흘렀다.

그리고 그 끝에, 마침내 이제니의 나지막한 웃음소리가 걸렸다.

이루다는 식은땀이 잔뜩 흘러내린 얼굴로 웃었다.

그의 머리 위 까마득한 곳에서, 검붉은 밤하늘에 걸린 반달로부터 창백한 빛이 흘러내려 그를 비추었다.

〈끝나지 않은 '인소의 법칙'들! 6권에서도 계속됩니다.〉